일러두기
1. 본문 속 각주는 옮긴이 주입니다.
2. 책 제목은 《 》, 게임명은 「 」으로 표기했습니다.
3. 외래어는 국립국어원의 외래어 표기법을 따랐으나, 일반적으로 통용되는 경우에는 관용에 따라 표기했습니다.

BOKU NO SATSUJIN KEIKAKU
©yagami 2023
First published in Japan in 2023 by KADOKAWA CORPORATION, Tokyo.
Korean translation rights arranged with KADOKAWA CORPORATION, Tokyo through Danny Hong Agency.

이 책의 한국어판 저작권은 대니홍 에이전시를 통한 저작권사와의 독점 계약으로 ㈜오팬하우스에 있습니다. 저작권법에 의해 한국 내에서 보호를 받는 저작물이므로 무단전재와 복제를 금합니다.

나의 살인계획

야가미 지음
천감재 옮김

차례

프롤로그   6

나는
당신을 죽일 겁니다   8

외모는 소통력,
죽여라 소녀여   64

그대의 적을 죽여라   118

악마는 죽인다,　　　166
몇 번이든

인간은 사신을　　　214
죽일 수 있을까

죽여줘서 고마워　　240

에필로그　　　　　286

프롤로그

오늘, 나는 또 살해당했다.

"다치바나 료스케 씨 댁입니까?"

갑작스러운 인터폰 벨 소리와 함께 해가 저문 현관 앞에 나타난 두 남자. 말없이 작은 가죽 수첩을 펼치고는 당황해하는 내 눈을 힐끔 쳐다본다. 경찰…. 우리 집에 무슨 용건으로 왔는지 물어보려던 순간이었다.

"갑자기 찾아와 죄송합니다, 부인. 진정하고 들어주세요."

심장박동이 쿵쿵거리며 빨라진다. 터무니없이 불길한 예감이 들었다.

"단도직입적으로 말씀드리겠습니다. 실은…."

살인사건? 부엌칼? 사망?

귀로 날아든 비일상적인 단어들. 나는 여전히 무슨 일이 일어난 건지 이해할 수 없었다. 방금 눈앞에서 자초지종을 설명해 주었는데도.
"아니, 저기요, 뭘 잘못 알고 오신 게…."
나는 떨리는 목소리로 호소했다. 하지만 눈앞의 남자들은 조용히 고개를 가로저었다.
"오늘 아침에도 제가 여기서 배웅했어요. 그런데 어째서…. 료스케, 거짓말이라고 말 좀 해봐!"
갑자기 덮친 현실을 부정하듯 무심결에 고함을 질렀다. 몸이 떨리고 눈앞이 뿌예진다. 머리가 이상해질 것 같았다.
내가 동요한 걸 알아차렸는지 경찰 중 한 명이 부드럽게 손을 내밀었다.
하지만 그 손을 잡으면 현실을 받아들이게 될 것만 같았다.
"아니야아아아! 아니야! 거짓말이야… 그럴 리가 없어…."
끊어질 듯한 내 목소리가 현관에 공허하게 울려 퍼졌다.
신발장 위에 놓인 꽃병이 눈에 들어온다. 나는 치밀어 오르는 화를 주체하지 못하고 무의식중에 꽃병을 잡아 땅바닥에 내리쳤다. 유리 파편과 붉은 꽃이 발치에서 사방으로 튀어 흩어졌다.
"부인, 진정하세요!"
달려오는 경찰. 하지만 그 목소리는 희뿌옇게 멀어져 간다.
의식이 흐릿해지는 가운데, 몸이 땅바닥을 향해 무너져 내리는 감각만이 선명했다.

나는 당신을 죽일 겁니다

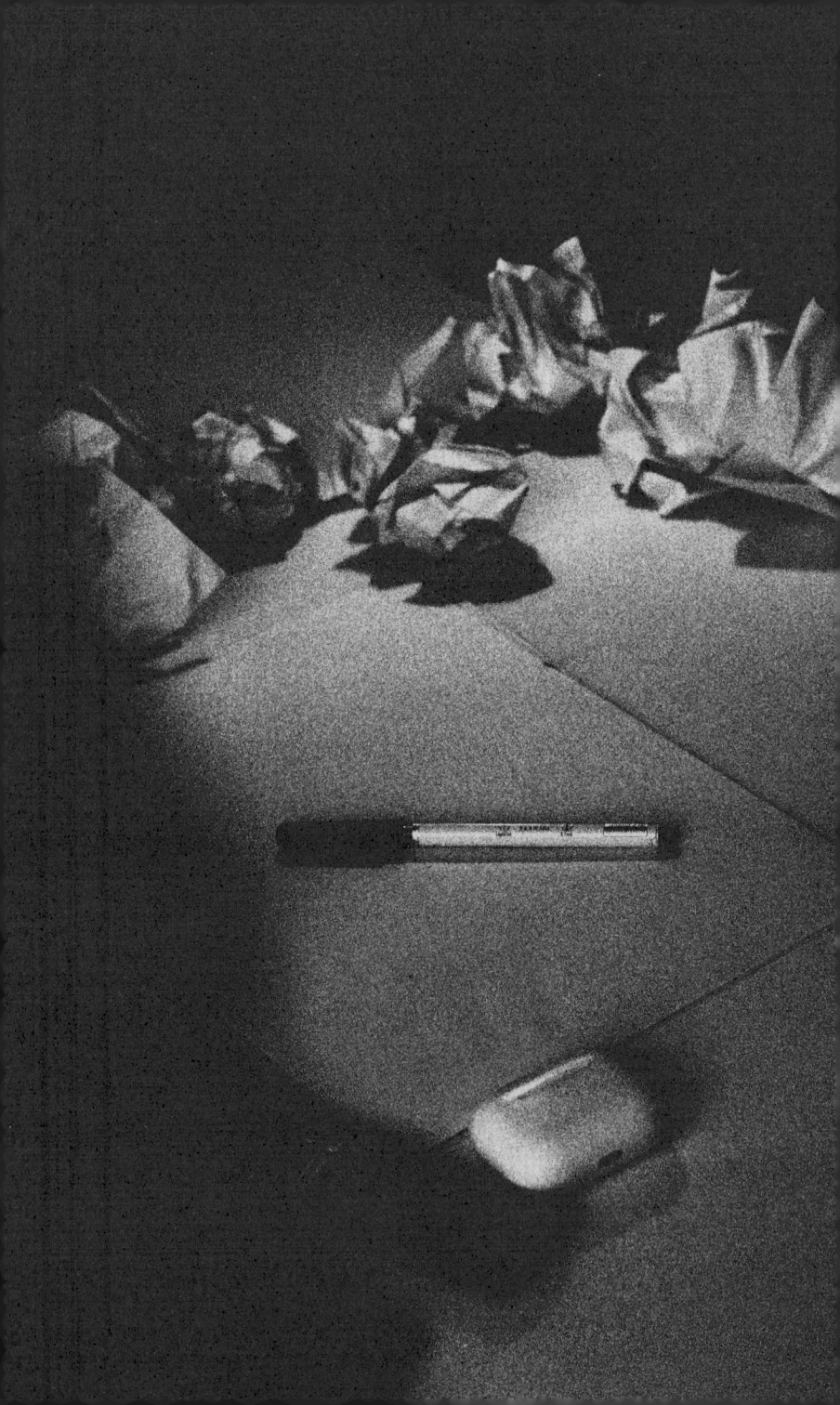

"다치바나는 독특한 구석이 있구나."

나는 주위 어른들에게 곧잘 그런 소리를 들었다.

어릴 때부터 사람이 죽는 이야기에 강한 흥미를 느꼈고, 아직 한자도 제대로 떼지 못한 초등학교 저학년 때부터 한쪽 손에 사전을 펼쳐 들고 닥치는 대로 미스터리 소설을 읽었다. 좋아하는 TV 프로그램은 언제나 흉악 범죄자의 인생을 좇는 다큐멘터리였으며, 국내외에서 일어난 온갖 살인사건에 대해 알아보는 것을 좋아했다.

사람을 죽음에 이르게 하는 수법은 어떤 게 있을까.

사람은 왜 사람을 죽일까.

생명이란 무엇일까.

그런 답이 없는 문제를 푸는 걸 좋아했다. 그런데 지금 와 생각해 보면 '어려운 문제를 풀기 위해 궁리하는 나'를 좋아했던 건지도 모르겠다.

그런 소년 시절을 거쳐 딱히 돌아가고 싶지 않은 중고등학교

시절을 보냈다. 방과 후 노래방에 가거나 늦은 밤 친구와 공원에 모여 노는 것 같은, 소위 청춘이라고 부를 만한 행위들과는 인연이 없었다. 이 시기를 어떻게 보냈는지는 몇몇 일을 제외하면 기억나지 않는다.

그때부터 조금씩 공부해서 나름 괜찮은 문과 계열 대학에 진학했다. 책 읽기를 좋아했기 때문에 수험 공부는 그다지 힘들지 않았다. 다만 장래에 딱히 하고 싶은 일이 없었다. 그렇지만 사람의 죽음이나 범죄, 특히 살인사건에는 변함없이 지대한 관심이 있었다. 미스터리 소설을 읽고 비평할 때와 뉴스에 나오는 사건을 보고 내 나름대로 고찰할 때만큼은 가슴이 뛰었다.

그렇게 세월을 보내다 보니 어느덧 대학 생활의 70퍼센트가 지나갔고, 딱히 추억 같은 게 생길 리 만무한 상태로 구직 활동 시기를 맞이했다. 어느 정도 이름이 알려진 대학이었기 때문에 많은 학생이 취업 합격 통지를 받는 데 그렇게 애를 먹진 않았던 것 같다. 미스터리 소설에 환장했던 나는 스스로 작품을 만들어보고 싶다는 생각에 눈에 띄는 출판사에 닥치는 대로 지원했다.

하지만 지금껏 온 힘을 다해 다른 사람과의 교류를 소홀히 해왔던 나에게 사회는 잔혹하리만치 냉혹했다. 뭔지 모를 동아리의 부회장이었다는 활기찬 남자. 말 한마디 한마디에 절대 독서를 한 적 없다는 분위기가 풍기는 얼굴만 반지르르한 여자. 이렇게 소통 능력이 있고 외모가 괜찮은 사람들이 단체 면접에서 합격을 쟁취했다. '검토 결과, 모시지 못하게 되었습니다'라고 적힌 불합격 통지를 볼 때마다 나름대로 즐겁게 보내왔던 인생을 정면으로 부정당하는 느낌에 사로잡혔고, 이때만큼은 정말 힘들었다.

그런 내게 합격을 통지한 유일한 회사가 있었다. 바로 현재 근무하고 있는 나카야마출판이다.

지금은 만화와 소설을 중심으로 다수의 베스트셀러를 배출하며 업계 최고 수준에 드는 실적을 자랑하지만, 내가 입사한 2006년 당시에는 중견 출판사에 불과했다. 면접 자리에서 별종으로 불리며 살아온 인생을 적나라하게 이야기한 나를 채용해 준 은혜는 잊을 수가 없다.

그리고 지금껏 살인사건 덕후와 다름없는 삶을 살아온 것이 빛을 발했는지, 편집자가 된 다음부터의 인생은 말 그대로 순풍에 돛을 달았다고 할 수 있었다.

그 사건이 일어나기 전까지는.

나카야마출판에는 다양한 부서가 존재한다. 나는 그중에서도 사내 핵심 부서라 불리는 문예부에 배속됐다. 내가 사랑해 마지않는 미스터리 소설을 만드는 일을 할 수 있는, 말 그대로 이상적인 부서. 면접 때 필사적으로 어필했던 독서 이력과 흉악 사건 분석이 취미라는 이야기를 당시 채용 담당자가 좋게 평가해 준 것 같다. 나는 지금껏 습득한 방대한 지식을 살려 이

곳에서 누구보다 인기 있고 재미있는 미스터리 소설을 만들겠다고 다짐했다. 하지만 현실은 그리 녹록하지 않았다.

문학 편집자의 가치는 '담당하는 인기 작가가 몇 명인가'로 결정된다고 해도 과언이 아니다. 인기 작가를 발굴해 육성하는 것이 업무의 핵심이다. 인기 작가는 대부분 출판사마다 담당 편집자가 있다. 즉 나 같은 초짜 편집자가 작가를 발굴하려면 문학상을 받은 신인 작가나 인터넷에서 화제 몰이 중인 재능 있는 젊은 작가를 찾아내 수단과 방법을 가리지 않고 러브콜을 보내야 한다는 말이다.

하지만 나는 신입 시절 대외적인 커뮤니케이션 스킬이 뛰어나지 않았기 때문에 작가 발굴에 몹시 애를 먹었다. 젊은 작가가 모이는 술자리나 커뮤니티에 얼굴을 내밀어 봤지만, 하하 호호 떠들썩한 분위기에 적응하지 못해 좀처럼 이야기에 끼어들 수 없었다. 그런 나를 무시하고 다른 출판사 편집자가 가볍고 쾌활하게 이야기를 주고받으며 작가와 관계를 형성해 나가는 경우가 일상다반사였다. 이런저런 고생을 다 해가며 작가를 발견하고 간신히 출발선에 세우는 나는, 편집 스킬과는 상관없는 붙임성이나 사교성 같은 능력으로 작가를 확보하는 편집자를 볼 때마다 이 세상이 정말 불합리하다고 느꼈다.

그다음은 사내에서 기획을 통과시키는 작업이 기다리고 있다. 이것이 두 번째 관문이다.

장르나 테마 설정, 장편인지 단편인지, 판매 방식 등 생각해야 할 게 한두 가지가 아니다.

나는 오랜 세월 즐겨온 취미 덕을 톡톡히 봐서 팔릴 만한 미스터리 소설의 설정을 고안해 내는 작업을 비교적 잘하는 편이었다. 방향성이 정해지면 간행까지 스케줄을 짜고, 디자이너 등 스태프를 구성한 후에 작가가 원고를 완성해 보내줄 때까지 기다린다.

작가에 따라 생각만큼 집필 진도가 나가지 않거나 내용이 처음과 크게 달라져 마감 일정에 원고가 오지 않는 일도 허다했다. 그런 경우 때로는 격려하고 때로는 매섭게 재촉하면서 집필을 이어갈 수 있도록 최선을 다하는 일도 편집자의 몫이다. 그리고 작가가 원고를 쓰는 동안 디자이너와 함께 책 표지나 띠지 디자인, 이른바 장정 작업에 들어간다. 그 작업을 하는 사이에 완성된 원고를 읽고 내용에 문제가 없는지, 더 좋은 표현은 없는지 등을 고려하여 다듬는 일을 반복한다.

원고는 담당 편집자뿐만 아니라 상사인 편집장도 살펴본다. 또한 오탈자나 문장 정합성 등을 교정자가 체크해 준다.

이렇게 각 담당자가 여러 번 확인을 거듭하면서 원고를 완성해 나간다.

여기까지 긴 여정을 거쳐 드디어 책이라는 상품을 다 만들었다면, 이제부터는 세상에 알리기 위한 홍보에 주력한다. 보도 자료를 내보내고 사인회를 비롯한 이벤트를 기획하거나 특전을 추가하는 등의 판촉 방안을 고민한다. 작가가 기울인 막대한 노력에 더해 여러 각도에서 많은 사람의 손을 거쳐야 비로소 한 권의 책이 독자의 손에 들어간다.

하지만 내가 훗날 베스트셀러를 쏟아낼 수 있었던 건 기존 방식과는 크게 다른 전법을 구사했기 때문이다.

입사한 지 몇 달이 지난 어느 날, 한 대학생이 자신의 원고를 읽어달라며 찾아왔다. 나보다 한 살 어린 남자였다.

몇 년에 걸쳐 쓴 미스터리 소설을 투고했다가 큰 출판사에서 모두 퇴짜를 맞고 우리 출판사에 왔다고 했다. 마침 점심시간이라 상사가 자리에 없었고, 대학생이 풍기는 묘하게 쭈뼛거리는 분위기가 왠지 친근하게 느껴져서 이야기를 들어보기로 했다.

나는 점심시간을 반납하고 대학생을 작은 회의실로 데리고 가서 그가 쓴 소설을 읽었다. 소설은 5화 정도로 구성된 단편집으로, 곳곳에서 미숙함이 드러났지만 직감적으로 '재미있다'고 느꼈다. 수많은 미스터리 소설을 탐독한 내가 이런 생각을 하게 만들다니, 이 작품은 틀림없이 팔린다. 그렇게 확신했을 정도였다.

나와 나이 차이가 거의 나지 않는 대학생에게 "내부에서 검토해 볼게요" 하고 말하고는 갓 제작된 명함을 건넸다. 대학생이 웃는 얼굴로 돌아간 후 '나 방금 좀 편집자 같았는걸'이라는 생각에 심장이 두근거렸다.

그리고 당시 편집장에게 점심시간에 있었던 일을 보고했다. 그런데 편집장은 이렇게 말했다.

"작품이 아무리 재밌으면 뭐 해. 작가가 무명이면 무슨 수를 써도 안 되는데. 정말 재능이 있다면 지금까지 어떤 문학상에서든 입선이라도 했겠지."

그 말을 듣는 순간, 내 마음 깊은 곳에서 뿌연 검은 감정이 생겨났고 온몸에 힘이 들어갔다. 그것이 말로 형태를 바꾸면서 목구멍까지 스멀스멀 치밀어 올랐다.

"편집장님. 외람된 말씀이지만, 꿈을 좇는 작가를 무턱대고 평가절하하시면 어떡합니까? 따지고 보면 우리는 작가가 없으면 먹고살 수가 없잖습니까. 당신 같은 사람이 상사라면 이딴 회사, 당장에라도 때려치우겠습니다!" 하고 내뱉을 용기는 없었기에 "잘 알겠습니다" 대답하는 게 고작이었다.

'재능 있는 작가의 작품을 세상에 알린다.' 이것이 내가 추구하는 편집자상이라고 생각했다.

나는 편집자 말고도 또 하나의 얼굴을 가지고 있었다.

SNS 계정, '소설가bot'이다.

소설 쓸 수 있는 힘을 길러두면 문학 편집자로서 살아가는 데 좋은 무기가 될 것이라는 생각에 입사 5년 차인 2010년에 만들었다.

처음에는 취미에 가까웠다. 이야기를 읽는 것도 만드는 것도 좋아했던 나는 거의 매일 5분 정도면 읽을 수 있는 짧은 미스터리를 올렸다.

당시는 SNS가 지금만큼 보급되지 않았을 때였다. 그랬기에 매우 활동적이었던 내 계정은 그중에서 제법 눈에 띄었다. 비슷한 계정이 많지 않은 것도 한몫해 서서히 인지도가 올랐다. 개설하고 1년이 지났을 무렵에는 팔로워 수가 1만 명을 넘었다. 올린 작품에 대한 소감도 늘어나기 시작해서 즐거움과 보람을 느끼며 점점 더 열성을 쏟았다.

내 입으로 말하긴 그렇지만, 나는 동기들에 비해 야심을 가지고 정력적으로 일에 몰두한 편이다. 구직 활동 때 숱하게 봐 왔던 미스터리에 대한 지식은 없으면서 외모만 반지르르한 사람들보다 편집자라는 업무에 있어서 내가 더 쓸만한 인재라고 자부했다. 그렇지만 출판계는 그런 넘쳐나는 의욕만으로 탄탄대로를 달릴 수 있을 만큼 호락호락하지 않았다. 나는 동기들 머리 위로 올라서고 말겠다는 의욕은 충만했지만, 이렇다 할 실적을 만들어내지 못했다.

입사 7년 차 봄. 그 무렵에는 편집자로서 그럭저럭 제 몫을 했다. 하지만 아직 큰 히트작은 만들어내지 못한 채 필사적으로 발버둥 치는 하루하루를 보냈다. 그런 상황에서 드디어 전환점이 되는 순간이 찾아왔다.

소설가bot에 올린 한 작품이 폭발적인 반응을 일으킨 것이다. 지금까지 운영해 온 2년 동안 좋아요 수가 몇 천을 넘어가는 경우가 몇 번 있었다. 하지만 이번에는 좋아요가 10만을 넘었고, 당초 3만 명 정도였던 팔로워는 소설을 올리고 며칠 만에 두 배인 6만 명에 달했다. 짧지만 내가 쓴 작품이 많은 사람에게 인정받은 순간. 꾸준히 해온 일이 드디어 보상받은 기분이었다.

그리고 여러 출판사에서 출간 제안이 왔다. 놀랍게도 나카야마출판 문예부에서도 같은 제안이 들어왔다.

'작가로 살아가는 길도 있지 않을까?' 하는 생각이 순간 머리를 스쳤다. 하지만 나는 애써 모든 제안을 거절했다. 이번 일은 일시적인 것이고, 금세 관심에서 멀어질 가능성이 있다. 지금 단계에서 안정된 회사원이라는 신분을 버리고 모험하는 건 시기상조라고 생각했다.

반대로 이 상황을 일에 활용할 방법은 없을까?

그리고 어떤 장대한 계획이 머릿속에 떠올랐다.

소설가bot의 방문자가 크게 늘고 그다음 달.

나는 '차세대 쇼트 미스터리 대상 by 소설가bot'이라는 소설 공모전을 SNS상에서 개최하기로 했다.

1,400자 이내로 집필할 것. 미스터리 장르일 것. 어디에도 공개되지 않은 작품일 것. DM으로 투고할 것.

누구나 부담 없이 참가할 수 있도록 룰은 단 네 개뿐.

세상의 많은 문학상이 연 1회 빈도로 개최되는 가운데, 이상은 주 1회, 내가 읽은 중 뛰어나다고 생각한 작품을 금상, 은상, 동상 순서로 발표하는 심플한 방식이었다.

나는 어디까지나 SNS상에서 조금 영향력 있는 일반인일 뿐이다. 문학상을 개최하는 데 있어서 저명한 심사 위원도, 거액의 상금도 준비할 수 없다.

그 대신 입상작을 소설가bot 계정에 올려서 적극적으로 이름 없는 작가의 인지도를 높인다. 그리고 작품과 작가의 팬을 늘린다. 그런 일을 매주 반복함으로써 기존의 유서 깊은 문학상과는 다른 포지션을 차지하려는 목적이었다.

아쿠타가와상이나 나오키상까지는 아니더라도 SNS상에서 가장 권위 있는 상을 만들고 출판으로 연결한다. 심사 위원은 나 한 명뿐. 저명한 작가가 아니더라도 확산력 있는 소설가bot이 좋은 작품을 전면 지원한다. 모든 게 잘 맞아떨어진다면 반드시 팔린다.

이것이 내가 세운 계획의 전모다. 소설가bot이라는 정체불명의 SNS 작가는 출판 업계에서도 주목하는 존재이기에 잘되리라는 확신이 있었다.

이를 증명하듯 첫 번째 공모전에는 도저히 일주일 안에 다 볼 수 없을 만큼 많은 작품이 접수됐다. 평일에는 수면 시간을 줄였고, 주말에도 쉴 틈 없이 응모작을 꼼꼼히 읽었다.

그리고 엄정한 심사를 거쳐 세 개의 작품을 선정해 발표했다. 모두 세세한 부분까지 신경 써서 감정을 뒤흔드는 작품이기 때문이었는지 SNS상에서 눈 깜짝할 사이에 퍼져나갔다. 상을 받은 작가의 SNS 팔로워도 급증했다. 모든 것이 내 계획대로 진행됐다.

그런 생활을 반년쯤 계속했다.

그 무렵 소설가bot의 팔로워는 12만 명을 넘어섰다. 그동안 나는 SNS에 70편에 달하는 작품을 입상작으로 발표했다. 그중 열 개의 작품은 좋아요가 10만을 넘길 정도로 큰 반향을 불러일으켰다.

슬슬 때가 무르익었을까.

나는 그동안 담금질해 온 계획, '소설가bot을 통한 서적화'를 실행에 옮기기로 했다. 기념비적인 작품이 될 첫 책은 무엇으로 할까. 내가 직접 저자가 되어 지금까지 올린 작품을 서적화하는 선택지도 있었다. 하지만 '재능 있는 작가의 작품을 세상에 알린다'라는 방침을 고수해 공모전 입상작 중에서 특히 반향이 컸던 작품을 선택하기로 결정했다. 이름 없는 작가가 SNS에서 큰 반향을 일으킨 것을 계기로 작품을 서적화하고, 작품이 크게 히트해서 거액의 인세를 받는다. 그 후로도 정기적으로 작품을 간행하며 인기 작가와 어깨를 나란히 한다. 그런 신데렐라 스토리를 만들어내면 소설가bot을 비롯해 공모전의 가치와 권위가 더욱 높아지리라고 예측했다.

물론 서적화를 담당할 출판사는 나카야마출판으로 정해두었다. 또 하나의 목적인 압도적인 실적을 쌓아 부서 내에서 범접

할 수 없는 존재가 되는 것. 그러기 위해서는 소설가bot의 운영자가 나라는 사실을 알리고 간행할 서적의 편집을 직접 담당해야만 한다. 강력한 문학 SNS 운영자이자 히트 메이커. 이 두 가지 얼굴을 겸비하면 회사 안에서의 내 지위는 분명 반석 위에 오르리라.

    나는 곧바로 기획서를 만들어 편집장에게 제출했다. 대학생이 직접 가져온 원고를 거들떠보지도 않았던 그 편집장이다. 편집장은 새총 맞은 비둘기 같은 얼굴로 눈을 끔뻑거렸다. 대단한 성과를 내지 못하던 부하 직원이 문예부에서 화제가 되어 제안서를 보낸 소설가bot의 운영자라고 하니 놀라는 것도 당연하다. 기획은 당연히 승인되었다. 겸연쩍어하는 편집장의 표정을 봤을 때 느낀 쾌감을 잊을 수가 없다. 수수께끼의 문학 인플루언서 소설가bot의 정체가 나라는 사실은 회사 안에 순식간에 퍼졌다.

    반년 후. 소설가bot이 만든 첫 책 《남편을 죽이는 방법》이 출간됐다. 정보 공개 당일 SNS에 고지하자 일주일 만에 1만 권이 예약됐다. 초판 부수는 무명인 신인 작가로서는 이례적인 5만 부로 스타트. 나는 발매 후에도 계속해서 SNS를 통해 소식을 알렸고, 화제의 책을 담당한 편집자로서 수많은 미디어에서 취재 요청을 받았다. SNS상에서 폭발적인 지지를 받은 데 더해 서적용으로 대폭 가필한 내용이 시너지를 일으켜 발매일 한 달

후에는 10만 부를 기록했다. 이 기회를 놓칠세라 사인회 개최, 광고 게재, 미디어 노출 등 적극적으로 홍보를 진행했다. 그리고 마침내 발매 반년 후에는 20만 부를 돌파했다. 입사 8년 차, 20대가 가기 전에 엄청난 베스트셀러를 탄생시킨 나는 그렇게 갈망하던 누구도 따라올 수 없는 실적을 손에 넣었다.

나는 '히트할 작품이 알아서 찾아온다'라는 꿈만 같은 시스템을 만드는 데 성공했다. 이 기세가 끊겨서는 안 된다. 그래서 더욱더 일에 몰두했다. 그리고 편집자로서 황금기에 돌입했다.

2년 후, 서른한 살이 된 나는 편집장으로 승진했다.

나카야마출판에서는 한 번이라도 10만 부가 넘는 베스트셀러를 터뜨리면 평가가 상당히 높아진다. 나는 그런 분위기에서 이제껏 네 번이나 베스트셀러를 세상에 선보였다. 그중 두 작품은 영상화되었고, 모두 국민 배우라고 할 만한 인기를 자랑하는 배우가 주연을 맡았다. 10만 부는 안 되더라도 수만 부의 실적을 올린 작품을 포함하면 배출한 히트작 수는 훨씬 늘어난다. 편집장 승진도 동기 중에서 가장 빨랐다. 인터뷰를 한 횟수는 일일이 세지 못할 정도다.

소설 공모전 운영과 담당 인기 작가의 신작이나 신인 작가의 작품 편집 업무를 처리하며 하루하루를 보냈다. 눈코 뜰 새 없이 바빴지만, 화제의 미스터리 작품을 체크하거나 밤낮을 가리지 않고 발생하는 사건을 고찰하는 등 학창 시절부터 내 삶의 일부가 된 일도 빼놓지 않았다. 이 무렵에는 거의 잠을 자지 않았던 것 같다.

그렇게 나는 회사에서는 '젊은 히트 메이커', 업계에서는 '천재 미스터리 편집자'로 이름을 날렸다.

그런데 입사 11년 차로 접어들면서 영광에 그림자가 드리우기 시작했다. 가장 큰 무기인 소설가bot에 올리는 작품에 대한 반응이 서서히 줄어든 것이다. 이 무렵 팔로워는 25만 명으로 문학 관련 SNS 중에서는 단연 돋보이는 숫자였다. 하지만 최근 몇 년 사이에 동종 업계의 다른 회사가 관리하는 SNS 계정이나 공모전, 직접 올린 작품으로 많은 팬을 보유하게 된 개인 SNS 계정 등 경쟁 상대가 늘어나 버렸다.

"한물갔다", "작품이 다 거기서 거기", "더럽게 재미없음".

소설가bot을 검색하면 이런 말을 흔히 발견할 수 있었다. 처음에는 질투라고 생각하고 신경 쓰지 않았지만, 좋아요 수가 줄어들면서 마음을 무겁게 짓눌렀다. 그리고 마지막 일격을 가하기라도 하듯 어떤 사건을 계기로 내 편집자 인생은 단숨에 밑바닥으로 곤두박질쳤다.

"다치바나, 지금 당장 회의실로 와."

컴퓨터 앞에 앉아 신간 장정을 어떻게 할지 고민하고 있을 때, 갑자기 뒤에서 나를 부르는 소리가 들려왔다. 목소리의 정체는 문예부 이토 부장이다. 이토 부장은 최근 업계의 가장 큰 회사에서 이직해 온 실력파로, 문예부 총책임자 겸 내 상사다.

감히 말하자면, 내 소설 공모전을 이용한 전략이 성공을 거둔 데 힘입어 나카야마출판의 문학 작품은 업계 점유율을 크게 높이는 중이다. 여세를 몰아 단숨에 점유율 1위를 노리기 위해 진두지휘할 인재로 파격적인 조건을 내걸고 데려 온 사람이 이토 부장이었다. 나보다 20년 이상 긴 경력을 보유한 그는 독서를 좋아하지 않는 사람도 알 만한 유명한 중진 작가를 여럿 담당했던 유명한 편집자다. 소문에 따르면 담당한 작품의 총 발행 부수가 천만 부를 넘는다고 한다. 그런 레전드급 인물과 함께 일할 수 있다는 사실에 큰 기쁨과 함께 질 수 없다는 자존심이 소용돌이쳤다.

"무슨 일이십니까?"

갑작스러운 호출은 대체로 안 좋은 뉴스다. 나는 이미 어떤 불길한 조짐을 느꼈다.

"단도직입적으로 묻지. 다치바나, 자네 도작했지?"

이토 부장의 입에서 나온 영문 모를 말에 나도 모르게 몸이 굳었다.

"얼버무릴 생각 말고 잘 들어. 실랑이하기 싫어서 하는 말인데, 다 증거가 있어. 자네는 이런 짓 안 해도 충분히 성과를 낼 수 있는 사람이잖아. 대체 어쩌자고 그런 거야?"

이토 부장은 잘 단련된 근육질 팔로 팔짱을 끼고는 차분하면서도 흔들림 없는 중후한 목소리로 말했다. 그 망설임 없는 눈빛을 보면 도저히 거짓말을 한다거나 장난을 치는 듯한 태도로는 보이지 않았다.

"도작 같은 건 한 적이 없는데, 설명해 주시겠습니까?"

아니, 잠깐만. 이토 부장이 뭔가 착각을 한 게 틀림없다. 우선 의혹을 풀자. 당황스러운 마음을 억누르고 태연한 척했다.

"그렇게 나오겠다 이거지. 방금 보낸 메일을 확인해 봐. 상부에 보고하려고 내가 정리한 거야. 아직 회사에는 아는 사람이 없으니까 지금 자백하면 일을 더 키우지 않을게."

나는 지금까지 본 적 없는 상사의 기백에 압도당한 채 메일을 확인했다.

【중요】문예부 소속 사원의 플롯 도용에 관한 보고

최근 우리 부서 소속 다치바나가 담당하는 신인 작가 니시모토 유이 씨의 데뷔작 《성스러운 살인귀에게》의 플롯이 제가 담당하는 가라사와 유고 선생님의 신작 《무혈》과 몹시 흡사한 사건이 발생했습니다.

잘 아시다시피 가라사와 선생님은 수많은 문학상을 여러 차례 수상하신 바 있고, 역대 작품의 누적 발행 부수가 5천만 부를 넘는 중진 작가이십니다. 이번 신작도 전사적인 노력을 기울여야 할 주력 안건으로 초판 부수 20만 부로 스타트, 금년도 최고 매출 달성에 대한 기대가 컸습니다.

하지만 가라사와 선생님께서는 이 일이 발생함으로 인해 향후 당사에서는 일절 집필하지 않겠다는 뜻을 전하셨습니다. 여러 차례 교섭했지만 생각을 바꾸시지 않으셨고, 저는 애끓는 심정으로 선생님의 뜻을 받아들였습니다.

이 사태를 무겁게 인식하고 니시모토 유이 씨와 앞으로 있을 거래를 모두 중단함과 동시에 담당 편집자인 다치바나에게는 진상 규명 후 상응하는 처분을 내릴 생각입니다.

플롯 도용이라는 부정행위는 작가와 담당 편집자, 나아가 회사 전체의 신뢰를 크게 손상시키는 행위로, 절대 용서받을 수 없습니다. 이를 엄중한 교훈으로 삼아 마음에 새기고 앞으로도 성실하고 공정하게 업무를 수행해 나가겠습니다.

부디 많은 이해와 협조 부탁드립니다.

온몸에서 피가 빠져나가는 감각에 휩싸였다.

니시모토 유이도 그 공모전 출신 여성 작가다. 그녀가 응모한 작품 《성스러운 살인귀에게》는 '사형수 엄마를 둔 주인공 소녀가 매년 엄마가 적어 보내는 편지를 통해 범죄자의 딸로서 겪어야 했던 갖은 고난을 극복하며 성장한다'라는 내용의 일그러진 모녀애를 그린 소녀의 성장담이었다. 그 퀄리티는 지금까지 공모전 투고작으로 읽었던 작품들과 비교되지 않을 정도로 높았다. 범죄자의 자식이 살아가는 방식이라는 무거운 주제 탓에 언뜻 거부감이 들지도 모르지만, 이야기의 기저에는 오늘날 일본에 사는 많은 사람들의 마음을 울리는 뜨거운 메시지가 담겨 있었다. 게다가 장편으로써 완성도가 높아 손대지 않고 곧바로 출판할 수 있는 수준이었다. 니시모토 유이와는 가볍게 인사를 나눈 적이 한 번 있었는데, 인품이 좋고 표절을 할 만한 사람으로는 보이지 않았다. 지금은 출판을 위해 원고를 다듬는 작업을 하고 있다. 그리고 이 기획을 승인한 사람이 바로 눈앞에 있는 이토 부장이었다.

삼척동자도 아는 중진 작가 가라사와 유고가 신작을 낸다는 이야기를 들은 건 그로부터 이틀이 지났을 무렵이었다. 이토 부장은 위치상 편집 일선에서는 물러나 있었지만, 가라사와 유고의 작품만큼은 직접 담당한다고 했다.

"니시모토 유이 씨 기획이 가라사와 선생님의 신작보다 먼저 승인받은 건 부장님도 아시죠? 가라사와 선생님이 신작을 내게 된 명확한 시기와 증거를 갖추고 설명해 주시지 않는다면 이번 처분은 도저히 받아들일 수 없습니다."

나보다 지위가 높고 나이 많은 상사를 앞에 두었지만 말투에 화가 실렸다. 납득할 수 없었다. 하지 않은 일에 트집 잡혀 억울하게 처분을 받다니, 이치에 어긋나도 한참 어긋나지 않은가. 나는 메일을 읽으면서 일어날 수 있는 여러 가능성을 생각했다.

하나는 정말 우연히 니시모토 유이와 가라사와 선생이 고안한 스토리가 같은 시기에 겹쳤다는 것. 하지만 미스터리의 왕도인 살인사건물이라면 몰라도 이번 작품의 스토리나 설정은 쉽사리 겹칠 것 같지 않았다. 지금까지 많은 소설을 읽어왔지만 이와 유사한 작품은 본 적이 없다. 이 가능성은 제로는 아니지만 상당히 낮다고 해도 무방하다.

남은 가능성은 별로 생각하고 싶지 않지만 이토 부장이 가라사와 선생이 플롯을 도용하도록 부추겼다는 것이다. 집필이 지지부진한 중진 작가에게 작가 본인이 썼다고 해도 위화감이 들지 않는 스토리를 제공해서 회사의 이익과 자신의 사내 지위를 높이려 했다는 시나리오. 회사 차원에서는 '고작 SNS 공모전에서 우수상을 받은 작품'보다 '국민적 인기를 자랑하는 중진 작가가 8년 만에 선보이는 신작'을 우선시하는 것도 이해할 수 있다. 무엇보다 그 결재권을 쥔 사람이 이토 부장이었다.

찬물을 끼얹은 듯 고요한 회의실에서 부장이 천천히 입을 열었다.

"다치바나, 이번 처분은 정말 미안하게 생각해. 가라사와 선생님을 상대로 나도 할 만큼 했어. 니시모토 유이 씨의 데뷔를 없던 일로 하겠다고 제안했지만, 선생님께서 지금까지 쌓아 올린 신뢰가 한순간에 날아갔다고 하시는 바람에 소용없었어."

나는 그렇게 말하면서 머리를 숙이는 부장을 보고도 여전히 납득할 수 없었다. 더 이상 무슨 말을 해봤자 답이 나오지 않을 거라고 생각한 나는 머리에 떠오른 의문을 제시했다.

"그럼 가라사와 선생님은 어떻게 니시모토 유이 씨의 플롯을 알게 된 겁니까? 회사 안에서 그걸 아는 사람은 저자인 니시모토 유이 씨, 담당 편집자인 저, 그리고 부장님. 이렇게 세 명뿐이잖아요?"

이토 부장은 이미 예측했다는 듯이 대답했다.

"나도 그걸 알 수 있으면 좋겠어. 창작의 세계에서 통째로 베끼는 일은 있을 수 없어. 하물며 우리 회사에서 이런 일이 일어나다니, 이건 사내 윤리의식이 문란해진 수준이 아니라 회사의 신용이 걸린 큰 문제야. 자네는 내가 선생님께 원고를 빼돌렸다고 생각할지도 모르지만, 나는 단언컨대 그런 짓은 하지 않았어. 그렇게까지 해야 할 정도로 이 회사나 내가 힘든 형편이 아니란 건 자네도 잘 알 거야. 아마도 가라사와 선생님 입장에서는 본인이 무거운 엉덩이를 들고 펜을 잡은 작품이 듣도 보도 못한 신인이랑 겹쳤다는 사실이 마음에 안 들었겠지. 우연히 겹쳤을 가능성도 없진 않아. 하지만 오랜 세월 제일선에서 일해온 선생님의 자존심을 건드린 게 아닐까 싶어. 처분에 관해서는 미안하지만, 이미 결정된 일이야. 받아들여 주게. 내가 이렇게 부탁하네."

아까보다 더 깊숙이 머리를 조아린 부장의 모습에서 내겐 선택권이 없다는 압박감이 스며 나온다.

"잠깐만요. 전 결백합니다. 여기서 받아들이면 지금까지 성실하게 해왔던 일도 모두 의심받습니다. 그 타격이 어느 정도일지는 업계 경력이 긴 부장님이라면 잘 아실 겁니다."

나는 떨리는 목소리로 호소했다. 고되었던 구직 활동 시절,

배출해 낸 신인 작가의 얼굴, 제대로 자지 못하고 힘껏 달려온 10년 동안의 기억이 머릿속에서 주마등처럼 차례차례 떠올랐다가 사라졌다. 심장이 쪼그라들다 못해 터져버릴 듯했다.

"미안하지만, 회사 전체의 신뢰가 실추되는 걸 막기 위해서라도 이러는 수밖에 없어. 원래대로라면 통보 없이 퇴직 처분 당할 일이야."

메일에 적힌 '상응하는 처분'이 설마 해고를 가리키는 말일 줄은 상상도 못 했다. 말이 나오지 않는다.

"퇴직이 아니라 부서를 이동하는 선에서 마무리될 수 있게 내가 얘기해 뒀어. …다만, 미안해. 몇 가지 조건이 있어. 우선 소설가bot으로 알게 된 작가는 모두 다른 직원에게 넘기도록 해. 그리고 공모전도 당분간 개최하지 말았으면 하네. 일을 복잡하게 만들지 않기 위해서라도 도작에 대한 언급은 하지 않아도 돼. 대신 사정이 있어서 공모전을 개최하지 않게 됐다는 글을 올려주게. 이게 퇴직이 아닌 부서 이동으로 끝내는 조건이야. 때를 기다렸다가 다시 문예부로 복귀시켜 줄 테니까, 제발 부탁하네."

"…진심으로 하시는 말씀입니까?"

영문 모를 죄 때문에 내가 쌓아 올린 커다란 재산을 잃다니, 도저히 받아들일 수 없었다. 그것도 이미 결정됐다는 듯한 말투다. 어떻게 이런 억울한 일이 일어날 수 있단 말인가.

사실 소설가bot의 침체기는 더욱더 심해지고 있었다. 응모

작품은 격감하고, 게시한 글의 좋아요 수는 3천에서 5천을 넘으면 괜찮은 편이다. 요즘 들어 베스트셀러에서도 멀어졌다. 부서 내에는 기발한 무기로 출세한 나를 마뜩잖게 생각하는 사람이 많을 것이다. 그렇기에 이번 일은 나를 축출할 절호의 기회였을지도 모른다. 그런 공연한 의심을 할 정도로 내 마음은 싸늘하게 얼어붙었다.

하지만 한 가지 명확했던 건 편집자라는 직업을 잃는 공포가 훨씬 컸다는 사실이다. 다치바나가 소설가bot이라는 정체를 밝히고 중진 작가와 문제가 발생했다는 사실이 퍼진다면 이직을 하더라도 미래가 순탄하지 않을 것이다. 문학계에서 퇴출당하는 것이나 다름없었다.

그렇게 해서 나는 소설가bot 계정에 회사에서 지시받은 대로 글을 올렸다. 그리고 일주일 동안 자택 근신을 한 후 문예부를 떠났다.

내가 새롭게 배속된 부서는 단행본 논픽션부였다.

이곳은 주로 에세이나 자기계발서, 실용서 등을 출간하는데 문예부와는 달리 여직원이 많다.

나카야마출판에는 소설은 문예부에서만 출간할 수 있다는 암묵적인 룰이 있다. 다시 말해 나는 오랜 세월에 걸쳐 성장시킨 소설 공모전의 주최자면서도 사내 규칙상 소설을 편집할 수 없게 된 것이다. 회사에서는 마지막 온정으로 대부분의 사원에게 내가 어떤 경위로 부서 이동을 하게 되었는지에 대해 밝히지 않았다. 아는 사람은 상층부와 단행본 논픽션부의 요시오카 부장뿐이다. 표면상으로는 '부서의 새로운 기둥을 만들기 위해 앞으로 인플루언서 저자의 책 출간에도 힘을 쏟을 것이다. 그래서 사내 핵심 부서인 문예부에서 베스트셀러를 쏟아낸 에이스에게 부서 이동을 요청했다'라고 말했다고 한다. 덕분에 거북함을 느낄 일은 없었고, "다치바나 씨에 대해 자주 들었습니다" 하는 호의적인 반응이 많았다.

다만 당연한 이야기지만, 소설과 에세이는 전혀 다른 장르다. 에세이는 이야기보다 실용성, 즉 독자에게 어떤 가치를 제공할 수 있는지가 중요하다. 그리고 소설과 다르게 저자의 경험과 생각을 담기 때문에 논픽션이다. 괜찮은 이야기인지 아닌지가 출간 기준에 크게 작용하는 소설에 비해 저자의 인격이나 인기와 같은 부분을 조사해야 하는 에세이는 내게 고역과 다름없었다. 어릴 때부터 삶의 일부로 해왔던 일 덕분에 흉악 사건을 저지른 범인이나 옥중에 있는 사형수 등에 대한 정보는 속속들이 꿰고 있지만, 그것은 지금 소속된 부서에서 요구하는 장르가 아님이 분명했다. 아직 부서 이동을 받아들이지 못한 심리까지 더해져 나는 도저히 일에 정성을 쏟을 수가 없었다.

그때부터는 히트작을 한 편도 내지 못한 채 순식간에 1년이 지났다. 나는 서른세 살이 됐다.

아무도 입 밖으로 내지는 않지만 문예부 에이스라더니 별거 아니네, 하는 따가운 분위기가 느껴졌다. 어느 정도 일의 흐름과 에세이에 대한 이해도가 깊어졌으나 소설을 향한 미련을 떨쳐내지 못한 나는 여전히 무기력한 하루하루를 보냈다.

에세이라는 장르는 시장이 크다. 소설에 비하면 가볍고 편하게 읽을 수 있는 작품이 많아 독자층이 넓은데, 그만큼 경쟁도 치열하다.

세상 사람들의 니즈를 파악하고, 충족시킬 수 있는 저자를 찾는다. 그것이 가장 잘 전해질 내용과 디자인의 책을 만든다. 그리고 그것을 찾는 독자에게 전해질 수 있도록 홍보한다. 어느 장르나 다 마찬가지겠지만, 이런 상품을 만드는 데 기본이라고 할 수 있는 과정을 빈틈없이 거쳐야 비로소 히트작이 탄생한다. 문예부 시절에 달성한 실적은 소설가bot이라는 남들에게 없는 무기로 이룬 것이다. 이 부서로 옮겨와 몇 작품을 만들어보니 내게 이런 기초가 없다는 사실을 깨달았다.

그리고 회사에서 내게 기대하는 인플루언서 에세이는 독자층이 저자의 팬인 경우가 많다. 팬이 아닌 일반 독자들에게 작품을 알리기는 무척 어려운 일이다. 즉 저자의 인지도나 팬의 수가 곧장 매출로 이어진다는 말이다. 나는 유명하지는 않지만 재능 있는 신인 작가를 세상에 알리는 일에 열정을 쏟아왔기 때문에 이미 유명한 사람이 쓴 에세이를 세상에 알리는 일에는 도저히 매력을 느낄 수 없었다.

너무나 단순하고 설득력 없는 생각이지만, 이게 본심이다.

그리고 무엇보다 큰 문제는 누명을 뒤집어쓰고 이동했다는 부당한 처우를 소화해 내지 못한 채 아직도 깊은 무기력증에 빠져 있다는 것이었다.

그렇게 큰 성과를 내지 못하고 평범한 중견 사원으로 6년이라는 세월이 흘렀다. 나는 서른아홉 살이 됐다.

예전처럼 대박 작품을 만들지는 못했지만, 어떻게든 연간 할당량을 아슬아슬하게 채우며 회사에 들러붙었다. 크게 출세할 일은 없지만 강등되는 일도 없다. 왕년에 '젊은 천재 미스터리 편집자'라고 불린 남자는 '어디에나 있는 평범한 편집자'가 되었다. 내 인생을 바꾼 소설 공모전은 1년에 딱 한 번 취미로 열었고, 응모작 몇 편을 훑어보고 끝나는 개인적인 오락거리로 전락했다.

하지만 시간적 여유가 생기고 생각이 정리되자 그때의 내 모습이 어땠는지 몇 가지 깨달았다.

우선 '재능 있는 신인 작가를 세상에 알린다'는 비전에 따라 상을 만들고 정력적으로 활동한 건 사실 공모전 개최 초기뿐이었던 건 아니었을까 하는 점. 언젠가부터 나도 예전의 그 분통 터지는 말을 내뱉었던 편집장 같은 상업주의, 다시 말해 '팔리기만 하면 그만인 출판 프로듀서'가 된 것 같았다.

실제로 공모전이 궤도에 오르기 시작한 무렵에는 예전 같았으면 출간을 제안했을 수준의 작가여도 내가 바쁘거나 담당하는 작품과 비교해서 도긴개긴이라면 입상시키지 않는 선택을 되풀이했다. 또 성장시킬 가치가 있는 실력을 지닌 작가여도 대중이 작풍을 받아들이지 못한다고 판단되면 다음 작품을 잇따라 거절하고 잘라버렸다. 처음에는 신념을 가지고 한 일이었지만, 어느새 숫자에 눈이 멀어 눈앞에 있는 한 사람 한 사람을 소홀히 대한 잘못이 부메랑이 되어 돌아왔다. 그래서 문예부로 돌아가지 못할 것 같다는 생각이 들기 시작했다.

스스로에게 은근슬쩍 거짓말하며 '난 그렇게까지 재미있다고 생각하지 않지만, 사람들한테 먹히니까 출간해 볼까' 하는 마음으로 만든 책도 여러 권이다. 다만 그렇게 상업적으로 만든 작품, 특히 내가 담당한 신인 작가의 히트작에는 "깊이가 없다", "몰입이 안 되더라" 같은 신랄한 리뷰가 많이 달렸다.

나는 이를 보고 초등학생 국어 교과서에 글자가 너무 크다, 이 이야기가 뭐가 좋냐? 하고 트집을 잡는 것과 마찬가지라고 생각했다. 왜냐하면 잘 팔리는 소설은 일부러 눈높이를 낮춰 이해하기 쉽게 만드는 경향이 있기 때문이다. 나는 잘 팔리는 책일수록 평소에 들을 일 없는 어려운 어휘를 사용하지 않으면서 누구나 즐길 수 있게 구성되어 있다고 생각한다.

물론 그렇게 만든 책 중에서도 제대로 읽은 독자만이 알아차릴 수 있는 '심오한 재미'가 존재한다. 교양이나 문해력이 있으면 더욱 즐길 수 있는 장면이나 이야기 속에 숨겨진 저자가 전달하고자 하는 주제 등이 이에 해당한다. 하지만 그런 점을 발견하지 못하고 얄팍한 독서에서 비롯된 얄팍한 감상을 마치 자신이 고상한 독자라도 된 양 과시하는 일은 내겐 너무나 우스꽝스러울 뿐이었다.

책에도 음식처럼 호불호가 존재한다. 맞지 않는 책이 있다고 생각한다. 하지만 그 책이 재미있다고 생각하느냐 그렇지 않느냐는 것은 그 사람이 가진 풍부한 감수성이나 받아들일 수 있는 감성이라는 이름을 가진 그릇의 크기에 따라 다르다고 생각한다. 피카소의 그림을 보고 모르겠다고 생각할 것인가, 자기 나름대로 해석한 후 즐길 것인가. 독창적인 요리를 먹고 이게 뭐야, 라고 생각할 것인가, 숨겨진 맛을 찾고 셰프가 의도한 바를 상상해 볼 것인가. 소비자로서 수준이 높은 사람들. 다른 사람이 봐도 교양이나 기품이 넘쳐 매력적으로 보이는 사람들. 이들은 틀림없이 후자에 속한다.

미스터리 평론가 흉내를 내며 보냈던 대학 시절, 나는 단편집이나 라이트 미스터리 같은 대중적인 작품을 본격 미스터리의 잣대로 평가하는 식의 비평은 절대 하지 않았다. 귀중한 독서라는 지적인 취미를 즐길 줄 아는 인간이면서 내 감성의 그릇은 작습니다, 하고 공언하는 듯한 비평을 하는 것만큼 어리석은 행위가 없다고 생각했기 때문이다.

소설이라는 오락을 즐기는 일은 현대에 이르러서는 이미 고도의 기술이 되어버린 게 아닐까.

출판 불황이라는 상황을 최전선에서 목도하고 절실히 느꼈다. 영상 콘텐츠나 검색 서비스가 생활 기반 시설처럼 보급되는 세상에서 글만 보고 머릿속에서 장면을 상상하며 등장인물에게 감정이입하는 일은 생각 없이 원하는 정보를 바로 얻는 행위보다 뇌에 훨씬 큰 부담을 준다. 요즘 독자는 이해하기 쉽고, 명확한 답을 찾는 풍조가 강하다. 이야기의 마지막에 여백을 남겨 조금이라도 모호하게 마무리하면 "이해가 안 된다", "의미가 불분명하다"라는 평가가 내려진다. 최근 들어 젊은 층의 독해력이 눈에 띄게 저하되었고, SNS상에서는 긴 영상보다 짧은 영상의 반응이 더 좋다. 그런 풍조에 맞출수록 나 같은 인간은 갑갑함을 느낀다.

그런 면에서 보면 결국 내가 지금껏 상업적으로 선보인 작품도 점수를 매긴다면 70에서 80점 정도일까. 아직 '내가 납득할 수 있는 최고의 이야기'를 만나지 못했다.

그렇게 생각했다. 이것을 보기 전까지는.

"아니, 이게 뭐야…."

손에 든 원고를 다 읽고, 나는 할 말을 잃었다. 당장이라도 온몸에서 피가 끓어오를 것 같은 감각. 이렇게까지 다음이 기대되는 이야기는 처음이었다. 이건 39년 동안 살아온 내 인생에서 100점 만점인 작품이 될 것이라고 확신했다.

"다치바나 선배님?"

원고를 들고 우두커니 서 있는 내가 이상해 보였으리라. 옆자리에서 목소리가 들려왔다. 4월에 대졸 사원으로 단행본 논픽션부에 배속된 신입 편집자, 오노데라 유카의 목소리였다. 나는 유카의 교육 담당으로 지난 몇 달간 행동을 함께했다.

"어, 왜?"

"다른 게 아니라, 얼굴이 너무 심각해 보이는데 무슨 일 있으신가 해서요."

이왕 이렇게 된 거 유카에게도 이 이야기에 대한 소감을 들어보기로 했다.

"오늘 출근했더니 이게 내 자리에 와 있더라고…. 한번 읽어볼래?"

그렇게 말하고는 유카에게 우선 한 장의 원고를 건넸다.

프롤로그

드디어 이 순간이 왔다.

나는 당신을 죽일 겁니다.

절대 아무에게도 들키지 않고.

"이게 뭐예요? 소설 도입부인가요?"

유카의 가녀린 체구에서 나온 목소리가 공중을 떠돌았다.

"어떻게 생각해?"

"이 세 줄만 가지고는 뭐라고 말할 수가 없겠는데요. 죄송합니다."

상상했던 것과 조금도 다르지 않은 신입다운 대답이었다.

"잘 관찰해 봐."

유카는 원고에 얼굴을 가까이 대고 찬찬히 훑어봤다.

"어, 이거 손으로 쓴 거예요?"

나는 고개를 끄덕였다. 언뜻 보면 컴퓨터로 작성한 글자라고 생각할 법한 정교한 명조체로 쓰인 글. 만져보면 종이가 약간 올록볼록하다는 것을 알 수 있다.

"계속 읽어봐."

어리둥절해하는 유카에게 한 묶음의 원고를 건넸다. 유카는 조심스럽게 원고를 받아 들고 읽기 시작했다.

제1장
추락한 천재.
세상은 그를 그렇게 불렀다.

신인 작가의 소설이라도 담당하기만 하면 이례적인 속도로 베스트셀러에 등극시키며 파죽지세로 미스터리 소설계를 석권한 어느 문학 편집자가 있었다. 그는 기존과 다른 독자적인 아이디어와 방식으로 재능 있는 신인 작가를 발굴해 그들 중 대부분을 세상에 배출했다. 마음속 깊이 소설가를 꿈꾸는 사람 중에 그의 이름을 모르는 이가 거의 없을 정도였다. 나도 그의 존재를 알고 매우 강하게 매료된 사람 중 하나였다.

그런데 언젠가부터 그의 이름을 들을 수 없었다. 들리

는 소문에 의하면 어떤 사건으로 인해 문학 편집 업무를 빼앗기고 아주 딴사람이 된 듯 변해버렸다고 한다. 이 사실을 알았을 때 나는 분노를 감출 수 없었다.

  재능 있는 사람은 때때로 그 재능을 함부로 다룬다. 그것을 손에 넣고 싶어 발버둥 치고, 괴로워하고, 진심으로 애원하는 사람이 세상에 수없이 널렸는데도 말이다. 하지만 정작 본인은 그런 사실을 전혀 모른다. 자신이 당연하게 할 수 있는 일이기에 다른 사람은 평생을 바쳐 원하는 일이라고 생각지 못하기 때문이다. 사람은 늘 부족한 것에만 눈길을 보낸다. 지금 눈앞에 있는 것과 자신이 가진 것, 처한 환경을 당연하게 여긴다. 그렇기 때문에 그것에 감사하다는 마음을 갖지 못한다. 가엽게도 그도 마찬가지였다. 쉬이 찾아볼 수 없는 편집자로서의 실력을 갖추었으면서 더 이상 미스터리 소설을 만들 수 없다니, 나는 도저히 그를 용서할 수 없었다.

  나는 다시 한번 그가 편집한 소설을 읽고 싶다. 하지만 이름 없는 글쟁이인 내가 그를 다시 미스터리의 세계로 불러올 수 있을까. 나는 거듭 생각했다. 그리고 마침내 그 답에 이르렀다.

  그를 죽이자.

  누구에게도 들키지 않을 완벽한 트릭으로.

나는 언젠가 그가 인터뷰 기사에서 공언했던 미학을 좋아했다.

"결국 모든 미스터리는 리얼리티가 결여된 페이크예요. 소설가는 어디까지나 가공의 이야기를 창작하는 프로죠. 그들은 살인범이 아니에요. 아무리 취재를 거듭해도 범죄 수법, 피해자의 표정과 같은 살인에 관한 디테일을 진정한 의미에서 실감할 수 없어요. 반대로 디테일을 아는 살인범은 당사자로서의 경험은 있지만 표현자가 아니기에 창작한 이야기에 그걸 담아서 세상에 선보일 수 없어요. 애초에 책을 쓰려고 살인을 하는 게 아니니까요. 그러니 '진짜'를 그린 작품이라는 건 만나볼 수 없어요. 특히 완전범죄는 현실성이 현저히 부족하죠. 왜냐하면 진짜 완전범죄라는 건 세상에 나올 일이 없으니까요. 소설가의 상상에서나 나돌던 작품이 '완전범죄입니다'라는 얼굴을 하고 서점에 진열되는 거죠. 다만 한 명의 편집자로서 꼭 보고 싶어요. 이렇게 말하면 화를 내실지도 모르겠군요. 하지만 만에 하나 '살인으로 완전범죄를 실현해 낸 소설가가 그린 미스터리 소설' 같은 게 있다면, 저는 꼭 그걸 읽어보고 싶어요."

이 인터뷰를 읽었을 때 소름이 돋는다는 말로는 온전히 표현하지 못할 정도로 온몸이 떨렸다.

그리고 곧 내가 해야 할 일이 머릿속에 떠올랐다.

내가 이 이야기를 쓰자.

그렇지만 내가 만약 적당한 누군가를 완전범죄로 죽이고 작품으로 만든다 해도 그가 믿어주지 않을지 모른다. 그래서 나는 생각했다. 그가 당사자가 되는 게 가장 좋지 않을까. 글은 무한한 가능성을 담고 있다고들 하지만, 아무리 그래봤자 글자 뭉치에 불과하다. 결국 그려지는 정경은 독자의 뇌가 보완한다.

가령 내가 저지른 완전범죄를 작품으로 표현한다고 해도 내가 본 경치와 그가 느끼는 경치에 차이가 생긴다. 거기에 그가 원하는 '진짜'는 존재하지 않는다.

그렇다면 어떻게 해야 할까? 답은 하나다. 그가 지금부터 시작될 이야기의 주인공이 되어 내가 만드는 이야기를 자신의 인생을 걸고 체험해 줘야 한다.

나는 그를 죽일 것이다. 아무도 달성하지 못한 완전범죄로.

하지만 나는 아직 약간의 가능성을 가지고 그를 믿고 있다. 천재는 날개가 꺾이지도 땅에 떨어지지도 않는다는 것을.

나를 막고 증명해 주길 바란다.

다치바나가 죽는 날까지, 앞으로 ●●일

유카는 다 읽고 나서도 한동안 멍하니 원고를 바라봤다. 그러다 갑자기 스위치가 켜진 듯 당황한 목소리로 말했다.

"선배님, 이럴 때가 아니에요! 이건 살인 예고잖아요!"

유카는 말 없는 나를 향해 연이어 입을 열었다.

"괜찮으세요? 경찰에 신고하는 게 좋지 않을까요?"

"아니, 괜찮아. 고마워."

나는 차분한 목소리로 예상보다 더 걱정하는 유카를 달랬다.

"그나저나 누가 이런 걸 보냈을까요. 아, 봉투를 보면 알 수 있지 않을까요?"

"안타깝게도 봉투에는 내 이름 말곤 아무것도 안 적혀 있어. 누가 보냈는지 알 길이 없지."

나는 원고가 들어 있던 봉투를 보여주며 말했다.

"어디서 배달된 건지 확인해 봐요."

유카는 그렇게 말하면서 내 손에 있던 봉투를 조심스럽게 가져가더니 소인에 얼굴을 가까이 댔다.

"도쿄 중앙…."

"도내에서 보낸 거면 범인을 찾아내기 힘들어."

"어째서요? 시내의 CCTV를 보면 알 수 있지 않나요?"

단단히 헛다리를 짚은 유카의 말을 듣고 잠시나마 문예부에서 활약하던 시절의 감각이 돌아온 듯한 기분이 들었다. 오랜만에 회사에서 미스터리처럼 보이는 원고를 읽은 탓일까. 하지만 이곳은 더 이상 문예부가 아니라며 스스로를 타일렀다.

나는 유카도 이해할 수 있게 차근차근 설명했다.

"결론부터 말하자면 CCTV를 본다 해도 범인의 꼬리를 잡을 순 없어. 먼저 생각해 봐야 할 점은 방대한 도쿄 곳곳에 설치된 우편함의 우편물에는 이 '도쿄 중앙'이라는 소인이 찍힌다는 거야. 그래서 발신인 불명일 경우 대략적인 지역은 알 수 있어도 어느 우편함에서 온 우편물인지는 알아낼 수가 없어."

유카는 진지한 표정으로 나를 똑바로 바라보며 고개를 끄덕였다.

"설령 CCTV에 찍혔다 해도 큰 봉투 밑에 이 봉투를 감추고 우편함에 넣는다거나 모자나 마스크, 안경을 끼고 얼굴을 가려서 신원이 밝혀지지 않을 최소한의 대책을 취했을 거라고 추측할 수 있어. 게다가 본인이 우편함에 넣었다고 단정할 수도 없어. 요즘 세상엔 수상쩍은 알바라도 돈만 주면 기꺼이 해주는 사람이 있으니까."

특별히 머리를 쥐어짤 것도 없이 한순간 떠오른 생각을 재빠르게 말했다.

"선배님, 굉장하세요! 배속됐을 때 선배님이 옛날에 엄청난 미스터리 편집자였다는 말을 듣긴 했는데, 방금 그걸 절실히 느꼈어요!"

유카는 진심으로 감탄한 듯했다.

그런가. 나에겐 아직 미스터리 편집자로서의 감각이 남아 있는지도 모르겠다. 완전히 사라졌던 자신감, 자지 않고 계속 일에 몰두했던 그 시절의 열정이 조금이나마 돌아오기 시작한 것 같았다.

"그나저나 사람을 죽이겠다는 예고를 하다니. 그것도 완전범죄로. 너무 도전적인데요."

"그러게. 완전범죄를 저지르려면 증거를 남기지 않는 게 철칙이야. 그런데 굳이 우편물이라는 물적증거가 남는 방법으로 예고했다는 점이 이해가 안 돼."

"듣고 보니 그렇네요. 만약 제가 선배님을 죽이려는 범인이라면, 틀림없이 대책을 못 세우게 기습할 것 같아요. 부엌칼을 가지고 뒤에서 이얍! 하고 목 같은 데를 찌른다거나 말이에요."

열다섯 살 이상 나이 차이가 나는 상사를 눈앞에 두고 목을 찌른다니, 참 당돌하다. 유카는 살짝 눈치 없는 구석이 있어서 머리에 떠오른 생각을 있는 그대로 말하곤 한다. 확실히 나와는 다른 타입의 사람이다. 분명 친구도 많고 나름 연애도 하며 즐거운 청춘을 보냈을 것이다.

"정말 죽일 작정이라면 예고 없이 죽이는 게 수월하지."

"제 말이요. 사이코패스처럼 사람을 죽이는 일에 룰을 만들어놓고 즐기는 것 같아요. 만화 같은 데 자주 나오는 미치광이 캐릭터의 기운이 느껴져요."

유카가 자신감이 가득 찬 목소리로 말했다. 문예부 시절의 나라면 그건 고찰이 아니라 그냥 소감일 뿐이라고 지적했을 것이다.

"그놈한테는 절대 들키지 않으리라고 확신할 만한 계획이 있어. 그러니 살인 예고까지 한 거지. 아마 이 원고만 가지고는 신원을 알아내기 힘들 거야. 게다가 정성스럽게 프롤로그니, 제1장이니 하면서 이야기가 계속될 것을 암시하고 있어. 이쪽 움직임을 읽으면서 앞으로 이런저런 시도를 할 게 분명해."

유카는 '그래서요?'라고 말하는 듯한 얼굴로 나를 쳐다봤다.

"현시점에서 취할 수 있는 대책은 적을지 모르지만, 이제부터 만약을 위해 새로운 일로 날 찾아오는 사람을 경계하는 게 좋겠지. 물론 내가 아는 사람일 가능성도 버릴 수 없어."

"그렇구나. 그런데 경찰에 말 안 하실 거예요?"

"아직 피해가 발생한 것도 아니고, 경찰은 일반인한테 온 살인 예고를 진지하게 상대해 줄 만큼 한가하지 않거든."

말은 그렇게 했지만 속으로는 아직 경찰에 알리고 싶지 않다고 생각했다. 이미 말라버렸다고 생각했던 문예부 시절의 자부심이 조금씩 되돌아오는 감각. 솔직히 기분이 나쁘지 않았다. 이 소설을 보낸 인물, 가령 'X'라고 이름 붙인다면, X는 내게 어떤 기대를 하고 있지 않을까. X의 글에서 그런 애정 같은 것을 느꼈다.

하지만 만약 정말 X가 나를 죽일 작정이라면 언제 어떤 식으로 죽이러 올까. 그때가 오면 당당히 맞서리라. 신기하게도 공포는 거의 느껴지지 않았고, 미지의 세계에 도전하는 설렘이 앞섰다. 이 이야기는 내 인생을 집대성하는 작품이 될지도 모른다. 반드시 내 눈으로 마지막까지 지켜보고 싶다는 생각이 들었다. 소설을 집어 들고 표지를 넘기는 순간. 지금까지 몰랐던 새로운 이야기의 세계로 발을 들이는 고양감. 나는 이 감각을 무척 좋아했다. 어떤 이야기든 시작된 이상 반드시 끝을 맞이한다. 마지막에 아무리 어두운 결말이 기다리고 있다 하더라도 일단 이야기가 시작되면 절대 멈추지 않고 끝까지 진행된다.

그렇지만 X, 유감이다.

이 이야기의 결말은 시작된 순간부터 내 승리로 결정됐다.

날 죽이겠다고? 입만 살아서는. 자, 덤벼라.

잊고 있던 절대적인 자신감이 내 안에 다시 살아났다.

문제의 원고가 배달되고 며칠이 지난 어느 날.

"다치바나 씨를 뵙고 싶다는 분이 오셨는데, 안내해 드려도 괜찮을까요? 50대 정도 되는 여성분이십니다."

내선전화를 받은 내 귀에 들려온 건 약속을 잡지 않은 손님이 왔다는 소식이었다. 살인 예고 이후 처음으로 맞이하는 손님이다. 그것도 짐작이 가지 않는 낯선 인물. 당연한 이야기지만 경계심이 움튼다.

"잠깐 기다려 주세요."

나는 그렇게 말하고 순간적으로 머릿속에서 시나리오를 그려보았다. X가 정말 살인 예고를 한 살인범이라고 가정할 경우, 나를 사람들 눈에 띄는 곳에서 죽이지는 않을 것이다. 이 회사 안에는 항상 5백 명이 넘는 사원이 있다. 이곳에서는 나와 걸어가는 모습을 누군가가 목격할 가능성이 높다. CCTV도 있다. 그 위치와 개수는 십수 년 근무한 나조차 파악하지 못했다. 아무리 생각해도 증거를 남기지 않고 범행을 저지르기는 불가능하다.

지금 찾아온 손님이 X라고 가정해 보자. 그 가능성을 염두에 두고 내가 이제부터 철저하게 취해야 할 구체적인 대책은 두 가지였다.

첫째, 회사를 포함하여 외출한 모든 곳에서 내가 준비한 음식 외에는 입에 대지 않을 것. 둘째, 내 생활을 둘러싼 소리를 인터넷을 통해 방송할 것.

소형 녹음기를 여러 개 가지고 다니거나 항상 스마트폰 음성 메모로 녹음하는 방법도 생각해 봤지만, 아쉽게도 내가 살해당한 후에 그것들이 파괴된다면 본전도 못 찾는다. 하지만 인터넷을 이용하면 다르다. 녹음 파일이 내 디바이스뿐만 아니라 인터넷, 그리고 기업 측 서버에 남는다. 그렇기에 물리적으로 파괴할 수 있는 녹음기와 달리 쉽게 지우지 못한다. 방송 방법은 간단하다. 주머니에 넣어둔 스마트폰으로 지금 나누는 대화를 실시간으로 내보내면 된다.

물론 내 모든 생활을 방송하겠다는 것은 아니다. 그랬다가는 내가 뭘 하고 있는지 고스란히 들통나 버린다. 실행에 옮긴다면 내 방송 URL을 아는 사람만 볼 수 있게 설정하고 아무에게도 알려주지 않아야 한다. 즉 아무도 볼 수 없는 상태에서 방송을 하는 것이다. 그리고 내가 방송한 모든 URL을 다른 SNS에 1년 후 게시되도록 예약해 둔다. 만에 하나 내게 무슨 일이 생기면 공개될 것이고, 아무 일도 없다면 예약 설정을 해제하면 된다.

지금의 부서로 이동해서 좋았던 건 최근 몇 년 동안 인플루언서 저자의 출판을 맡아왔기 때문에 인터넷 방송에 관해 제법 자세히 알게 됐다는 점이다. 이 아이디어도 단행본 논픽션부로 옮긴 덕분에 떠올릴 수 있었다.

좌우지간 지금 찾아온 손님을 만날 때는 내 스마트폰을 사용하기로 하고, 오늘 퇴근길에 방송용 스마트폰을 구매하기로 결심했다. 갑작스러운 문제나 고장에 대비해 두 대를 준비하자. 다만 상시 방송한다는 수단도 결코 완벽한 대책은 아니다. 우선 내가 스마트폰에서 멀어지거나 손에서 놓으면 무용지물이다. 스마트폰을 충전하는 중에 자리를 비운다거나 욕조에 들어가 있을 때는 무방비 상태다. 내키지 않지만 씻을 때나 화장실에 갈 때도 계속 방송하기 위해 스마트폰을 휴대할 필요가 있다. 그리고 전파가 잡히지 않을 때도 이 방비책은 의미를 잃는다. 도쿄에 사는 이상 문제는 없다. 그렇지만 지방의 깊은 산처럼 전파가 잡히지 않는 곳에 간 경우에는 주의가 필요하다. 마지막으로 내가 한순간이라도 스마트폰을 손에서 놓아야만 하는 상황. 이를테면 같이 목욕탕에 가자고 제안하거나 멀리 가야 하는 용건을 만들어오는 사람이 있다면 X 또는 그 관계자라고 의심할 수 있다…. 이 정도면 됐을까.

수화기를 움켜쥔 나는 90초짜리 보류음이 딱 한 바퀴를 돌았을 때 "안내해 주세요" 하고 대답했다. 지정된 응접실로 향하면서 바지 오른쪽 주머니에 손을 넣어 스마트폰을 꺼내고는 귀여운 곰돌이 아이콘이 그려진 인터넷 방송 어플을 가장 쉽게 사용할 수 있는 위치로 이동시켰다. 그대로 어플을 실행하고 화면 아래에 있는 붉은 REC 글자 아이콘을 눌렀다. 방송이 시작된 것을 확인하고 곧바로 스마트폰을 주머니에 집어넣었다.

나는 어릴 때부터 지각하는 사람이 정말 싫었다. 그래서 9시 집합이라고 하면 8시에 집합 장소에 도착했다. 친구가 올 때까지 주변을 산책하고, 낯선 세계를 홀로 즐기는 것을 좋아했다. 딱히 기다리는 일이 힙겹지는 않다. 지금까지 작가가 보내주기로 했던 원고를 헤아릴 수 없이 많이 기다려왔다.

하지만 응접실에서 누군지 모를 중년 여성을 기다리는 시간은 왠지 모르게 영원할 것처럼 느껴졌다. 그도 그럴 것이 내가 안내 데스크에 "안내해 주세요"라고 말한 지 벌써 20분이 지났기 때문이다. 안내 데스크에서 이 응접실까지는 아무리 엘리베이터가 붐비더라도 5분에서 10분 정도다. 직원이 안내해 줄 테니 도중에 길을 잃을 가능성도 없다.

뭔가 이상하다. 설마 X가 온 걸까? 불길한 예감이 뇌리를 스친다. 완전범죄를 계획하고 있는 이상 X는 그리 쉽게 내게 모습을 드러내진 않을 것이다. 설마 X는 그 생각을 역으로 이용해 대낮에 당당히 모습을 드러내고 많은 사람이 지켜보는 앞에서 살인을 저지르려는 것일까? 아니, 설마. 아무리 그래도 그건 아닐 것이다.

　다치바나가 죽는 날까지, 앞으로 ●●일

X가 보낸 원고 마지막에 검은색으로 칠해진 두 자리 숫자가 생각났다. 카운트다운이 맞다면 남은 일수는 10일에서 99일. 오늘은 아직 며칠밖에 지나지 않았다. 원고를 곧이곧대로 믿는다면 오늘 공격당할 일은 없다. 앞으로 5분만 더 기다려보고 오지 않으면 일단 자리로 돌아가자. 그런 생각을 하던 때였다.
　응접실 입구 근처 통로에서 누군가 다가오는 기척이 났다.
　탁, 탁.
　일정한 템포로 이상한 소리가 다가온다. 어디선가 들어본 적 있는 소리다. 점점 커지는 그 소리와 함께 반투명 유리 너머로 두 사람의 실루엣이 나타났다. 문 바깥에서 "이쪽이에요" 하는 목소리가 들려왔고, 그 톤에서 마주치면 언제나 상냥하게 인사하던 사무직원의 얼굴이 어렴풋이 떠올랐다.
　서서히 문이 열린다.
　탁, 탁.
　특징적인 소리와 함께 나타난 여성은 내가 모르는 인물이었다. 하지만 어디선가 본 듯한 얼굴이었다.

"다치바나 씨, 안녕하세요. 오노데라라고 합니다. 여기서 일하는 오노데라 유카가 제 딸입니다. 유카가 늘 신세를 지고 있습니다."

오노데라는 그렇게 말하면서 깊숙이 머리를 숙였다. 기품 있는 깨끗한 목소리. 나는 예상하지 못했던 손님의 방문에 어안이 벙벙했다. 잠시 숨을 고르고 인사를 건넸다.

"아! 누구신가 했더니 유카 씨의 어머니셨군요. 처음 뵙겠습니다. 상사인 다치바나라고 합니다. 이쪽으로 앉으시죠."

탁, 탁.

오노데라는 사무직원의 도움을 받으며 천천히 응접실 안으로 들어왔다. 소리의 정체는 지팡이였다.

목발을 짚을 때 나는 소리다. 여기까지 오는 데 시간이 걸릴 만했다. 오노데라는 천천히 자리에 앉았다.

"요즘 무릎이 안 좋아져서요. 기다리게 해드려 죄송합니다. 다치바나 씨 이야기를 하는 유카의 얼굴을 보면 항상 표정이 밝아 마음이 놓이더라고요. 그래서 오늘은 인사 겸 감사하다는 말씀을 드리고 싶어서 찾아왔습니다."

"일부러 이렇게 찾아와 주셔서 감사합니다."

유카가 뒤에서 내 이야기를 했다는 사실에 놀람과 동시에 좋은 어머니를 두었다는 생각이 들었다.

"저희 딸이 폐를 끼치지는 않는지 모르겠습니다."

나는 "항상 성실히 일하는걸요" 하고 대답했다. 사실 유카는 지성이 넘치지는 않지만, 스스로 할 일을 찾는 타입이고 꽤 능동적으로 일한다. 편집자로서의 소양은 갖춘 듯했다.

"그럼 다행이네요. 아, 이거, 괜찮으시다면 직원분들과 같이 드셔보세요."

오노데라는 종이 가방에서 의자 폭 정도 되는 크기의 노란색 상자를 꺼내더니 양손으로 들고 내밀었다. 고급 화과자인 모양이다. 물어보니 고향인 센다이의 과자라고 했다. 이 다리로 도호쿠 지방에서 여기까지 찾아왔다는 사실에 놀라움을 감출 수 없었다.

갑작스러운 먹을거리의 등장에 머릿속에서 경보가 울렸지만, 선물이라 이 자리에서 먹을 필요가 없어 다행이었다. 오노데라가 건넨 화과자는 40개들이 대형 사이즈. 설사 지금 눈앞에 있는 그녀가 X라고 하더라도 내가 어떤 걸 먹을지 예측할 수 없는 이상 아마 독은 아닐 것이다. X라면 좀 더 교활하고 자연스럽게 접근할 것이다.

"오늘은 인사만 드릴 수 있다면 족하다고 생각하고 와서요, 이만 가보겠습니다."

나는 무의식중에 눈썹이 꿈틀했다. 일부러 이 다리로 시간을 들여가며 내게 인사하러 왔단 말인가. 사랑하는 딸을 위해.

"약속도 없이 다치바나 씨의 귀중한 시간을 빼앗아 죄송합니다. 만나 뵐 수 있어서 다행이에요. 앞으로도 저희 딸을 잘 부탁드리겠습니다."

오노데라는 천천히 일어섰다. 요즘 세상에 어머니가 직장에 찾아와서 인사만 하고 가는 건 흔한 일이 아니다. 그렇게나 딸을 아끼는 걸까. 지금까지 만난 적 없는 타입의 인간이라는 생각이 들었다.

"저도 만나 뵙게 되어 기쁩니다. 정말 감사합니다."

나는 인사를 하고 오노데라의 속도에 맞춰 천천히 안내 데스크까지 함께 걸었다. 오노데라의 목적은 정말 인사뿐이었을까. 나로서는 알 수 없었다.

"아, 제가 온 건 유카에게 비밀로 해주시겠어요? 오지랖 부린다고 펄펄 뛸 거예요."

오노데라는 용건이 끝났다는 듯 지팡이를 짚으며 출구로 향했다. 그러고는 마지막으로 뒤돌아보고 깊숙이 머리 숙여 인사한 뒤 밖으로 나갔다. 오노데라는 딸의 상사에게 정말로 인사만 하러 온 것 같다. 이해할 수 없는 행동이었다.

자리로 돌아와 몇 가지 업무를 처리하고 퇴근하기로 했다. 평소라면 다른 데로 새지 않고 곧장 집으로 향했을 테지만 오늘은 다르다. 방송용 스마트폰을 구매해야 한다.

익숙한 오피스 거리를 벗어나 역으로 향했다. 저녁 햇살을 받아 진한 오렌지색으로 물들어가는 거리의 모습을 보는 게 좋았다. 도쿄도 지요다구에 있는 회사에서 사이타마현 도코로자

와시에 있는 자택까지는 편도 1시간 20분 거리였다.

얼른 방송용 스마트폰을 구매해서 집에 가고 싶었다. 주머니에 있는 스마트폰은 배터리가 얼마 남지 않은 상태로 방송을 이어나가는 중이었다. 그렇지. 휴대용 보조배터리도 몇 개 사야겠다.

X가 이 타이밍에 나타날 리 없다고 생각한 나는 이제 그렇게까지 경계하지 않아도 괜찮겠다고 판단했다. 늘 경계 태세로 있으면 상상 이상으로 뇌가 지친다. 가볍게 목을 돌려 의식적으로 머리를 쉬지 않으면 몸이 버텨내지 못한다. 뛰어난 아이디어는 뇌가 편안할 때 번뜩이는 법이다. 이런 시간도 중요한 것 같아 해가 저물어가는 거리의 풍경을 느끼면서 역까지 몇 분간의 산책을 즐겼다.

하지만 휴식은 찰나였다. 역에 도착해 보니 평소보다 훨씬 혼잡했다. 아무래도 인명 사고가 난 모양이다.

인명 사고.

머릿속에서 반복되는 그 단어가 내 오랜 기억을 자극했다. 고등학생 때의 일이었다.

"꺄아아아아아아아아!"

셀 수 없을 정도로 많은 비명에 휩싸이며 평온한 일상이 순식간에 비일상적인 광경으로 돌변했다. 현장은 긴장감과 혼란으로 소란스러웠다. 혼잡 사고라고 해야 할까. 내 눈앞에 선 여자가 넘어지는 바람에 그 앞에 있던 사람들이 도미노처럼 쓰러졌다.

그리고 사람들로 넘쳐나던 승강장에서 남자 한 명과 여자 한 명이 선로로 떨어졌고, 그 직후 통과하는 쾌속 전철에 치였다.

시속 90킬로미터로 달려온 쇳덩어리가 무력하게 누워 있는 사람 위를 가로지르면 어떻게 될까. 두 사람은 어떻게 봐도 즉사였다.

비릿한 피 냄새와 단백질이 타는 독특한 냄새가 바람을 타고 코로 흘러들었다. 선로 위의 '사람이었던 것'은 얼쩡대는 모기를 양손으로 짝 하고 때려잡은 후 손 안에 남은 '그것'과 같았다. '조금 전까지 살아 있던 무언가'라는 표현이 가장 적합하지 않을까. 그렇게 느꼈던 일을 기억한다.

일련의 광경을 떠올린 나는 그때처럼 사고로 위장해 혼잡한 역에서 살해당하면 어쩌나 하는 생각이 들었다. 그날 이후 전철을 기다릴 땐 반드시 뒤에서는 습관이 생겼다.

그 순간 머리에 또 하나의 시나리오가 빼꼼 고개를 내밀었다. 내가 직접 생각해서 만든, 각별한 정성을 담은 이야기였다.

사람을 살해하는 방법은 실로 다양하다.

목을 조르거나 독을 이용하는 방법, 활 또는 총을 쏘거나 칼로 찌르기. 그리고 때려죽이거나 불태우기….

모두 인간의 몸에 감당할 수 없는 수준의 자극을 가하는 방법이다. 몸에 필요한 산소를 흡수할 수 없다, 치사량의 독을 먹었다, 생명 유지에 필요한 양의 피를 잃었다, 인체가 버틸 수 있는 허용 온도를 넘어섰다 등 사람이 죽는 이유는 심플하다.

어떤 복잡한 수단을 취하든 결국에는 어느 정도 패턴이 고정된다. 하지만 물리적인 손상을 입히는 수법이 아니어도 사람을 죽일 수 있다. 육체와 다른 또 하나의 죽음. 이른바 '사회적 죽음'이다.

사회생활 8년 차, 문예부에서 연이어 히트작을 쏟아내던 내가 조우한 인상 깊은 사건이 있었다.

"이 사람 성추행범이에요!"

같은 칸에 타고 있던 여고생이 소리를 지른 직후, 전철이 역에 도착했다.

'이 사람'이라고 불린 남자는 당시 나보다 열 살 이상 많아 보였고, 겉보기에는 평범한 회사원 같았다. 남자는 곧 근처에 있던 두 명의 건장한 청년들에게 붙잡혔다. 똑같은 디자인의 폴리에스터 소재 티셔츠를 입은 짧은 머리 청년들. 남자는 저항을 포기한 듯했다. 남자가 근처 역으로 연행되어 갈 때 그의 손가락에서 반짝이던 결혼반지를 기억한다.

당시 인생의 절정기였던 나는 근처에 있던 남자가 붙잡힌 사실에 몹시 흥분했다. 내 눈으로 본 광경을 문장으로 옮길 경우, 상상으로 만들어낸 것과는 달리 그 자리에 실제로 있는 것 같은 현장감이 생긴다.

편집자로서 하루하루 안테나를 곤두세우고 있던 나는 반색하며 이 사건도 언젠가 소재로 써 먹을 수 있지 않을까 하는 생각을 했다. 어쩌면 남자의 인생에서 그 성추행 사건은 예정에 없던 사고였을지도 모른다. 그저 한순간, 악마가 그에게 속삭인 것이다. 성추행을 해도 들키지 않을 거라고. 가정이 있는 남자가 성추행을 했다. 그렇게 되면 지금까지 그가 당연하게 여겼던 일상은 두 번 다시 돌아오지 않는다.

이것이 내가 두려워한 또 하나의 시나리오, 사회적 죽음이다.

사회적으로 죽는다는 것은 다시 말해 '정신적 죽음'을 의미한다.

몸은 건강히 생명을 유지하고 있지만 마음이 죽으면 육체도 멍들어간다. 괴롭다. 더는 못 버티겠다. 이렇게 살아봤자 사는 게 아니다. 죽고 싶다. 인생에는 그렇게 생각할 정도로 사는 게 견딜 수 없는 순간도 분명히 존재한다.

연행된 남자가 그 후에 어떻게 됐는지는 모르지만, 가정이나 직장이라는 인생을 구성하는 주요한 공동체를 잃어버렸으리라고 추측한다. 행복했던 인생이 갑작스럽게 저 밑바닥으로 곤두박질친다.

그런 건 사양한다. 나는 육체적으로도 정신적으로도 죽고 싶지 않다.

그러니 절대 지지 않겠다. 이 대결에서 이기는 사람은 나다.

굳게 결의하고 예정 시각보다 훨씬 늦게 도착한 전철에 올라탔다.

"어서 와, 늦었네."
"미안. 스마트폰 배터리가 바닥나서 연락 못 했어."
아내 마유가 나를 맞이했다. 나는 방송용 스마트폰 두 대, 대용량 보조배터리와 케이블 세 세트를 구매한 뒤 귀가했다.

문예부에서 이동하게 됐을 무렵, 나는 반년 동안 교제했던 마유에게 청혼했다. 서른두 살 때였다. 교제 기간은 짧았지만, 솔직하고 다정한 마유의 성격에 반해서 이 여자밖에 없다고 확신했다. 동갑인 마유도 승낙해 줬다.

"먼저 씻을래?"
"그럴게. 고마워."
결혼한 지 7년. 나는 언제나 마유를 내 버팀목이 되어주는 멋진 아내라고 생각한다.

"아, 벌써 8시니까 푸우랑 같이 들어가. 푸우, 이제 씻을까?"
마유는 현관에서 거실을 향해 말했다.

"아빠!"
기운차게 달려오는 발소리가 들렸다. 현관까지 달려온 만 여섯 살짜리 아들이 내 허벅지를 끌어안고 놓지 않는다. 처음 내뱉은 말이 '푸우'였기 때문에 푸우. 다리에 매달린, 그런 헛웃음 나오는 애칭으로 불리는 아들은 내 인생에서 무엇과도 바꿀 수 없는 보물이었다.

　아들을 씻긴 뒤에 머리를 말리고 안아서 거실로 데려왔다. 그리고 수건을 어깨에 걸친 채 매일 밤 마유가 만들어주는 저녁을 먹는다. 오늘 저녁 메뉴는 조린 피망을 곁들인 햄버그스테이크다. 그리고 잠시 후 옥수수 포타주가 나왔다. 마유가 만들어주는 햄버그스테이크의 맛은 기가 막히다. 절묘한 굽기 정도와 씹었을 때 터져 나오는 육즙까지. 흠잡을 데라고는 찾아볼 수 없는 100점짜리다. 나는 퇴근길에 오늘 저녁 메뉴는 무엇일지 생각하는 게 즐거웠다. 결혼하고 7년이 지났는데도 언제나 방금 만든 음식이 차려지는 식탁. 마유에게 고마운 마음은 이루 말할 수가 없다.

　오늘은 내 인생을 돌이켜봐도 상당히 자극적인 하루였다. 나는 평소보다 격렬하게 회전해 지친 뇌를 회복시키려는 듯 단숨에 식사를 마쳤다. 식기를 주방으로 옮기는 동안 마음이 놓였는지 졸음이 몰려왔다. 오늘은 일찍 자야겠다고 생각했다. 침실로 가서 곧바로 침대에 쓰러졌다.

　드디어 내 인생의 집대성이라 부를 만한 이야기가 시작됐다.

　그런 생각을 하면 말할 수 없는 고양감에 휩싸인다.

　나는 아들이 성인이 되어 살아가는 모습을 모두 지켜보고 싶다.

　아들이 태어난 순간부터 간직해 온 내 꿈이었다.

　X, 이 대결에는 네 희생이 필요하다.

자, 이제부터 나를 즐겁게 해다오.

¶

욱신거리는 머리를 감싸며 책상 앞에 앉았다.

아, 드디어 시작됐다. 지금쯤 다치바나 씨에게 원고가 배달됐겠지.

그걸 읽고 어떤 반응을 보일까.

그의 심장이 요동쳤을 게 확실하다. 나는 그렇게 확신한다.

그 누구도 내 상대가 될 수 없다.

완벽한 계획은 이제 막 시작됐다.

지켜봐 주세요. 이 대결, 반드시 내가 이길 테니까요.

¶

눈앞에 피투성이로 쓰러져 있는 남자. 그리고 그 남자를 감싼 여자.

태어나서부터 수도 없이 봐온 얼굴이었다.

참극이라는 말로는 채 표현할 수 없는 광경이 내 눈앞에 펼쳐졌다.

지금까지 공상으로만 사람을 죽였던 내가 상상했던 경치와는 조금 달랐다.

코에서부터 쏟아진 피가 턱까지 흘러내린다. 나는 현관으로 달렸다.

바닥에 나란히 놓여 있던 기름통 중 하나를 거실로 옮겼다.

드러누운 남녀를 살펴볼 새도 없이 뚜껑을 열고 안에 든 액체를 마구잡이로 뿌렸다.

바닥에 굴러다니는 라이터를 집어 들었다.

"신이시여, 고맙습니다."

그렇게 말하고는 불을 질렀다. 창 너머에서 사이렌 소리가 들려온다.

나는 등 뒤의 열기를 느끼면서 현관을 향해 걷기 시작했다.

외모는 소통력, 죽여라 소녀여

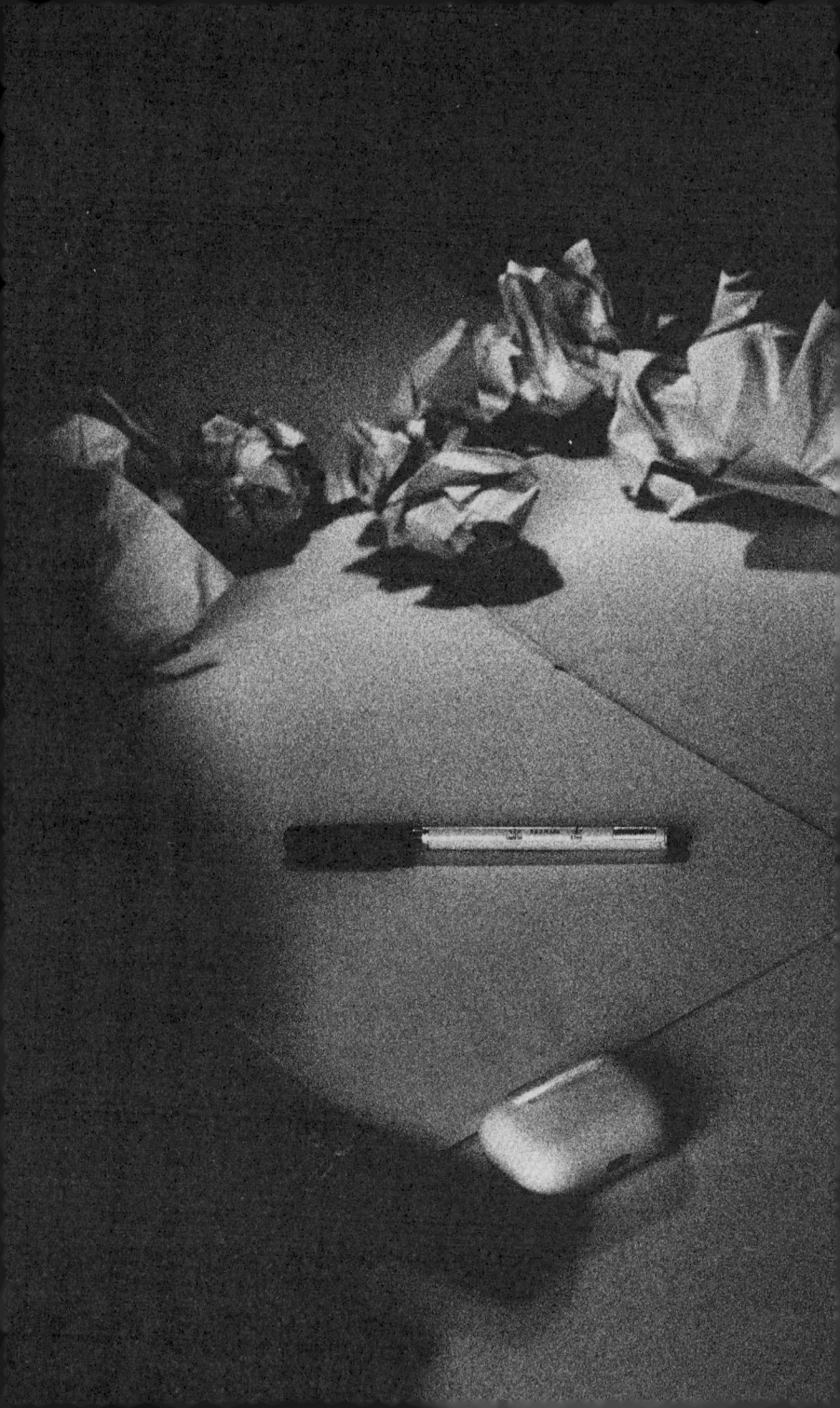

"어때요, 미사 씨?"

"정말 근사해요! 이 표지로 하고 싶어요."

내가 그렇게 대답하자 다치바나 씨는 기쁜 표정을 지었다. 처음에는 출판에 긍정적이지 않았지만, 막상 표지를 보니 책을 낸다는 실감이 들었다.

"잘됐네요. 다음 주면 드디어 정보가 풀리니까 SNS에 고지 잘 부탁드리겠습니다. 미사 씨만큼 영향력 있는 분을 담당하는 건 처음이라서 저도 무척 기대가 큽니다."

"네, 파이팅할게요!"

나는 있는 힘껏 웃음을 지으며 대답했다.

100점 만점의 표정. 눈앞에 있는 다치바나 씨도 전혀 알아차리지 못했다. 그렇다. 언제나 진정한 나를 아는 사람은 나뿐이다.

¶

회의를 마친 나는 미사를 안내 데스크까지 배웅하고 자리로 돌아왔다.

"미사 씨 에세이 표지 디자인, 이걸로 결정됐는데 어떻게 생각해?"

옆에서 작업 중이던 유카에게 물었다.

"와, 엄청 좋은데요. 이 일러스트도 그렇고, 미사가 좋아할 것 같아요."

"베이스 아이디어는 자네 덕이야. 고마워."

나는 생각지 못한 형태로 유카에게 도움을 받았다.

단행본 논픽션부로 이동하고 7년. 당초 우리 부서에서 주력하기 시작했던 인플루언서 서적에 대해 다른 출판사에서도 비슷한 움직임을 보이고 있었다. 가능성이 보이는 저자는 지난 몇 년 사이에 모두 출판한 상태. 이제는 레드오션이 되어갔다.

그런 상황에서 내가 새로 담당하게 된 미사는 오랜만에 등장한 '초거물'이었다.

미사는 빼어난 외모에 젊은이의 마음을 확 휘어잡는 경쾌하면서 능수능란한 화법, 가볍게 따라할 수 있는 메이크업 관련 영상으로 인기를 끌었다. 현재 유튜브 구독자 수는 200만 명이 넘는다. 또 영상에 종종 등장하는 익살스러운 부모님도 덩달아 인기여서 이런 종류의 채널에서는 드물게 가족 단위 시청자에게도 인기를 얻었다. 각종 SNS에서 확인되는 좋아요와 댓글 수, 팬의 열광도는 같은 장르의 인플루언서들 중에서 단연 돋

보였다.

　인플루언서 서적은 저자의 영향력이 곧바로 부수로 직결된다고 해도 과언이 아니다. 절대적인 인기를 자랑하는데도 아직 서적을 내지 않았던 미사는 여러 출판사에서 출간 제안을 받고 있었다. 하지만 미사는 모두 거절했다.

　그런 상황에서 우연히 미사의 절친인 유카가 출판 이야기를 매듭지어 줬다. 우리 부서에서도 어떻게든 미사를 설득하려다 몇 번이나 퇴짜를 맞은 적이 있었기 때문에, 이 이야기를 들었을 때는 나조차 놀랐다.

　원래라면 유카가 직접 편집을 담당하는 것이 옳다. 하지만 갓 입사한 신입이 감당하기에는 너무 무거운 안건이라는 이유로 직속 상사인 내가 담당하고 유카가 보조로 함께 일하게 됐다. 물론 유카에게 책 제작의 흐름을 가르치는 것도 목적 중 하나였다.

　이 일로 유카가 회사에 이바지한 공헌도는 분명 신입 사원 중 1등이 되었을 것이다. 이 공적에는 머리가 절로 숙여진다. 얼마 전 유카의 어머니를 만나기도 했기 때문에 될 수 있는 한 내가 가진 노하우를 철저히 전수해 줄 생각이다. 그게 내 나름대로 성의를 표현하는 방법이라고 생각했다.

　신기한 것은 절친인 유카가 설득한 끝에 성사된 건이었기에 당연히 담당 편집자는 유카가 아니면 안 된다고 할 줄 알았는데, 유카가 신뢰하는 상사라는 이유로 내가 담당이 된 걸 이해해 줬다는 점이다. 이렇게 해서 간행이 결정된 미사의 에세이는 제작도 순조롭게 진행되고 있었다.

X로부터 첫 원고가 배달된 건 한창 그 일이 진행되던 중이었다.

나는 경계심을 가지고 지냈지만, 이렇다 할 움직임 없이 프롤로그와 제1장을 받은 날로부터 며칠이 지났다. 바지 오른쪽 주머니에는 부적이나 다름없는 방송용 스마트폰을, 뒷주머니에는 휴대용 보조배터리를 넣어두는 생활도 익숙해졌다. 제2장은 언제 도착할까. 기대했지만 오늘도 원고는 오지 않았다.

미스터리 소설에 푹 빠져 지내는 생활과 흉악 사건 연구. 내가 평생에 걸쳐 해온 이 일은 결코 모든 사람이 이해해 줄 만한 것은 아니다. 그런 내게는 아들 덕분에 추가된 평화로운 취미가 있다. 매주 토요일 정오 이후. 언젠가부터 시간은 항상 그때였다.

거실을 향해 "다녀올게" 하고 말한 뒤 아들 손을 잡아끌며 집을 나섰다.

9월 초순. 아직 남아 있는 여름 기운을 느끼며 늘 오가는 길을 20분 정도 걸었다. 도착한 곳은 사람들이 별로 찾지 않는 아담한 공원이었다.

주변이 높은 나무에 둘러싸여 있고 낡은 그네와 미끄럼틀이라는 최소한의 놀이기구밖에 없다. 구불구불한 길 끝에 있어서

햇볕이 잘 들지 않고 다른 아이들의 모습도 거의 본 적이 없었다. 유괴를 당해도 알아차릴 수 없을 것 같은 이곳은 부모 입장에서 아이를 놀게 할 만한 장소로는 적합하지 않았다. 하지만 나는 시간이 멈춘 듯 아무도 없는 이 공간이 오히려 아들과 집중해서 함께 시간을 보낼 수 있는 오아시스처럼 느껴졌다. 단 둘이서 이런저런 이야기를 하거나 몸을 움직이며 노는 아들을 지켜보는 일이 참 좋았다.

아들은 제대로 놀이기구를 타지 못하던 두 살 무렵과는 달리 이제는 스스로 여러 가지 놀이를 발견해서 즐겼다. 특히 최근에는 외발로 서서 깡충깡충 뛰는 놀이를 자주 했다. 그런 한가로운 광경을 눈에 새기며 생각에 잠겼다.

오늘의 주제는 아이들이 받아들이는 '상식'에 관한 것이다. 어린아이는 자신이 철부지 시절부터 일상적으로 보고 자란 경치나 사람을 상대로 의구심을 품지 않는다. 그게 일반적인 상황과 다르다는 사실을 깨닫는 건 늘 학교나 TV, 인터넷 등을 통해 '나와 다른 세상'을 조우했을 때가 아닐까.

얼마 전 '부모 뽑기'라는 말이 화제가 됐다. 나는 부모가 자식을 어떻게 키우는지, 다시 말해 '아이에게 어떤 상식을 만들어주느냐'에 따라 아이가 걸어갈 인생을 어떤 색으로든 물들여줄 수 있다고 믿는다.

"아빠, 나 좀 봐. 잘했지!"

외발뛰기로 여러 번 왕복한 그 길에는 아들이 성장했음을 느낄 수 있는 아름다운 발자국이 남아 있었다. 나는 신이 난다는 듯이 까르르 웃는 작은 보물을 꼭 껴안았다.

두 시간 정도 놀다가 아들에게 이제 집에 가자고 말했다. 집으로 갈 때면 늘 길가에 핀 꽃을 꺾어서 가져갔다. 꽃을 무척 좋아하는 아들 덕에 집 안은 직접 꺾은 꽃을 꽂은 꽃병으로 꾸며져 있다. 집에 도착하면 곧바로 아들을 데리고 씻는다. 더러워진 신발을 욕실로 가지고 가서 월요일에 학교에 신고 갈 수 있도록 깨끗하게 빤다. 이것이 내 토요일 오후 루틴이었다. 이를 두고 마유는 "당신 덕분에 이 시간을 느긋하게 보낼 수 있어서 좋아"라고 말했다. 우리 부부관계는 아주 양호하다. 이런 게 일반적인 행복이 아닐까 싶다.

그리고 나에게는 평화로운 취미가 하나 더 있었다.

나는 나이는 숫자에 불과하다고 생각한다.

그 사람을 나타내는 인격은 결국 살아오면서 보고 느끼고 경험하고 생각한 것들이다. 모든 경험이 그 사람의 성격이 되고, 가치관이 되고, 인격이 된다.

하지만 나이가 누구나 쉽게 판단할 수 있는 지표인 것도 사실이다. 요즘 사람을 외모로 판단하는 '루키즘'이라는 말을 자주 들었다. 그리고 나이에 따른 천편일률적인 가치관으로 사람을 판단하는 '에이지즘'이라는 말도 있는 모양이다. '그 나이 먹고 그런 옷을 입냐'와 같은 인식이 여기에 해당한다. '사람을 겉모습으로 판단하지 마라', '사람은 내면이 중요하다'라고 흔히 말하지만, 어차피 그런 말은 다 겉치레에 불과하다.

나는 결혼했고 아이도 있다. 이성의 관심을 끌고 싶다는 욕구는 거의 없다. 다만 요즘 세상에 외모가 좋아서 손해 볼 일은 없다. 사람은 무의식적으로 외모가 준수한 사람 앞에선 태도가 달라지는 법이다.

비주얼이 좋다는 건 타고난 어드밴티지다. 이 세상에 외모가 빼어난 사람이 아니면 손에 넣을 수 없는 직업이 존재한다는 사실에서도 알 수 있듯, 이것은 잔혹한 진실이다. 대부분의 남성은 전철에서 미인이 옆자리에 앉으면 기분이 나쁘지 않을 것이고, 대부분의 여성도 자신에게 길을 묻는 청년이 아이돌처럼 잘생겼다면 무시하지 않을 것이다. 이것을 '유리한 외모'라고 말하지 않는다면 뭐라고 표현해야 좋을까.

'내면 중시'라는 말도 '마지막에는'이라는 수식어가 붙는 경우가 많다. 사람이라는 존재는 '내가 상대할 가치가 있는가'를 판단할 때 우선 외모부터 따지고 보는 생물이다. 나는 하루하루 나 자신을 마주하면서 곰곰이 이런 생각을 한다. 이런 생각에 이르고부터는 앞으로 인생을 편하게 살기 위해 외모를 가꾸기로 결심했다. 그리고 나는 새로운 취미를 갖게 됐다.

새로운 취미는 늘 일요일 아침 6시부터 시작한다.

아직 자고 있는 두 사람이 깨지 않게 조용히 일어나 주방으로 향한다. 마유가 얼려 놓은 주먹밥을 전자레인지에 데워 먹는다. 이어서 단백질을 중심으로 EAA와 말토덱스트린 같은 에너지원이 들어간 음료를 만든다. 그리고 가벼운 운동복으로 갈아입고 자그마한 나일론 백팩을 메면 평소 스타일이 완성된다.

조용히 집을 나와 여름과 가을이 뒤섞인 시원한 바람을 느끼면서 10분 정도 걷는다. 그렇게 도착한 통유리로 된 건물 입구에서 카드키를 대면 에어컨의 서늘한 공기, 금속과 금속이 맞부딪히는 소리, 격렬하게 흘러나오는 EDM이 나를 맞이한다.

그렇다. 나는 웨이트트레이닝의 매력에 눈을 떴다. 내가 다니는 곳은 전국에 체인점을 둔 대형 헬스장이라 항상 많은 회원들로 붐빈다. 또래로 보이는 근육질 몸매의 남자들이 저마다 육체를 단련하고 있다. 나도 그들 틈에 섞여 한 시간 정도 운동에 몰두한다.

오늘은 다리운동 하는 날. 다리는 신체에서 근육이 가장 큰 부위다. 그렇기 때문에 몰아붙이면 다른 부위를 할 때보다 숨이 가쁘고 힘들다. 그만큼 해낸 후에 찾아오는 성취감이나 위에 때려 넣는 단백질 음료에서 느껴지는 맛도 남달랐다. 공들여 스트레칭한 후 정해진 운동 코스를 소화했다. 방송용 스마트폰이 걸리적거렸지만 떼어놓을 수는 없는 노릇이라 주머니에 넣어둔 채로 그날 운동을 마쳤다.

신체를 한계까지 몰아붙이는 동안에는 X에 대해 잊었다. 이런 공공장소에서 범행을 저지른다면 증거가 남기 때문에 X가 어떤 일을 저지를 가능성이 극히 낮다고 생각했다. 과거에 발생한 사건의 경향을 보면 오랫동안 범인이 잡히지 않았거나 미제로 끝난 사건은 대부분 범행 장소가 피해자의 자택인 경우가 많다. 현대 일본 사회는 곳곳에 CCTV가 설치되어 있기에 공공장소에서 범행을 저지르는 행위는 완전범죄를 망칠 위험이 매우 높다.

24시간 내내 경계하는 것은 정신 건강에도 좋지 않다. 그렇게 두려움에 사로잡혀 있으면 오히려 냉정한 사고를 할 수 없다. 그래서 일상생활과 내 사고에 지장이 생기지 않도록 경계가 필요한 상황과 그렇지 않은 상황을 구분하며 생활하려고 했다. 평소와 다른 행동을 하면 마유에게 내가 처한 상황을 들킬 위험도 있다. 내 계획을 달성하려면 마유가 평소와 다름없는 생활을 해줘야만 한다.

"선배님, 그게 온 것 같아요!"

월요일 아침. 평소처럼 출근한 내게 유카가 허둥대며 기다렸다는 듯한 기세로 말을 걸어왔다.

드디어 왔나.

될 수 있는 한 리듬이 무너지지 않게 노력하며 하루하루를 보냈다. 하지만 지난 며칠은 X가 시도할 다음 수는 뭘지, 어떻게 대응해야 X를 이길 수 있을지 생각하며 다양한 시나리오를 머리에 그리고 시뮬레이션했다. 이렇게까지 다음이 궁금한 이야기는 처음이라는 것을 새삼 실감했다. 자리로 가보니 낯익은 갈색 봉투가 눈에 들어왔다. 소인은 변함없이 '도쿄 중앙'이다. 나는 다음 내용을 읽기 시작했다.

제2장

"아, 그 자식 죽여버리고 싶다."

처음으로 내 안에 발생한 순수한 감정.

마음이 그런 움직임을 보일 때 보통 사람은 이성이라는 브레이크가 제동을 건다.

법률. 살인. 죄. 식칼. 경찰. 인내. 교도소. 다양한 단어가 머릿속을 맴돌지만, 최종적으로 실행에 옮기지는 않는다.

그런데 내 뇌는 아무래도 다른 것 같다. 그 자식 얼굴을 볼 때마다, 목소리를 들을 때마다 '사라지면 좋을 텐데' 하는 마음이 꿈틀댄다.

그것을 처음으로 실행한 건 중학교 2학년 때였다.

큰 체격. 목소리와 코를 훌쩍이는 소리가 유난히 크다. 반에서 상위 계급으로 분류되는 무리에 들어가 있지만, 그 안에서의 위상은 낮다. 내 얼굴을 보고 욕하고 비웃는다. 아무렇지 않게 다른 사람에게 나쁜 말을 한다. 선생님이 화내지 않는 범위 내에서 폭력을 휘두른다. 늘 큰소리로 웃고, 꽤 즐거운 듯이 살고 있다.

내가 처음으로 '삭제'한 것은 그런 놈이었다.

오봉 연휴 무렵. 반 아이들은 모두 바다에 갔다. 담임도 함께였다. 그렇지만 학교행사는 아니다.

모두 함께 추억을 만들자.

종업식 학급회의 때 나대기 좋아하는 여학생이 주도해 벌인 일이다. 일정과 장소는 척척 정해졌다.

나는 다른 사람 앞에서 알몸이 되는 걸 극도로 싫어했다. 젓가락. 뼈다귀. 호러 맨. 전염병자. 가까이 오지 마. 괴물 새끼. 몇 번을 들었는지 모를 내 별명. 더 있었지만, 다른 건 기억나지 않는다. 내게 끔찍한 별명이 붙게 된 발단은, 물론 그 자식이었다.

평소라면 바다 따위는 절대 가지 않는다. 그렇지만 그 날은 인생에서 가장 기대되는 날이었다.

바다에서 물놀이하기에 안성맞춤인, 그런 날이었다. 하지만 썩은 인간은 그런 경치를 눈앞에 두고도 달라지지 않는다.

탈의실.

나는 눈에 띄지 않게 제일 안쪽 사물함을 사용했다. 그러나 그 녀석에게 그런 행동은 무의미했다.

녀석은 옷을 갈아입던 나를 뒤에서 꼼짝 못 하게 붙잡았다. 아무것도 걸치지 않은 상태의 나.

모든 남학생이 웃었다. 선생은 없었다. 여기까지는 평

소와 똑같다. 하지만 그날 녀석은 들떠 있었다. 녀석이 날 안아 들고는 그대로 옆에 있는 여자 탈의실 입구에 내던져 버렸다. 콘크리트에 부딪혀 허리에 극심한 통증이 느껴졌다. 곧바로 움직일 수 없었다. 탈의실에서 나온 여학생들과 눈이 마주쳤다. 큰 비명이 터지고 심한 욕설이 들려왔다. 나는 필사적으로 기어서 탈의실로 돌아와 옷을 갈아입었다. 모두 입을 모아 추잡하게 떠들어 대는 소리가 들렸다. 내가 상상한 대로였다.

하지만 바다는 내 상상 이상으로 따뜻했다. 바닷물이 닿아 땅바닥에 쓸린 상처가 쓰라렸다. 나는 차분하게 기회를 엿봤다.

녀석은 선글라스를 쓰고 유영 가능 라인 코앞에서 아슬아슬하게 놀고 있었다. 성인도 발이 닿지 않을 정도로 깊은 위치에 있다. 잠시 후 녀석의 친구가 모래사장을 향해 헤엄치기 시작했다. 녀석은 혼자가 됐다. 하지만 아직이다.

나는 유영 가능 라인 저 너머에서 폭음을 내며 달리는 수상 바이크를 눈으로 좇았다. 와라. 이리로 와라.

나는 고글을 낀 채로 그저 기다렸다. 그리고 신은 내 편을 들어줬다.

커다란 소리를 내며 왕복하던 수상 바이크가 지금까지 중 가장 가까운 거리까지 다가왔다. 지금이다. 나는 숨을 들이쉬고 그대로 크게 잠수해 녀석의 다리를 향해 헤엄쳤다. 허리의 통증은 사라지고 없었다.

눈앞에 녀석의 커다란 엉덩이와 허벅지가 나타났다. 녀석은 바로 뒤에 있는 나를 알아차리지 못했다.

나는 감춰뒀던 나이프를 꺼내 녀석의 옆구리 근처에서 기다렸다. 수상 바이크 쪽에서 큰 파도가 밀려왔다. 그 순간, 녀석의 몸이 모래사장 쪽으로 흘러가는 것을 막는 듯이 옆구리에 나이프를 쑤셔 넣었다. 8센티미터 정도인 칼날이 순간 녀석의 몸속으로 사라졌다. 깊은 곳까지 찔렀다. 그리고 왼손으로 녀석의 몸을 누르고 빙글빙글 도려 내면서 빼냈다.

괴롭다. 더 이상 숨을 참을 수 없었다. 나는 아슬아슬한 순간에 수면 위로 올라왔다. 입으로 힘껏 숨을 들이마셨다. 나이프는 뽑는 순간 손에서 놓쳐 사라졌다.

사람은 배를 찔린 정도로는 죽지 않는다. 녀석은 아직 살아 있다. 숨통을 끊어야만 한다.

내 몸이 움직였다. 고통스러워 보이는 표정으로 저항하지 못하는 녀석의 목을 잡고 힘껏 물속으로 처박았다.

지옥에 떨어져라. 두 번 다시 태어나지 마라. 그런 염원을 담아 아래로, 아래로 밀어 넣었다.

중학교에 입학한 지 1년 반. 나를 괴롭혔던 그 자식은 이 세상에서 삭제됐다. 불과 몇 분도 안 되는 사이에 일어난 일이었다.

　복수는 끝났다. 내 안에 남은 것은 허무함과 고양감이 뒤섞인 복잡한 감정이었다.

　이제 경찰에게 발각되어 잡혀도 상관없다. 교도소가 학교보다 편할 것 같다. 그런데 기적이 일어났다. 녀석의 시체는 발견되지 않았고, 내 범행을 아무도 보지 못했다. 그런 일이 있을 수 있을까?

　나는 잡히지 않았다. 신은 정말 내 편을 들어줬다. 진심으로 그렇게 생각했다. 나는 신이 그 자식을 제대로 지옥에 떨어뜨려 줬다고 해석했다.

　한동안 그 자식이 어디로 사라졌는지가 학교의 화젯거리였다. 하지만 학년이 올라갈 무렵에는 아무도 녀석에 대한 이야기를 꺼내지 않았다. 그런 행운은 두 번 일어날 수 없다.

　나는 다음에 사람을 죽인다면 좀 더 계획적으로 해야겠다고 생각했다.

　다치바나가 죽을 날까지, 앞으로 ●일

　추신. 아드님과 함께 노는 모습이 즐거워 보이는군요.

나는 유카에게 말없이 다 읽은 원고를 건네고는 머리를 굴리기 시작했다.

봉투에는 원고뿐만 아니라 공원으로 향하는 나와 아들의 사진이 동봉되어 있었다. 어느 정도 경계를 하고 있었는데 미행을 당했던 걸까. X는 확실하게 다가오고 있다. 어쩌면 X는 상상 이상으로 똑똑한 자일지도 모른다.

"어떻게 생각해?"

원고를 다 읽은 유카에게 물었다.

"이 사진, 선배님이시죠? 이건 엄연한 증거예요. 아무래도 경찰에 신고해야 하지 않을까요?"

유카가 차분한 목소리로 말했다. 역시 그렇게 받아들였나.

"스토리는 어떻게 생각해? 미스터리 소설의 관점에서 생각해 봐."

유카는 잠깐 시간을 달라고 하더니 원고를 집중해서 읽어 내려갔다. 생각이 정리되면 말해달라고 한 뒤 10분 정도가 지났다.

"전 화자의 마음도 이해가 돼요. 괴롭힘을 당한 적이 없어서 어디까지나 상상일 뿐이지만, 매우 고통스러운 환경에서 살아왔을 거라고 생각해요."

목까지 올라왔던 '그건 소감이지'라는 말을 삼키고 "그리고?" 하고 되물었다.

역시 유카는 많은 애정을 받으며 자란 착한 아이라는 생각이 들었다.

"살인 예고가 아니라 미스터리 소설로 읽는다면 한 가지 이상한 점이 있어요."

"뭐가 이상한데?"

"화자가 '그 자식'이라고 부르는 동급생을 나이프로 찌르는 장면이요. 문장으로 보면 여기요."

> 수상 바이크 쪽에서 큰 파도가 밀려왔다. 그 순간, 녀석의 몸이 모래사장 쪽으로 흘러가는 것을 막는 듯이 옆구리에 나이프를 쑤셔 넣었다. 8센티미터 정도인 칼날이 순간 녀석의 몸속으로 사라졌다.

"그래서?"

"화자는 자신을 가볍게 들어 올리는 덩치 큰 동급생을 지상에서 죽이는 건 무리였기 때문에 바다를 골랐을 거예요. 나이프로 찔러서 사람을 죽이면 피가 튀어 손이 미끈거리거나, 뼈에 부딪혀서 깊이 찌르지 못하거나, 체중을 실어 힘을 세게 주지 않으면 잘 들어가지 않는다는 이야기를 어디선가 읽은 적이 있어요."

"잘 아는군. 뭘 노린 건지 알겠어?"

"그래서 화자는 체격 차이가 나는 동급생을 죽이려고 '파도의 힘'을 이용했어요. 저도 여름이면 해마다 바다에 가서 잘 아는데요, 조금이라도 센 파도가 오면 어른도 몇 미터는 금방 밀려서 이동해 버려요. 한 시간 후엔 원래 있던 곳이랑은 아예 다른 곳까지 떠내려가는 경우가 많았어요."

과연. 유카는 꽤 괜찮은 분석을 내놓고 있다.

"그러니까 그런 자연의 힘을 빌려 옆구리를 찔렀다…. 옆구리를 노린 이유는 등이나 심장과는 달리 뼈가 적기 때문일 거예요. 여기까지는 알겠어요. 그런데 전 이 부분이 걸려요."

유카가 원고의 한 구절을 손가락으로 어루만지듯 가리켰다.

그 순간, 녀석의 몸이 모래사장 쪽으로 흘러가는 것을 막는 듯이 옆구리에 나이프를 쑤셔 넣었다.

"화자는 어떻게 자신은 파도에 휩쓸리지 않고 상대를 멈춰 세울 수 있었을까요? 화자보다 덩치가 큰 동급생이 떠밀려갈 정도인데, 아무리 생각해도 말이 안 돼요."

예상 밖이었다. 아무래도 유카는 짧은 기간 동안 꽤나 성장한 모양이다.

눈앞에 녀석의 커다란 엉덩이와 허벅지가 나타났다.
녀석은 바로 뒤에 있는 나를 알아차리지 못했다.
나는 감춰뒀던 나이프를 꺼내 녀석의 옆구리 근처에서 기다렸다.

"범인이 뒤에서 접근했고, 파도의 힘을 이용해 옆구리를 찔렀다는 말이잖아요. 위치상으로 보면 '그 자식' 바로 뒤에 범인이 있는 상태란 거죠."

수상 바이크 쪽에서 큰 파도가 밀려왔다. 그 순간, 녀석의 몸이 모래사장 쪽으로 흘러가는 것을 막는 듯이 옆구리에 나이프를 쑤셔 넣었다. 8센티미터 정도인 칼날이 순간 녀석의 몸속으로 사라졌다.

"그런데 이 대목을 곧이곧대로 믿는다면, 찌르는 건 불가능해요. 왜냐하면 두 명 다 파도에 밀려 떠내려가기 때문이에요. 범인이 마치 해저에서 솟아난 막대기처럼 움직이지 않고 고정돼 있다면 모르겠지만…."

나는 얼추 이야기를 마친 유카를 바라보며 감탄했다.

"제법인데. 나도 그 부분이 걸렸어. 아마 이 이야기는 상상으로 쓴 페이크일 거야."

유카는 지금까지 얼굴에 드리웠던 심각한 표정을 지우고 기쁨의 미소를 지었다.

"역시 그렇군요! 선배님한테 칭찬받은 건 처음이에요. 기분 좋은데요."

"이렇게까지 훌륭한 분석을 들을 수 있으리라고는 생각 안 했는데, 깜짝 놀랐어."

진심에서 우러나온 그 말은 흥분한 유카의 기분을 더욱 고조시켰다.

　"아! 그리고 만약 이 범행이 사실이라면, 걸리는 게 하나 더 있어요. 경찰에 발각되어도 괜찮다고 적혀 있는데, 그럼 지상에서 덮쳐서 뒤에서 목을 찌르면 되지 않나 싶더라고요. 굳이 운의 요소가 강한 바닷속에서 범행을 저지른 건 마음 한구석에 경찰에 잡히고 싶지 않다는 생각… 아니 어쩌면 들키기 싫었던 게 아니었을까요?"

　나는 고개를 끄덕였다. 유카는 문예부에서도 잘할 수 있을 것 같다.

　"그리고 왜 시신이 발견되지 않았는지도 궁금해요. 보통은 떠다니다가 어딘가로 흘러 들어가서 발견되지 않나요?"

　"맞아. 이 이야기에서 가장 부자연스러운 점이 바로 그거야. '우연히 거대한 상어가 먹어 치워버렸습니다' 같은 설정이 있는 것도 아닐 테고. 역시 어느 정도는 지어낸 이야기일 거라고 생각해."

　나는 신입 사원의 성장을 기뻐하면서 이 글을 쓴 X의 목적이 무엇일지 생각했다.

　"석연치 않은 점은, 왜 이번 원고에 실수를 남겼는지야. 이 점은 자네도 알아차렸지. 만약 X가 호평받는 소설을 쓰고 싶어 하는 나름 실력있는 작가였다면 이런 실수를 하지 않았을 거야."

　"일부러 그랬다는 말씀이세요? 어떤 목적이 있었다는 뜻인가요?"

"그렇게 생각하는 게 자연스럽지. 어쩌면 내게 아직 미스터리 편집자로서의 자질이 남아 있는지 시험해 본 걸지도 몰라. X는 어딘지 모르게 내게 기대하는 듯한 분위기를 풍기고 있거든. 이런 걸 찾아내지 못하는 무능한 편집자라면 죽이겠다, 뭐 그런 시나리오일지도."

"사람 목숨을 게임처럼 취급하다니…. 다시 한번 느끼는 거지만, 이 자식 미쳤어요. 저기 죄송한데, 배가 좀 아파서요. 화장실 다녀올게요."

유카는 그렇게 말하고는 빠른 걸음으로 사라졌다.

홀로 남은 나는 일이 손에 잡히지 않아 생각에 잠겼다. 유카마저 알아차린 원고의 허술한 부분도 신경이 쓰인다. 하지만 그것보다 카운트다운이 한 자릿수로 줄어든 것이 더 중요하다.

다치바나가 죽는 날까지, 앞으로 ●일

이번 원고는 첫 번째 원고를 받고 나서 정확히 일주일 후에 배달됐다. 지난번 카운트다운 숫자가 최소 10이라고 가정한다면, 나는 3일 후에 운명의 날을 맞이한다. 한편으로는 아무리 길어도 현재 숫자가 9가 되기 때문에, X가 친절하게 예고해 준 계산대로라면 내게는 지상으로 나온 매미 정도의 수명밖에 남지 않았다는 뜻이 된다. 길어 봤자 대략 열흘.

다음은 어떤 수로 나올까. 나는 지금까지의 흐름을 바탕으로 X가 다음 원고에서 나를 죽일 방법을 적어 보내리라 예상했다. 결전의 날이 코앞으로 다가왔다.

"마유, 부탁할 게 있는데, 괜찮을까?"
아들이 잠든 것을 확인한 뒤 거실에서 컴퓨터를 하고 있던 아내에게 말을 걸었다.
"무슨 일이야? 왜 그렇게 심각해?"
마유는 컴퓨터를 끄면서 대답했다.
"조만간 집에 낯선 사람이 오면 없는 척해줄래? 집에는 절대 들이지 말고. 사실 요즘 웬 이상한 사람이 나를 따라다니는 것 같거든."
걱정을 끼치고 싶지 않았지만, 내 계획을 성공시키려면 마유의 협조가 필수적이기에 되도록 표현을 순화해 털어놓았다.
"뭐? 괜찮은 거야?"
"응. 혹시라도 무슨 일이 생기면 무섭잖아. 그리고 내 앞으로 온 우편물도 뜯지 말아줘."
"알았어. 좀 불안하지만…."
'누가 내 목숨을 노리고 있어'와 같은 말을 하면 아마 순진무구한 마유는 미쳐버리고 말 것이다. 마유에게는 필요한 최소한의 정보만 말해주면 된다.
"나도 의논할 게 있는데."

마유가 나와 의논할 것. 그 대부분은 아들에 관한 일이다.

"오늘 학교 선생님한테 전화가 왔어. 푸우가 공부를 못 따라가는 것 같아. 이제 1학년이잖아? 앞으로 어떻게 해야 하나 걱정이야…."

역시 아들 일인가. 내 뇌는 마유가 느끼는 걱정을 덜어주면서 안심할 수 있을 만한 해결책을 찾기 시작했다.

"몰랐어. 못 따라간다는 건 어느 정도를 말하는 거야?"

"심각한 수준인 것 같아…. 다른 애들이 90점을 받는 시험에서 푸우만 40점 정도를 받아. 초등학교 공부는 1학년 때 뒤처지면 2학년에 올라가서 차이가 더 벌어지잖아? 3학년, 4학년으로 갈수록 점점 더 격차가 커지고 평생 뒤처지는 게 아닐까 싶어서…."

"무슨 말인지 알겠어. 그런데 아직 초등학교도 적응하지 못했는데 벌써부터 학원에 보내는 건 체력적으로 힘들 거야. 그러니까 2학년이 되기 전까지는 상황을 지켜보면서 남들보다 뒤처진다는 생각이 들지 않는 범위 내에서 공부를 봐주는 건 어때?"

나쁘지 않은 제안이라고 생각했다. 하지만 오늘 마유는 상당히 절박한지 내 제안을 받아들이지 못하겠다는 눈치다.

"어떤 의견인지는 알겠는데, 나는 대책을 빨리 세우는 게 좋다고 생각해. 당신도 잘 알겠지만 난 옛날부터 공부를 못해서 도망만 다녔어. 그래서 장래를 결정해야 하는 시기가 왔을 때 어떻게 해야 할지 몰라 발만 동동 굴렀고. 내 자식은 그러지 않았으면 좋겠어."

아들을 학원에 보낸다. 이제 만 여섯 살짜리 아이가 초등학교에서 하루를 보내고 학원에서 밤늦게까지 공부하는 건 힘든 일이다. 무엇보다 본인이 원해서 가는 게 아니다.

"확실히 그 말도 맞아. 하지만 본인이 원하지 않는 걸 강요하는 건 아니라고 생각해. 무턱대고 학원부터 보낼 게 아니라, 우선 가정학습부터 시작해서 적응할 수 있게 만드는 게 좋을 것 같아."

나는 감정을 누르고 부드럽게 타이르듯 말했다.

"으음, 그럴지도 모르겠다. 나도 더 생각해 볼게."

마유는 우선 납득한 모양이었다. 아, 정말 완벽하게 계획대로 흘러가는구나. 나는 입 밖으로 튀어나올 뻔한 감정을 꾹 눌러 삼켰다.

X는 다음 원고에 나를 살해할 방법을 쓸 것이다.

어제 떠올린 나의 예측은 크게 어긋났다. 출근해 보니 책상 위에 그 갈색 봉투가 놓여 있었다. 순간 어제 온 원고를 깜빡 잊고 두고 갔나 하는 생각이 들었지만, 지금까지 받은 원고는 봉투를 포함해 모두 내 가방에 넣어두었다. 이렇게 빨리 다음 원고가 올 줄이야.

제3장

다치바나 씨, 저희 만나죠.

괜찮습니다. 죽이지는 않겠습니다.

연락처 : mysterymania@ygmail.com

X는 내가 생각하던 것 이상의 인물이다.

머릿속으로 시나리오를 쓴다. 나는 최선의 수를 생각했다.

¶

"미사가요, 사실은 여러분한테 말 안 한 게 있어요. 억수로 오래전부터 준비한 일인데, 내일 발표해도 된다카데요. 뭐라고요? 콜라보 영상? 아닌데요. 이벤트? 그것도 아닌데. 아마 아무도 못 맞힐걸요. 이제 여러분한테 말해도 된다니까 기대되고 신나서 어쩔 줄 모르겠어요. 지금까지 많은 영상을 찍어왔지만, 이번엔 진짜 죽겠다는 말이 나올 정도로 열심히 했거든요. 내일 영상 꼭 봐야 됩니데이! 그럼 내일 봐요! 안녕!"

촬영 중이던 카메라 버튼을 눌러 라이브 방송을 종료했다. 나는 버튼을 누르는 마지막 순간까지 팬들이 원하는 미사의 얼굴로 연기했다. 그 작은 녹화 버튼은 어느덧 나 자신의 전원 스위치가 되어 있었다.

'아, 드디어 끝났네. 이 컨디션으로 두 시간 내내 떠들었더니 정말 죽을 것 같아. 망했다. 오늘은 올해 들어 가장 최악이라고 해도 될 정도로 머리가 안 돌아가는 날이야. 정기적으로 찾아오는 원인 모를 편두통이 가시지 않는 시기와 며칠간 이어진 수면 부족이 겹친 것 같아. 아… 짜증 나, 또 피부 다 뒤집어지겠네. 너무 무리했어. 그냥 씻고 스킨케어만 할까. 열두 시간은 푹 자고 싶은데.'

일을 하나 마무리했다는 안도감 때문인지 마음속으로 혼잣말이 멈추지 않았다.

지금 시각은 오후 11시 반. 하지만 아직 나의 하루는 끝나지 않았다.

"아, 오늘은 안 돼. 아직 자면 안 되지. 지금부터 책 출간 고지 영상을 찍고 편집도 해야 된다 아이가. 힘내라, 미사야."

나 자신에게 소리 내어 말했다. 유카랑 다치바나 씨에게 피해가 갈 테고, 이미 방송에서 말했으니 하는 수밖에 없다. 조금만 더 용을 쓴 다음 죽은 듯이 자주겠어. 오늘은 이제 조금만 더하면 끝이다. 해. 움직여. 지금 당장. 이번에는 말없이 스스로를 타이르고 촬영 준비에 들어갔다.

알림 때문에 촬영이 중단되지 않도록 스마트폰을 비행기 모드로 설정했다. 카메라를 켜 영상 녹화 버튼을 누르고 삼각대에 세팅. 됐어, 찍자. 표정을 바꾸고 화면을 바라봤다.

"썸네일 제목대로, 실은 미사가 여러분한테 내내 숨겨왔던 게 있어요."

출판이라는 밝은 내용의 고지 영상이지만, 시청자를 끌어당

기기 위해 일부러 톤을 낮췄다. 인간은 어느 시대든 타인의 불행을 좋아한다. 카메라 앞에서 이야기만 했을 뿐인데 편집한 후의 그림이 자연스럽게 머릿속에 떠오른다. 첫 BGM은 무음으로 할 생각이었다. 사람들이 원하는 미사를 연기하다 보니 어느새 나는 의식하지 않아도 입과 표정이 움직이게 되었다.

"이번에 미사가 《마음도 외모도 메이크업하다》라는 책을 출판하게 됐어요!"

아직 실물 책을 받지 못했기에 책 표지를 편집해서 내 오른쪽에 내보내려고 그 쪽을 양손으로 힘차게 가리켰다. 아, 아니다. 그것보다 정면에 책을 내보내는 게 더 눈에 띄겠다. 다시 찍을까. 방금 전에 했던 대사를 조금의 차이도 없는 톤으로 다시 말했다. 양손의 움직임은 손 키스하는 형태로 변경해서 정면을 향해 내밀었다.

"진짜 오래 준비했고, 이렇게 내도 되나 고민하고 또 고민한 끝에 여러분이 읽어주시면 좋을 것 같은 책이 완성됐어요."

책을 출간해도 될지 고민한 것만큼은 사실이었다.

"내용은요, 미사가 지금까지 살아온 인생을 되돌아보는 에세이고요, 화장이랑 관련된 내용도 많이 소개했어요. 이 책에서만 볼 수 있는 이야기도 많이 담았으니까 꼭 읽어주면 좋겠어요. 그리고 또…"

안 되겠다. 평소 같으면 술술 나왔을 말이 이상하게도 나오지 않는다.

여기까지 왔다. 이제 돌아갈 수 없다.

출판은 영상과 다르다. 내가 쓴 글이 인쇄되어 서점에 진열된다. 그것이 사람들 집에 놓인다. 내가 죽어도 남아서 계속 읽힌다. 실제 형태로 남는다. 아, 이런 기분이 들 것 같았다. 그래서 책을 내자는 제안을 계속 거절해 왔다. 부정적인 감정이 마음이라는 그릇에서 왈칵 넘쳐 흐르더니 멈추지 않았다.

아… 괜히 책 같은 걸 만들어서….

그런 생각이 든 순간, 가슴이 꽉 죄어왔다. 얼굴이 화끈거렸다. 눈물이 뺨을 타고 흘러내렸다. 일단 쉬어야겠다는 생각에 일어서려고 했다. 하지만 '미사'의 몸은 움직이지 않았다.

부정적인 감정에 지배당했을 때, 나는 그 감정을 멈추려 하지 않는다.

내 안에 생겨난 더러운 말은 대체로 곧장 스마트폰 메모장에 마구 적어 넣는다. 물론 그곳에 토해낸 오물은 아무에게도 보여줄 수 없다.

미래에 아무런 기대를 할 수가 없다. 모든 것이 절망적이다. 이딴 인생이라면 더는 필요 없다. 모두 사라져 죽어버리면 좋겠다.

이 마음을 색으로 나타낸다면 물감을 마구잡이로 뒤섞은 탁한 색. 그런데 신기하게도 5분 정도 손가락을 움직이면 그 탁한 색은 점점 정화된다. 새하얗지는 않지만, 그럭저럭 맑은 하늘 정도의 밝기를 되찾는다. 나는 진짜 '나'와 유튜버 '미사'를 다루는 법을 완벽하게 알고 있었다.

그런데 오늘은 달랐다. 몸과 정신에 쌓인 피로 탓인지 스마트폰을 집어 들 마음이 생기지 않았다. 스마트폰은 지금 내 눈앞에 세팅되어 있다. 하지만 자리에서 일어나 삼각대에서 분리했다가 다시 끼우는 단순한 작업마저 성가시기 짝이 없었다. 어쨌든 자리에서 움직여 일일이 기분을 써 내리기에는 몸이 너무 나른했다.

뭐, 상관없나. 그런 생각이 든 나는 시커먼 감정을 토해내는 내 모습을 추억 삼아 촬영하기로 했다. 어차피 편집은 내가 한다. 평소처럼 있는 대로 토해낸 후 영상이 필요 없어지면 지우면 그만이다. 이 아파트는 방음이 되고, 커튼도 닫혀 있다. 눈앞에 있는 스마트폰은 비행기 모드다. 보는 사람도 없다.

나를 에워싼 절대적인 안정감은 '미사가 된 나'가 굳게 닫았던 마음의 문을 열었다. 카메라를 향해 아무 생각 없이 떠오르는 대로 감정을 토해냈다.

"아아아아아!!!!! 이제 못 해 먹겠어! 지쳤어! 미사는 무슨 얼어 죽을! 미안하지만 난 전부 거짓말로 꾸며졌거든! 미사는 싹 다 거짓말이야! 당신들이 원하는 요소를 꽉꽉 채워 넣은 것뿐이라고! 실재하지만 가공의 캐릭터야, 당신들이 힘들어 죽겠을 때 듣고 싶은 말을 해주는 편의점 같은 존재인 거지! 아무도 눈치채지 못했겠지만, 간사이 사투리도 거짓말이야. 표준어로는 시선을 못 끄니까 사용하는 것뿐이라고. 간토 사람들은 왜 그렇게 사투리를 좋아하는지 몰라. 진짜 바보 같아. 여기서만 하는 말인데, 처음엔 하카타 사투리를 하려고 했어. 그런데 인구를 봤을 때 간사이 사투리를 하는 게 팬을 늘리고 돈 버는 데 훨씬 도움이 될 것 같더라고. 난 돈이 참 좋아. 일본 전역의 여자들을 귀엽고 예쁘게 만들겠다고 떠들고 다니지만, 그런 건 다 있어 보이려고 하는 말이야. 돈은 배신하지 않아. 돈 앞에 장사 없어. 근데 뭐? 얼굴이 긴 사람을 위한 연예인 뺨치는 메이크업? 외꺼풀을 위한 쌍수 부럽지 않은 아이 메이크업? 통통한 사람도 늘씬하게 보이는 신들린 간편 메이크업? 진짜 내가 한 말이지만 웃겨 죽겠네. 미안해서 어떡해요, 그거 다 잠깐 위로나 받으라고 하는 말이거든요. 예뻐지고 싶으면 얼른 돈 모아서 성형이나 하라고 이 한심한 것들아. 돈 없다고 징징대지 말고. 없으면 벌어야지. 여자는 몸 팔면 되잖아. 더러운 아저씨 가랑이 사이에 얼굴 묻고, 다리 벌려. 그럴 각오도 없으면 예뻐지고 싶다고 지껄이지 말란 말이야. 화장만 가지고 인생이 바뀌겠니? 세상 물정을 몰라도 이렇게 모를 수가. 머리 괜찮아? 뇌는 있고? 검색은 제대로 했니? 죽을 각오로 공부해 봤어? 제대로 노력해 본 적도 없을 거면서 눈만 높아가지고. 진짜 각 잡고 뭔가 해보지도 않았으면서 입만 열었다 하면 죽고 싶다고 지껄이는 거, 그만하자. 죽는 걸 망설이는 동안은 살고 싶다는 거잖아. 머리로는 못 죽는다는 걸 알면서 입만 나불대며 살지 마. 쪽팔리니까. 근데 말이야, 왜 하나같이 다 화장으로 눈속임하려는 거야? 왜 독하게 마음먹고 살 빼려고 안 해? 외모가 좋으면 죽을 때까지 이득인데? 재수 없는 아저씨랑 섹스를 해서라도, 자기 마음을 죽여서라도 손에 넣을 가치가 있는데? 내 얼굴은 전부 만든 거야. 너무 자연스러워서 하나도 티 안 나지? 아마 일본에서 제일 많이 상담받은 사람이 나일걸. 아니, 진짜 얼굴을 어떻게 공개하겠어? 그딴 얼굴로는 살아갈 가치가 없는데! 하긴 이 얼굴도 마음에 안 드는 건 마찬가지지만. 겨우 80점 정도야. 나야 100점짜리 얼굴을 만들고 싶었지만, 얼굴이 너무 부각되면 시청자들한테 참고가 안 되니까 영상을 올려도 조회수가 안 나온다고. 조회수가 안 나오는 영상은 의미가 없지. 돈이 안 되거든. 상위 그룹에서 중간 정도 되는 딱 적당한 얼굴, 이건 미사의 얼굴 모양을 한 마스크야. 돈을 더 벌면 이 마스크는 졸업할 거야. 그리고 왜 다들 성형을 안 해? '성형은 악'이라는 말을 하는 새끼는 질투심에 그러는 것뿐이야. '부모가 주신 몸에 상처 내지 마라'라고 지껄이는 새끼는 충치가 생겨도 뽑지 마라? 암에 걸려도 수술받지 말고? '장래에 태어날 아이가' 어쩌고 하는 새끼는 아직 태어나지도 않은 남의 애 걱정하기 전에 시궁창에 빠진 자기 인생이나 걱정해. 그리고 애들 입장에서 보면 성형하고 싶다고 솔직하게 이야기할 수 있는 부모가 훨씬 좋거든. 낡아 빠진 가치관으로 자기가 모르는 세상에 대해 안 된다는 말밖에 하지 못하는 바보처럼 부정만 해대는 부모한테서 어떤 가치를 찾을 수 있겠어? 성형은 훌륭한 노력이야. 비열한 속임수도 뭣도 아니야. 돈과 용기가 필요한 일이야. 예뻐지고 싶다고 생각하는 건 미의식이 높다는 증거야. 자신을 진심으로 마주할 수 있는 사람만이 결점을 찾아낼 수 있어. 자신과 진심으로 마주한다는 건 대단한 일이야. 도망치면 당장은 편하겠지만, 나중에 눈물 흘리게 돼 있다고. 마음 굳게 먹고 싫은 일에서 도망치지 않는 게 훨씬 낫다는 걸 알아야지. 그런데 말이야, 외모로 고민하는 게 뭐가 그렇게 잘못됐어? 이상을 높게 가져서 댁한테 뭐 피해준 거 있어? 매일 아침 거울 보고 기분이 좋아지면 그게 좋은 거 아니냐고! 주변에서 치켜세우면 즐겁지 않겠냐고! 그거 알아? 외모는 소통력이라는 거? 아무것도 안 해도 상대방이 먼저 말을 걸어. 똑같은 실수를 해도 예쁜 사람한텐 고함을 안 질러. 고를 수 있는 직업도 늘어나. 세상의 대접이 달라지면 생각도 달라져. 밝고 긍정적인 사람이 될 수 있어. 외모가 못나면 아무리 노력해도 의미가 없어. 평범하게 사는 것마저 허용되지 않아. 난 양쪽 다 경험해서 이게 얼마나 거지 같은 일인지 잘 알아. 이 세상은 불공평해. 힘겨웠던 그 시절로는 죽어도 돌아가고 싶지 않아. 그리고 뭐가 얼굴보다 내면이야. 내면의 가장 바깥쪽에 있는 게 외모라고. 외모가 괜찮은 여자는 매일 노력하고 있어. 너희 빌어먹을 수컷들이 좋아하는 게 그런 여자잖아! 그리고 성격 좋은 못생긴 여자보다 성격 좋은 미인이 압도적으로 많거든. 못생긴 여자는 보통 속이 배배 꼬인, 너희들이 싫어하는 마음이 병든 사람이야. 예쁜 여자는 돈 많은 존잘남이랑 결혼하고, 그 사이에서 또 잘생긴 아이가 태어나 자라지. 유복한 집에서 교육받은 비주얼 좋은 애잖아? 틀림없이 부모한테 효도하는 사람으로 성장해서 좋은 직장에 취직하고 돈을 왕창 벌어들이겠지. 그다음부턴 계속 반복이야. 알겠어? 가진 놈은 다 가지고, 없는 놈은 아무것도 없는 거야. '얼굴보다 내면' 이론. 진짜 짜증 나. 아, 부모 하니까 생각났다. 가끔 영상에 나오는 미사의 부모도 가짜야. 미사가 섭외한 배우들이거든. 화목했던 아빠와 엄마는 이제 없어."

내가 다섯 살 때 아빠가 교통사고로 세상을 떠났다. 나는 아빠를 진심으로 좋아했다. 아빠가 있었을 적의 엄마는 다정했다. "건강하기만 하면 돼"라는 말이 입버릇이었고, 유치원 하원 때마다 내가 먹고 싶다는 과자는 뭐든 사줬다.

그런데 아빠가 죽은 다음부터 우리 집이 점점 이상해졌다. 집에는 새로운 남자가 자주 찾아왔고, 내가 초등학교 2학년이 됐을 때 엄마는 그 사람과 결혼했다. 새아빠는 엄마랑 결혼하기 전까지만 해도 나에게 무척 친절했다. 좋은 사람인 줄 알았다. 이제 아빠는 없지만, 다시 세 명이 가족으로 함께 살 수 있겠다고 생각했다. 하지만 새아빠는 엄마가 없는 곳에서 날 때리는 사람이었다.

"하필이면 왜 이딴 지지리도 못생긴 애를 키워야 하냐고."

아빠가 절대 하지 않았던 말을, 그 녀석은 내게 아무렇지 않게 해댔다.

그때부터 지옥 같은 하루하루가 시작됐다. 밥과 간식 먹는 걸 좋아했던 나는 주변 친구들보다 조금 더 포동포동했다. 하지만 돌아가신 아빠가 매일 "미사는 세상에서 제일 귀여워"라고 말해줬기 때문에 학교에서 돼지니 못난이니 하는 말을 들어도 모두가 착각하는 거라고 생각했다.

그런데 학교에서는 폭언을 듣고, 집에 오면 새아빠한테 손찌검을 당하는 생활이 초등학교 내내 이어졌다. 중학교에 올라갈 무렵, 내 마음은 너덜너덜 만신창이가 되어 있었다.

콤플렉스는 언제나 타인이 만든다.

당연하다고 여겼던 것을 우연한 계기로 다른 사람을 통해 이상하다고 깨닫는다.

어느 날 나는 지금껏 귀엽다고 믿었던 내 얼굴을 감당할 수 없게 됐다. 사진을 찍는 건 엄두도 못 냈고, 어느샌가 거울조차 보지 못했다. 주위에서 웃음소리가 들리면 날 비웃는 게 아닐까 하는 생각에 마음이 불안했다. 그런데도 계속 학교를 다닐 수 있었던 이유는 그런 나에게조차 친절하게 대해주는 애들이 있었기 때문이다.

유카와 가오리였다. 둘 다 전교에서 1, 2등을 다툴 정도로 외모가 뛰어났다. 예쁘고 스타일이 좋은 데다 성격까지 밝은, 완벽한 두 사람. 반면 모든 면에서 대조적인 나는 당연히 그들과 절친이라고 부를 수 있을 정도의 관계는 아니었다.

그래도 나는 교실에서 매일 아침 내게 인사를 해주거나 잠깐 공부에 대해 물어보면서 초등학생 시절에는 하지 못했던 교류를 할 수 있다는 것만으로도 행복했다.

하지만 달콤한 이야기에는 반드시 이면이 있다.

나는 초등학생 때부터 쉬는 시간이 무척 고역이었다. 선생님이 없는 교실에는 자유가 찾아온다. 자유란 바꿔 말하면 무질서다.

내가 괴롭힘의 표적이 되는 타이밍은 언제나 쉬는 시간이었다. 처음에는 다음 수업 교과서를 읽거나 학교 도서실에서 빌린 책을 읽거나 이미 정리할 게 없는 사물함을 정리하는 척하면서 시간을 때웠다. 반 아이들은 그런 나에게 사정없이 험한 말을 퍼부었다. 결국 교실에 있을 수 없게 된 나는 수업이 끝나면 화장실에서 시간을 보내기 시작했다. 못난이, 돼지 같은 듣기 싫은 소리를 하는 사람은 거의 남자애들이었기 때문에 녀석들이 들어올 수 없는 화장실만이 유일한 안식처였다.

중학교 2학년이 돼서도 이 습관은 변하지 않았다.

같은 화장실에만 있으면 언젠가 들킬 것 같아서 사람이 없는 화장실을 전전하며 쉬는 시간을 보냈다. 물론 입구에 있는 거울은 절대 거들떠보지 않았다. 나는 몇 군데 마음에 드는 화장실을 발견했고, 그중에서도 유독 마음에 드는 화장실이 있었다.

그곳은 다른 곳보다 칸이 넓은데도 거의 사용하지 않아서 장시간 머물기에 안성맞춤인 장소였다. 입구에 방향제가 있어서 그런지 불쾌한 냄새도 나지 않았다. 2학년 건물과는 약간 거리가 있는, 미술실과 생물실이 위치한 건물의 꼭대기 층. 50분인 점심시간에도 아무도 오지 않는 성역이었다. 4교시가 끝나면 매일 아침 직접 싼 도시락을 들고 제일 안쪽 칸으로 들어간다. 이것이 내 일과였다.

어느 날의 일이었다. 평소와 달리 멀리서부터 누군가의 발소리와 웃음소리가 들려왔다. 불길한 예감이 들었다. 오지 마, 싫어, 오지 마. 그렇게 마음속으로 외쳤지만, 목소리의 주인들은 내 성역에 침입했다.
"그래서, 어떻게 할 거야?"
모르는 여자애의 목소리였다.
"여기서만 하는 말이니까 너희만 알고 있어. 사귈까 생각 중이야."
내가 한 번도 입 밖으로 꺼내본 적 없고, 앞으로도 내뱉지 않을 말. 나는 그 말을 한 목소리의 주인을 알고 있다. 가오리였다. 두세 명 정도의 자지러지는 목소리가 울려 퍼졌다. 의도치 않게 가오리의 비밀을 알아버렸다. 들어도 되나 하는 죄책감이 들었지만, 나는 이러지도 저러지도 못하고 조용히 숨을 죽였다. 화제는 같은 반 아이들로 넘어갔고, 문 너머에 있는 애들은 한동안 이야기에 열을 올렸다. 들리는 모든 내용이 내가 모르는 학교의 이야기인 것 같았다.

다음은 어떤 화제가 나올까 싶어 귀를 쫑긋 세우고 있던 그때, 한 아이가 조용히 말했다.

"근데, 계속 물어보고 싶었는데…. 1학년 때 가끔 말 상대 해 줬던 뚱뚱한 애 있잖아? 어, 뭐랬더라…. 아, 이름 까먹었다. 가오리 너, 걔랑 친해?"

누구인지 모를 목소리였다. 그녀의 말이 내 온몸에 쿡쿡 박힌다. 심장 고동이 쿵쾅쿵쾅 빨라지기 시작했다.

"아, 미사 말이구나. 이것도 여기서만 말하는 비밀인데."

조용해진 가오리의 목소리에 순간 정적이 찾아들었다.

"그런 애랑 친할 리가 있겠니!"

내가 모르는 가오리의 목소리였다. 요란하게 손을 마주치는 소리와 더러운 웃음소리가 울려 퍼졌다.

"그런 거한테도 친절하게 인사하면 내 주가가 오르지 않을까 했던 거지. 내신 점수도 오를 것 같고. 가끔 개가 착각하고 말 걸어오는 게 밥맛없지만…. 사람들이 내가 그런 애랑 친하다고 생각하면 기껏 생긴 남친한테 차이는 거 아닐까 몰라?"

그럴 줄 알았어, 너 참 못됐다, 나도 말 걸어볼까. 낯선 여자애들의 웃음과 함께 날카롭게 박히는 말들.

"근데 말이야, 그 얼굴로 이름이 '미사'라니, 완전 깬다."

"내 말이. '미사'라면 좀 더 갸름하고 최소한 쌍꺼풀은 장착

해야지."

"그렇게 유감스럽게 자란 걔를 보면, 그런 이름을 지어준 부모가 참 불쌍해."

악몽을 꾸는 것 같았다. 몸이 떨리고 눈물이 쏟아졌다. 어째서. 어째서어째서어째서어째서어째서어째서! 왜 다들 그런 식으로 말하는 거야? 가오리는 친구가 아니었다. 다정하게 미사라고 불러줬었는데. '그런 거'라고 했다. 사랑했던 아빠가 지어준 이름도 놀림감이 됐다. 내가 뭐 나쁜 짓이라도 했어? 왜 그런 식으로 말하는 거야? 이해가 되지 않았다. 친구는 배신한다. 결국 외모다. 그럼 더 살아봤자 의미가 없잖아.

나는 자리를 박차고 일어섰다. 무릎 위에 놓여 있던 도시락통이 탕 하고 뒤집혀 떨어지고, 먹다 만 달걀말이가 바닥을 굴렀다. 개의치 않고 화장실 문을 열고 달렸다. 순간 움찔했다가 말없이 굳어버린 애들의 모습이 보였다. 눈물범벅이 된 얼굴을 신경 쓸 여유 따윈 없었다. 가장 가까운 창문의 잠금장치를 풀고 활짝 열어젖혔다. 몸을 내밀고 다리를 뗐다. 여기는 꼭대기 층이다. 머리부터 떨어지면 죽는다. 창밖을 향해 확 체중을 실었다.

그때 문득 내가 죽으면 어떻게 될까 하는 생각이 들었다. 소란스러워지는 학교. 딱히 슬퍼하지 않을 부모. 친구 한 명 오지 않는 장례식. 뭐, 그런 것일 테지. 그럼 죽어도 괜찮겠다.

다만 장례식이라는 단어에서 이 못생긴 얼굴이 영정 사진으로 놓인 풍경이 떠올랐다.

"이 얼굴이 죽어도 남는 거잖아…."

안 돼. 안 돼 안 돼 안 돼 안 돼 안 돼. 그것만은 안 돼. 지옥이 따로 없었다. 그건 절대 안 된다. 하다못해 좀 더 나은 사진으로 죽고 싶다. 빌어먹을 빌어먹을 빌어먹을! 정말 빌어먹을 세상이다! 이딴 얼굴로 죽고 싶지 않다. 그렇게 생각한 나는 가까스로 복도 쪽으로 쓰러졌다.

그날 이후, 나는 두 번 다시 학교에 가지 않았다.

"1,240만 엔."

이상적인 외모가 되기 위해 상담받은 금액은 내 상상을 아득히 초월했다. 그때까지 한 푼 두 푼 모아온 돈으로는 그 끝자리조차 낼 수 없었다. 몸을 팔면 많은 돈을 벌 수 있겠지만, 이런 못생긴 여자를 살 사람은 없겠지.

학교에 가지 않게 된 나는 집에서 조금 떨어진 도서관에 다니며 하루하루를 보냈다. 부모님은 아무 말도 하지 않았다. 나 따위는 어떻게 되든 상관없었겠지.

도서관에는 시끄럽게 떠드는 녀석이 한 명도 없었다. 여름에는 시원하고 겨울에는 따뜻하다. 그리고 스마트폰이 없었던 내겐 컴퓨터를 사용할 수 있다는 사실이 무엇보다 고마웠다. 성형과 다이어트에 관한 정보를 모으다 질리면 책을 읽는 일상.

열다섯 살이 되면 아르바이트를 할 수 있다. 그때까지는 준비 기간이다. 돈이 없어도 다이어트를 할 수 있다는 사실을 깨달은 나는 우선 중3이 끝날 때까지는 살을 빼야겠다고 생각했다. 그 후에는 성형수술 비용을 모으자. 무슨 짓을 해서든. 그렇게 결심했다.

고등학교에 올라가는 해가 됐다. 나는 고등학교에 진학하지 않았고, 공부와 관련된 건 중학교 1학년 때까지 배운 정도밖에 몰랐다. 그렇지만 나는 지난 2년 조금 안 되는 시간 동안 인터넷에 푹 빠져 살며 많은 책을 읽고 다양한 지식을 습득했다. 내가 추형공포증이라는 사실도 알게 됐다. 무엇보다 중요한 다이어트도 성과가 나오기 시작했다. 모델처럼 마른 몸은 아니지만 보통 체형으로 보일 정도로 살을 뺐다. 서서히 달라지는 몸을 보면서 살아 있길 잘했다는 생각이 들었다.

지속적인 운동과 식단 관리 외에 특별히 한 것은 없다. 처음에는 너무 힘들다는 생각에 포기할 뻔했지만, 그건 내게 죽음보다 더한 괴로움을 의미했다. 그런 생각으로 어떻게든 버틸 수 있었다. 살만 뺐을 뿐인데도 내 심리는 꽤 긍정적으로 바뀌었다. 여기까지는 계획대로다. 남은 건 얼굴을 고치는 것뿐이었다.

성형수술 자체는 잠만 자고 있으면 된다. 마취를 해서 의식이 없는 동안 의사가 모든 걸 해준다. 다만 비용을 마련하는 게 어렵다. 그 사실을 통감한 건 도서관에서 아르바이트 구인 공고를 볼 때였다.

고등학생을 모집하는 경우가 원체 적은 데다, 나 같은 사람도 할 수 있어 보이는 일은 대체로 한 시간에 800엔 정도의 보수를 받는 것이 한계였다. 목표인 1,240만 엔을 모으는 데 필요한 시간은 단순 계산으로 1만 5,500시간. 하루 8시간 일한다고 치면 1,937일. 두 탕을 뛰면 하루 16시간을 일해도 대략 969일…. 하루도 쉬지 않고 출근한다 해도 3년 가까이 걸린다는 계산이 나온다.

현실적으로 생각해 앞으로 4~5년은 이 얼굴로 살아야 한다니, 도저히 견딜 수 없었다. 역시 몸을 파는 수밖에 없다.

"열여덟 미만이라도 몰래 할 수 있어. 거의 안 들켜."

익명 게시판에 올라온 글을 보고 나이를 숨긴 채 수상쩍은 상가 건물을 찾아간 적도 있다. 하지만 모든 곳에서 퇴짜를 맞았다. 이유는 단 하나. 내가 못생겨서 상품 가치가 없기 때문이었다. 어쩔 수 없다. 유흥업소에서 통하는 비주얼이 되기 위한 성형수술 비용은 평범한 아르바이트로 모으는 수밖에 없었다. 될 수 있는 한 얼굴을 노출하지 않으면서 시급이 높은 일자리. 구인 정보를 샅샅이 뒤졌다. 몇 날 며칠이 걸려도 계속 찾았다.

그러던 어느 날, 눈에 띈 한 구인 공고에 이거다 하는 직감이 왔다.

나는 곧바로 지원했다. 러브호텔 카운터 공고였다. 시급은

1,200엔. 일손이 부족해서 당장 일할 수 있는 사람을 찾고 있었기 때문에 파격적인 조건이었다. 아직 열다섯 살이었지만, 주인 부부에게 사정을 말했더니 채용해 줬다. 들어보니 말 못 할 사연을 가진 사람이 많은 모양이었다. 처음에는 익숙하지 않았지만, 한 달 정도 지나자 웬만한 일은 할 수 있게 됐다.

목이 빠져라 기다렸던 첫 월급으로 스마트폰을 사고, 일을 안 하는 시간에는 리스트에 올려놓은 성형외과에 상담받으러 다니는 생활. 살이 빠졌으니 성형수술 비용이 조금은 줄어들지 않을까 생각했다. 하지만 얼굴 전체 성형에 유방 확대 수술과 하반신 지방흡입 등 전신 성형을 하려면 결국 1,200만 엔 정도가 필요했다.

나는 유흥업소에서 일하기 위해 우선 얼굴을 고치기로 했다. 외꺼풀을 쌍꺼풀로 만들고, 납작 주저앉은 코를 자연스러운 높이로 세울 생각이었다. 성형수술은 집도의의 실력에 따라 결정된다. 같은 수술이라도 수술 방법이 다양해서 사전에 꼼꼼하게 정보를 수집해 실력이 확실한 의사를 찾아 내는 것이 중요했다.

나는 뭔가에 홀리기라도 한 듯 매일 인터넷에서 리뷰와 사례를 닥치는 대로 조사했다. 그런데 내가 당초 이상형으로 삼았던 외국인처럼 오똑한 코는 학생에게 어울리지 않는다고 말하는 의사가 몇몇 있었다. '튀지 않는 코'라고 하는, 어떤 코였는지 떠올리지 못하는, 존재감이 너무 강하지 않은 코를 가장 아름답게 여긴다는 사실을 그때 처음 알았다. 하지만 그런 '있는지 없는지 모를 자연스러운 코'를 만드는 데도 수백만 엔이 든다고 한다. 도저히 시급 1,200엔을 받는 내가 감당할 수 있는 금액이 아니다. 그래도 쌍꺼풀 수술만 한다면 한 달 월급으로 아슬아슬하게 충당할 수 있을 것 같아서 다음 달 월급이 들어오는 대로 바로 해야겠다고 결심했다. 하지만 얼굴 윤곽이나 코 등 내가 성형하고 싶었던 부위는 당장 할 수 없었다.

아, 어떡하지. 상심에 빠져 있던 내가 우연히 만난 마법.

그게 바로 화장이었다.

화장은 어른이나 귀엽고 예쁜 사람만 하는 거라고 생각했다. 방과 후에 누군가와 놀아본 적이 없었기에 내 주변에서 화장을 하는 사람은 엄마뿐이었다. 그런데 화장에 대해 알아가면서 잘만 하면 다른 사람으로 보일 정도로 달라질 수 있다는 걸 알았다. 민낯이 예쁘지 않은 사람일수록 효과가 좋다는 것은 당시 무지했던 내 상식을 뒤집어 놓는 일이었다. 쌍꺼풀을 만든 후에 화장을 하면 다음 달부터는 몸을 팔 수 있을지도 모른다. 큰 희망이 생겼다.

우선 화장법을 배우자. 그렇게 결심한 뒤 스마트폰 사는 데 외에는 사용하지 않았던 돈을 써 화장 도구를 대량으로 구매했다. 성형에 대해 조사하던 시간은 화장을 공부하는 시간이 되었고, 그토록 질색했던 거울을 날마다 마주했다. 몇 번이고 수없이 연습하고 한 달이 지났을 무렵.

"이게 뭐야, 거리에서 눈길 좀 끄는 사람 같잖아."

처음으로 만족스럽게 완성된 얼굴을 본 순간, 내가 느낀 감정이었다.

화장으로 사람이 이렇게나 바뀔 수 있구나.

얼굴이 바뀌면 이렇게나 마음이 후련해지는구나.

눈물이 멈추지 않았다.

그리고 진심으로 나처럼 고민하는 사람에게 화장법을 알려주고 싶었다.

화장의 위력은 대단하다. 하지만 성형은 그것과 비교가 되지 않을 정도로 내게 감동을 선사했다. 눈꺼풀은 아직 부은 상태였지만, 그래도 나는 생각했다. 아아, 이렇게 예쁠 수가. 내 얼굴을 보고 긍정적인 감정을 느낀 건 10년 만이었다.

통증은 처음 마취할 때 말고는 거의 없었다. 마침내 나는 쌍꺼풀을 손에 넣었다. 그때부터 일주일 정도 다운타임을 거친 뒤 짧은 시간 동안 갈고닦은 화장술을 이용해 스스로 만족할 때까지 화장한 나는, 난생처음 미용실에 갔다.

지금까지는 욕실에서 대충 자르고 다녔을 정도로 머리 손질에 무신경했다. 학교에서 아이들이 '비요인'이라고 부르던 곳이 줄곧 병원이라고 생각했을 정도다.✉ 나는 특기인 검색 능력

✉ 미용실을 뜻하는 '비요인びょういん'과 병원을 뜻하는 '뵤인びょういん'의 발음을 이용한 언어유희

을 발휘해서 아름다워진 내 얼굴을 더욱 돋보이게 해줄 것 같은 미용사를 찜해놓았다. 예쁜 모델의 사진을 보여주고 이대로 해달라고 하면 비웃을 줄 알았는데, 미용사는 "너무 잘 어울릴 것 같은데요!" 하고 말했다. 그리고 근처에 맛있는 라멘 가게가 있다, 얼마 전부터 고양이를 키우기 시작했다, 남친이랑 싸웠다, 같은 이야기를 많이 해줬다. 나는 사전에 미용사의 SNS를 체크해 놓았기 때문에 그녀의 라멘 토핑 취향이나 고양이의 이름, 남자친구와 싸운 내용까지 모두 알고 있었다. 미용사는 내가 먼저 그 이야기를 꺼내자 깜짝 놀랐지만, 솔직하게 사정을 말하자 아주 크게 웃었다. 덩달아 나도 잔뜩 웃었다. 이렇게 웃는 게 얼마 만일까. 돌아갈 때 미용사는 내게 "성형인 줄 전혀 몰랐어요!"라고 말했다. 최고의 칭찬이었다.

이렇게 긴 시간 다른 사람과 이야기하는 건 태어나서 처음이었다. 내가 한 이야기를 듣고 웃어주는 사람도 처음이었다. 하지만 중학생 시절의 나였다면 그 미용사는 지금과 똑같이 반응해 줬을까. 아마 아닐 것이다. 외모는 소통력. 내가 좋아하는 말이 탄생한 것은 이때였다.

푸석푸석하던 머리카락은 쇄골 아래까지 내려오는, 찰랑거리는 세미롱으로 바뀌었다. 트리트먼트를 해서 머리에는 윤기가 흐르고 좋은 향기가 났다. 걸을 때마다 달콤한 향기가 확 퍼지는 것이 참을 수 없이 행복했다. 윤기 나는 머리카락을 손가락으로 빗어보니 사르륵하고 미끄러져 내린다. 다른 사람이 된 것 같다는 생각에 또다시 눈물이 나오려 했다.

겨우 2만 엔으로 이런 감동을 얻을 수 있다면 값이 너무 싸다. 지금은 틀림없이 내 인생에서 최고의 상태다.

나는 곧바로 예전에 가본 적 있는 상가 건물로 향했다.

여전히 수상쩍은 네온사인이 빛나는 입구. 전에 왔을 때와 같은 아저씨가 나를 맞았다. 불과 두 달 전에 왔던 나를 알아보지 못하는 것 같다. 신분증을 보여줘야 해서 솔직하게 "열다섯 살인데요"라고 말했다. 경험이 없다는 사실도 털어놓았다.

전에는 내가 아무리 매달려도 낯빛 하나 바꾸지 않고 할 말만 해댔던 아저씨. 그 아저씨는 몇 번 이죽거리는 표정을 지어 보이고는 간단한 질문을 몇 마디 던진 후에 "어디 가서 말하면 안 돼" 하며 계약서를 가져왔다. 눈꺼풀 위에 홈이 어떤 형태로 파여 있는지, 얼굴에 분칠을 어떻게 했는지, 그리고 머리카락 모양이 어떤지에 따라 이렇게 대접이 달라질 수 있다니. 역시 세상은 불합리하다.

며칠 후 첫 출근을 했다. 나는 처음으로 아빠가 아닌 다른 남자의 알몸을 봤다. 그리고 안겼다.

불법 업소였기 때문에 콘돔만 끼면 나머지는 뭐든 가능했다. 아팠고 처음부터 끝까지 기분이 나빴지만, 이걸로 러브호텔 알바의 하루 일당을 번다고 생각하니 대수롭지 않게 받아들일 수 있었다.

친절하게 대해준 주인 부부에게는 미안했지만, 러브호텔 카운터 일은 곧바로 그만뒀다. 그리고 날마다 출근했다. 어떻게든 빨리 이 얼굴을 바꾸고 싶었다. 효율적으로 돈을 벌고 싶었다. 그렇게 생각한 나는 업소에 오는 남자들이 바라는 청초하고, 귀엽고, 섹시한, 그런 여자가 되었다.

어떤 말을 하면 기뻐하는지, 뭘 해주면 좋아하는지. 검색은 내 특기다. 두 달 정도 일한 후, 나는 가게와 연결된 부동산을 통해 방을 구하고 자취를 시작했다.

거의 매일 몇 명인지 모를 낯선 남자들에게 안겼다. 잠자는 시간 외에는 모든 시간을 완벽하게 다른 사람이 되어 살다 보니 더는 내가 누구인지 알 수 없었다. 하지만 모든 건 이상적인 외모로 다시 태어나기 위함이었다. 몇 번이나 조건이 좋은 가게로 이적하기를 반복했다. 그런 생활이 2년 정도 이어졌을 무렵. 코 수술비와 당분간의 생활비가 모인 것을 확인한 나는 업소 생활에서 발을 뺐다.

그리고 외면도 내면도 완전하게 다시 태어났다. 그때의 나는 아직 열일곱 살이었다.

더 이상 못생긴 미사는 없다. 이제 드디어 내 인생이 시작된다. 나는 지난 2년 동안 돈 버는 기쁨도 알게 됐다. 돈은 내 노력이 형태화된 것, 무엇과도 바꿀 수 있는 것, 친구와 달리 절대 배신하지 않는 것이다. 그리고 다른 인격을 연기하면서 더 나아가 돈을 벌고 싶다는 욕망에 유튜브를 시작했다.

외모로 고민하는 젊은 사람들에게 화장이 지닌 가능성을 알리고 싶다.

처음 화장했을 때 생겼던 이 마음만큼은 진심이었다.

그렇지만 인기를 얻으려면 외모나 캐릭터뿐만 아니라 거기에 이르기까지의 과정을 담은 스토리와 공감도 필요했다. 그러기 위해서는 몇 가지 각색을 해야 한다. 어떻게 하면 응원받을 수 있을까, 어떻게 하면 인기 유튜버가 될 수 있을까.

고민 끝에 태어난 캐릭터가 '미사'였다. 식상하다는 인상을 주지 않기 위해 여러 유튜버와 콜라보했다. 기존 팬들을 만족시키면서 신규 유입자들에게도 어필할 수 있는 콘텐츠도 필사적으로 연구했다. 그리고 아무리 피곤해도 촬영과 편집을 대충하지 않았다.

그런 노력이 결실을 맺어 채널 구독자 수가 쭉쭉 올라갔다. 다행히 업소 시절 손님에게 맨얼굴을 보여준 적이 없었고, 근무 중에는 늘 진한 화장을 하고 있었다. 게다가 항상 표준어를 사용했으며, 코 성형을 하기 전에 가게를 그만뒀다. 예쁜 분위기를 연출했던 그때에 비해 지금은 자연스럽고 귀여운 얼굴이 되었다. 그래서인지 내 과거가 드러날 일은 없었다. 유튜브 활동명은 가명을 써도 상관없었다. 하지만 지난 몇 년간의 노력을 누군가가 알아주기를 바라는 마음이 있었다. 그러나 중학교 동창생의 연락처는 아예 모르고, SNS의 DM으로도 못난이 미사를 아는 사람에게서 연락이 오는 일은 없었다.

그런데 '유튜버 미사=못난이 미사'라는 걸 알아주는 사람이 딱 한 명 생겼다.

도서관은 내 인생을 바꿔준 장소였다.

나는 업소를 그만두고 유튜브를 시작하기 전까지의 공백 기간에도 중학생 때 열심히 다녔던 그 도서관을 몇 차례 찾아갔다. 딱히 읽고 싶은 책이 있었던 건 아니다. 당시의 외모는 정말 싫었지만, 이곳에 오면 살기 위해 필사적으로 발버둥 치던 내 모습이 떠오른다. 내게 많은 가능성을 줬던 그 컴퓨터 앞에서만 맛볼 수 있는 공기가 좋았다.

평소처럼 도서관에서 시간을 보내던 중 낯익은 얼굴을 발견했다. 학교를 그만둔 지 3년이 넘었지만 잊을 수 없는 얼굴. 내게 유일한 친구였던 사람.

유카였다.

유카도 마음속으로 날 비웃었을 게 틀림없다. 가오리와의 사건 이후로 나는 사람을 믿을 수 없게 됐다. 하지만 지금의 나는 다르다. 괜찮다. 압도적으로 내가 예쁘다. 당시에는 유카가 전교에서 톱클래스에 들 정도로 예쁜 줄 알았다. 그런데 지금은 눈앞에 있는 유카를 봐도 '쌩얼치고는 귀엽네' 하는 정도다. 좌우 폭이 다른 쌍꺼풀과 중안부가 긴 얼굴, 다듬지 않은 눈썹이 거슬렸다. 나는 지난 2년 동안 거리에서 지나치는 여자들의 얼굴을 보며 '이 사람은 여기를 고치면…' 하고 생각하는 버릇이 생겼다. 그것을 무의식중에 유카에게도 적용해 버린 내가 싫었다.

어차피 알아볼 리가 없다. 나는 근처에 있는 책을 아무거나 뽑아 들고는 유카의 앞에 앉았다. 내 심장은 쿵쾅댔지만, 유카는 손을 멈추지 않고 공부에 집중했다. 나는 용기 내어 유카에게 말을 걸었다.

"저기, 아까부터 무슨 공부를 그렇게 열심히 해?"

유카의 어깨가 순간 흠칫했다.

"아, 어, 현대문학을 하고 있어요. 국어가 너무 약해서 더 늦기 전에 해두려고요."

"아직 2학년인데 그렇게 열심히 공부하는 거야? 대단하다, 역시."

아차 싶었지만 늦었다.

"네? 제가 2학년이란 걸 어떻게 알았어요?"

"아, '더 늦기 전에'라고 해서. 입시는 아직 멀었지만, 벌써부터 준비하는구나 싶었지."

순간적으로 얼버무린 것치고는 꽤 괜찮았다.

"그렇구나. 그런데 '역시'라는 건 무슨 뜻이에요? 우리, 만난 적이 있었나요?"

위험하다, 위험해. 이건 위험해. 어떡하지. 둘러댈 말이 떠오르지 않았다. 최소한의 소통력은 갖췄다고 생각했는데, 그건 아저씨들한테나 통하는 것이었다는 사실을 그때 깨달았다. 말없는 시간이 길어졌다. 유카는 의아하다는 듯한 얼굴로 나를 뚫어져라 쳐다봤다. 뭐, 상관없나.

"오랜만이야. 중학교 때 같은 반이었던 미사야."

그 후, 나와 유카는 둘도 없는 친구가 됐다.

나는 도서관에서 재회했을 때 될 대로 되라는 마음으로 모든 것을 털어놓았다. 유카도 가오리처럼 날 비웃었을 것이다. 과연 어떤 얼굴을 보일지, 불만하겠다. 반은 호기심, 나머지 반은 두려움. 두 시간 정도 내 이야기를 듣던 유카는 의외의 반응을 보였다.

유카는 내 앞에서 울었다. 유카의 눈물이 그녀의 앞에 놓인 노트에 떨어졌다. 유카도 내 고백에 답하듯 울면서 솔직하게 이야기했다.

중학교 때 나와 잘 지냈던 건 가오리처럼 이기적인 이유도 있었다고. 하지만 결코 날 싫어하지 않았다고. 그리고 화장실 사건 이후, 마치 금기인 듯 아무도 내 이야기를 꺼내지 않았고, 줄곧 내가 어떻게 됐는지 궁금했다고.

그리고 마지막으로 이렇게 말했다.

"미사, 정말 예뻐졌다…."

유카는 내가 못난이 미사이자 유튜버 미사라는 사실을 아는 유일한 존재다. 내 마음을 가볍게 만들어주고, 내가 있을 곳을 만들어준 존재. 유카에게는 갚아야 할 빚이 있다. 내가 처음으로 출판을 수락한 이유는 다른 누구도 아닌 유카의 부탁이기 때문이었다. 내가 책을 내서 조금이라도 내 친구의 주가가 오른다면야.

"분명 네 경험에서 희망을 발견하는 사람이 있을 거야."

이런 유카의 말도 내 등을 밀어주었다.

정신을 차리고 보니 나는 그때 유카에게 고백했던 것처럼 유튜버 미사가 되기까지의 모든 일을 카메라에 대고 말하고 있었다. 몇 번을 흐느껴 운 얼굴은 못 봐줄 정도로 엉망이었다. 시계를 보니 2시가 다 되어가고 있었다. 모든 것을 토해냈더니 의외로 속이 후련했다. 앞으로는 스마트폰에 입력하기보다 소리 내어 말하는 것도 괜찮겠다고 생각했다. 일단 샤워를 한 다음 화장을 고치고 옷을 갈아입자. 그렇게 새로 정비한 후에 출간 고지 영상을 찍고, 편집은 내일 하자.

아, 이런 걸 누가 봤다간 끝장인데. 그런 생각을 하며 일어서서 녹화를 멈췄다. 어제 올린 영상은 어떻게 됐을지 생각하며 비행기 모드를 해제했다.

그런데 그때 불쑥 눈에 띈 건 지금껏 본 적 없는 알림 수였다.

조회수가 폭발한 영상이 있나? 아닌데, 그럴 만한 영상은 올리지 않았는데. 이상 사태임을 눈치챘다. 무슨 일이지? 곧바로 메신저 어플을 열었다. 맨 위에 고정된 유카의 이름이 눈에 들어왔다.

미사, 방송 계속 켜져 있어! 제발 이것 좀 봐!

그대의 적을 죽여라

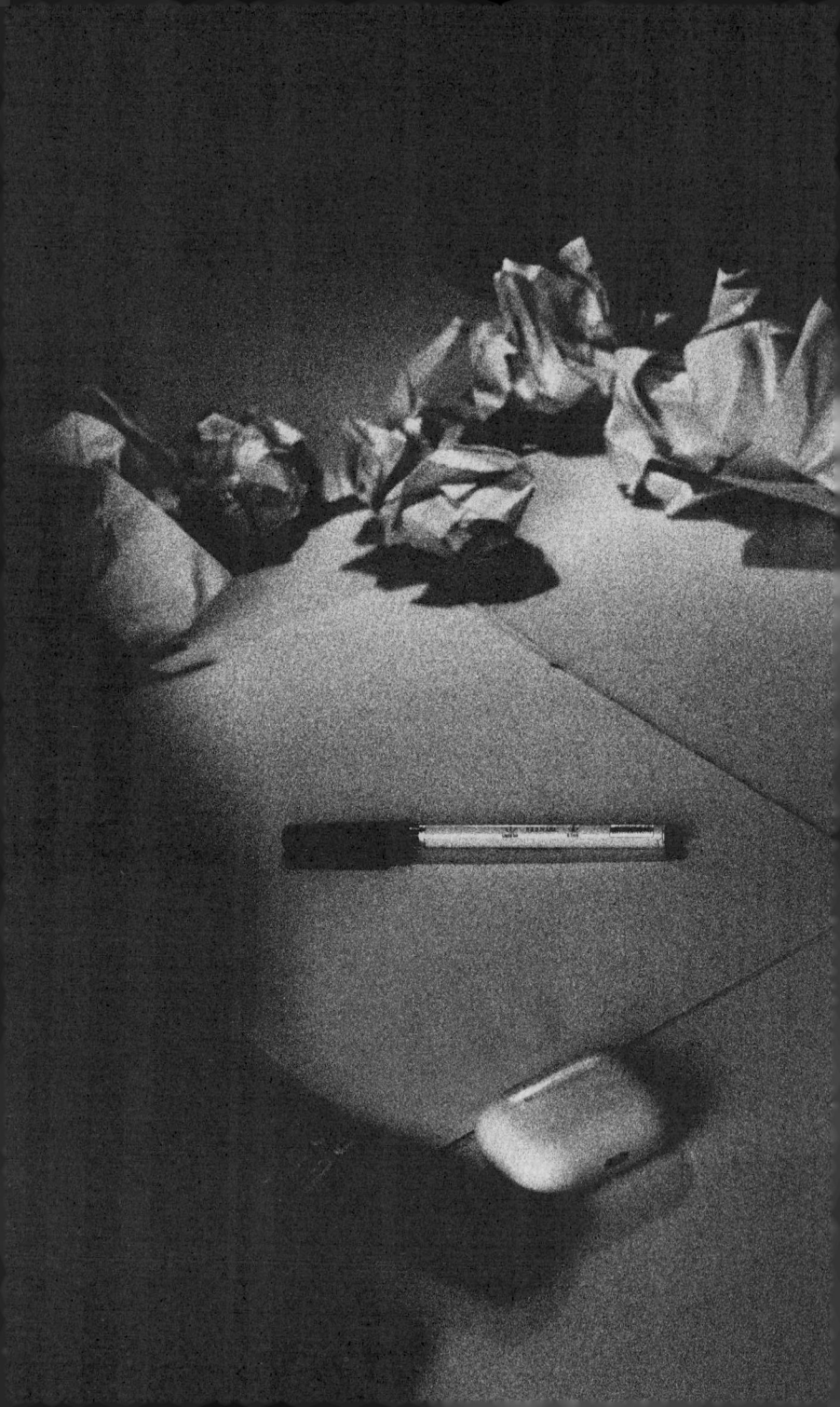

화면 너머에서 미사가 말을 할 때마다 조금씩 쌓아 올린 것이 소리를 내며 무너져 내렸다. 댓글은 지금까지 내가 본 것 중 가장 빠른 속도로 흘러갔다. 화면을 멈추지 않으면 무슨 말이 적혔는지 쫓아가지 못할 정도였다. "감춰진 얼굴이 너무 무섭다", "실망이네요", "너나 죽어", "시작했을 때부터 봤는데", "최악", "대박 사고ㅋ". 미사가 이야기를 시작한 직후 내 눈으로 날아드는 댓글은 어디를 봐도 부정적인 아우라를 풍기는 것들뿐이었다.

흡연하지 않는다고 알려진 유명인이 담배를 한 모금이라도 피웠다가는 순식간에 인터넷 게시판에 불이 붙는다. 단어의 의미를 하나라도 틀리면 비난이 쏟아진다. 단 한 마디 실언만으로 활동 중단에 내몰린다. 그런 논란 전성시대에 미사는 지금까지 감춰왔던 인생의 모든 것을 털어놓았다. 그것을 전달하는 방식은 지금까지 만들어온 미사의 깨끗한 이미지를 박살내기에 충분했다. 마흔을 목전에 둔 나조차 충격을 받았으니, 오랫동안 지켜봐온 일본 전역의 팬, 특히 그녀가 만드는 영상의 메인 타깃이었던 감수성이 예민한 젊은이들에게 준 충격은 짐작하기 어려우리라.

정보 공개 전이었지만, 미사는 출판한다는 사실과 책 제목까지 밝혔다. 이제 무를 수 없는 단계였으나 이번 일은 일단 백지화하지 않을 수가 없다.

미사는 틀림없이 히트한다. 믿어 의심치 않았던 그 신화는 흔적도 없이 붕괴했다. 편집부 내 모든 사람이 그렇게 생각했다. 하지만 세간의 반응은 예상 밖이었다.

사태를 알아차린 미사가 방송을 중단했을 무렵, 비난조의 아우라가 들러붙은 댓글은 줄어든 상태였다. 눈앞에서 보는 듯한 처절한 성장 과정. 그로부터 현재까지 기울였던 무시무시한 노력. 화장이 가진 가능성을 알리고 싶다는 확고한 신념. 그리고 루키즘과 성형에 대한 자기만의 철학까지. 살기 위해 몸부림치는 날것 그대로의 모습에 긍정적인 댓글이 수없이 넘쳐났다.

10초 전으로 되돌아갔다는 생각이 들 정도로 완벽하게 똑같은 대사를 다시 연기한 것에 대한 프로 의식을 칭찬하는 댓글도 많았다. 무슨 일이든 배경을 모른다면 진정한 모습이 보이지 않는다. 출판이 성공할 길은 아직 남아 있다.

¶

꼭 만나 뵙고 싶습니다. 원하는 날짜나 시간, 장소가 있습니까? _다

치바나

아, 드디어 왔다. 그에게서 온 메일이다.

온몸에 소름이 돋고, 성취감이 넘친다.

몹시 순조롭다. 당초 계획에서 조금도 틀어지지 않았다.

솔직히 이 정도로 잘 풀릴 줄은 생각지 못했는데, 내 재능이 두렵다.

다치바나 씨, 고맙습니다. 내가 이겼습니다.

드디어 당신을 만날 수 있습니다. 내가 만드는 이야기로 당신을 더 즐겁게 해드리겠습니다.

¶

술에 찌들어 사정없이 손찌검하는 아버지. 그런 아버지에게서 나를 보호하려다 대신 온몸이 멍투성이가 된 어머니. 이제 한계였다. 내가 처음으로 사람을 살해할 계획을 세운 것은 열한 살 때였다. 실패하면 내가 죽는 계획이었다. 빈틈없이 준비해서 실행에 옮긴 것은 그로부터 3일 후였다.

새벽 다섯 시. 동이 트기 전 캄캄한 거실에서 술에 취해 곯아떨어진 아버지를 지긋이 관찰했다. 소파에서 다리를 늘어뜨린 녀석은 입을 벌린 채 기분 좋게 자고 있었다. 나는 조금 떨어진 곳에서 계속 쏘아보며 그 녀석의 가슴이 일정한 리듬으로 오르

락내리락하는 모습을 확인했다. 좋아. 괜찮아, 자고 있어.

첫 단계는 클리어. 30분 가까이 대기하던 내 눈은 어둠에 익숙해졌다.

천천히, 천천히 다가갔다. 한 걸음씩, 한 걸음씩.

이제 5미터.

깨지 마라, 절대 깨지 마라.

앞으로 4미터.

목조 바닥은 초등학생인 내가 아무리 조심스레 걸어도 삐걱거렸다. 게다가 오늘 나는 평소보다 10킬로그램이나 더 무겁다. 나는 이 상황을 몇 번이고 머릿속에서 시뮬레이션했다. 책을 꽉 채운 가방을 들고 실제로 여러 번 걸어보기도 했다.

끼익, 끼익.

내가 녀석에게 다가갈 때마다 들리는 그 소리는 정적이 펼쳐진 거실에서 상상 이상으로 크게 울려 퍼졌다. 바닥이 빠지지 않을까 걱정스러울 정도였다. 뒤꿈치부터 지면에 닿도록 조용히, 그리고 천천히 시간을 들여 다가갔다.

앞으로 3미터.

반쯤 벌어진 아버지의 입에서 술 냄새가 풍겼다. 가까이 다가갈수록 입냄새에 섞인 악취가 내 코를 쿡쿡 자극했다. 혐오감과 함께 심장이 쿵쾅쿵쾅 큰 소리를 냈다.

이제 조금이다. 제발. 그대로, 그대로 있어라. 깨지 마라.

손바닥의 감각이 사라졌다. 30분 전만 해도 목장갑 너머로 전해졌던 날카로운 냉기는 어딘가로 사라진 지 오래다.

앞으로 2미터.

녀석의 얼굴은 바로 코앞에 있었다. 뒤룩거리는 눈을 당장에라도 뜨지는 않을까, 사실은 깨어 있고 내가 다가가는 것을 알고 있지는 않을까. 한순간 내 안에 떠오른 생각이 심장의 리듬을 점점 빠르고 크게 만들었다.

이제 1미터.

하는 수밖에 없다. 그렇게 생각하며 잠든 녀석의 얼굴을 내려다봤다.

양손으로 감싸듯이 쥐고 있던, 농구공보다 조금 더 크고 10킬로그램은 족히 될 그것을 번쩍 들어 올렸다. 3일 전부터 양동이에 물을 담아 만들어둔 그것은 사람의 머리를 박살 내기에 충분할 정도로 단단했다. 어금니를 악물고, 크게 숨을 들이마셨다.

죽어. 지옥에나 떨어져. 마음속으로 그렇게 외치면서 녀석의 이마를 노리고 온 힘을 다해 내리쳤다.

으직.

손에서 팔, 그리고 어깨에서 온몸으로 무딘 감촉이 전해졌다. 그 강렬한 일격에 내 손 안에 있던 얼음덩어리가 몇 개의 조각으로 부서져 흩어졌다. 어깨 관절 주변으로 지잉 하고 저릿한 감각이 퍼져나갔다.

죽였다. 그렇게 생각했다.

불과 5초 전까지만 해도 자고 있던 녀석이 깨진 머리를 부여

잡고 눈을 번쩍 뜨며 소리쳤다.

"으아아아아아악!"

짐승 같은 포효가 이른 아침의 맑은 공기를 찢어놓았다.

큰일 났다. 큰일 났다. 나는 황급히 바지 주머니로 손을 찔러 넣었다. 만에 하나 녀석의 숨통을 일격에 끊지 못했을 때는 커터 칼로 녀석의 목을 그을 계획이었다. 하지만 목장갑을 꼈다고는 해도 긴 시간 커다란 얼음덩어리에 닿아 있던 내 손은 뜻대로 움직이지 않았다.

서둘러야 하는데. 그 생각에 손이 더욱 떨렸다. 오른쪽 주머니에서 커터 칼을 꺼내 칼날을 뽑으려고 엄지손가락을 슬라이더에 올렸다. 하지만 차갑게 언 내 엄지손가락은 좀처럼 말을 듣지 않았다. 평소에는 잘 끼지 않는 목장갑이 답답함을 더 증폭시켰다.

큰일 났다. 빨리. 굽은 손가락에 천천히 힘을 실었다.

드드득, 드드득.

내가 원했던 감각이 겨우 오른손으로 전해졌다. 피투성이가 된 얼굴로 울부짖는 녀석의 목에 칼날을 들이댔다.

"죽어어어어!"

목이 뜨거워질 정도로 소리 지르며 팔을 휘둘렀다. 하지만 내가 필사적으로 뽑은 칼날은 고통으로 격렬하게 몸부림치는 녀석의 목을 스쳤을 뿐이었다. 순간 시간이 멈춘 듯했다.

아차…!

피투성이가 된 머리를 부여잡고 몇 초 전과 다름없이 몸부림치는 녀석을 보며 숨통을 끊어놓기에는 너무 얕은 상처라는 것을 직감했다. 이번에는 더 깊게 찔러야 한다. 베는 게 아니라 눌러 찍어야 한다. 공작 시간에 커터 칼로 종이를 자를 때, 손끝에 잔뜩 체중을 실어서 아래쪽에 깔아놓은 매트까지 자르는 감각. 지금 상황에서 어떻게 하면 녀석을 죽일 수 있을지에 대한 답이 머릿속에 빠르게 연상됐다. 나는 격렬하게 몸부림치는 녀석의 위에 올라타고는 끝장을 내기 위해 목에 손을 얹었다.

그런데 그 순간. 코부터 얼굴 전체에 충격이 일었다. 차에 치였다는 착각이 들 정도로 지금까지 느껴본 적 없는 고통이 얼굴 전체로 퍼졌다. 머리에는 마치 징이 울린 것 같은 낮은 소리가 울려 퍼졌다. 꿈속에 있는 듯 귀가 먹먹해지는 감각. 순식간에 일어난 일이라 상황을 파악할 수 없었다. 입술에 짠맛이 나는 따뜻한 것이 흘렀고, 그것이 코에서 터져 나온 피라는 것을 깨달았을 때, 바닥에 선 녀석의 발이 보였다.

"이 빌어먹을 새끼가아아아!"

녀석의 고함과 동시에 웅크린 내 등에 묵직한 통증이 번졌다.

숨을 쉴 수가 없다. 그 묵직한 충격이 컥컥거리는 내 등을 세 번이나 사정없이 덮친다.

아프다, 위험하다, 죽는다.

고통과 동시에 생겨난 감정이 온몸을 휘감는다. 겨우 눈을 떠보니 녀석의 다리가 움직일 수 없게 된 내 몸 위에 걸쳐 있는 것이 보였다. 녀석은 날 깔고 앉았더니 피로 젖은 커다란 손을 목에 댔다. 악귀 같은 표정을 한 녀석의 얼굴에서 피가 뚝뚝 떨어지는 것이 보였다. 목에 엄청난 압력이 가해진다. 목소리가 나오지 않았다. 녀석의 거친 숨소리가 귓가에 닿고, 내 목에 가해지는 압력은 점점 커진다.

목은 졸리는 게 아니라 찌부러지는 거구나….

고통이 커지는 와중에 어렴풋이 그렇게 느꼈다.

시야가 점점 좁아지는 가운데, 나는 쥐어짜 낸 힘을 오른손에 모았다. 손가락을 몇 번 움직여 계속 쥐고 있던 커터 칼을 손안에서 회전시켰다. 몸 안에 있는 힘을 모두 쏟아부을 듯이 세게 꽉 쥐었다. 온몸에 힘이 들어갔다.

"죽어어어!"

목소리는 나오지 않았지만, 나는 소리쳤다.

내 목을 조르던 힘이 서서히 약해지더니 쿵 하는 소리와 함께 녀석이 쓰러졌다. 의식이 몽롱한 가운데 죽을힘을 다해 일어섰다. 약하게 경련하던 녀석은 책이나 영화를 보고 상상했던 시체와는 전혀 달랐다. 더는 인간이라고 생각할 수 없는 모습이었다. 나는 녀석의 목에 박힌 커터 칼을 세차게 뽑았다. 바닥에는 지금껏 본 적 없는 양의 피가 퍼졌다. 나는 녀석의 피로 물든 목장갑을 벗었다. 아직 멀었다. 이번에야말로 확실하게 숨통을 끊어야 한다. 나는 입을 뻐끔거리며 죽어가는 녀석의 얼굴을 보면서 커터 칼을 꽉 고쳐 잡았다. 마지막에는 주저

없이 단칼에 죽이고 싶었다.

커터 칼은 녀석의 피와 기름으로 미끈거려 잘 잡히지 않았다. 다시 칼끝을 목에 댔다. 아까와 달리 목과 직각이었다. 그리고 천천히 체중을 실으며 직각으로 댄 칼날을 밀어 넣었다. 살을 파고든 칼날 주위로 피가 스며 나왔다. 서서히 체중을 실을수록 그 기세는 거세졌다. 빼내 들었던 칼날이 전부 살로 파고들었다. 누르면 누를수록 녀석의 목 근육이 굳어지는 것을 느꼈다. 나는 그 살을 억지로 비틀어 여는 듯이 계속 체중을 실었다. 천천히, 서서히 모든 체중을 싣다가 손잡이 절반이 살 안으로 빨려 들어갔을 때 뼈 같은 단단한 것에 부딪혔다. 이 이상은 찌를 수 없다는 생각에 힘껏 칼을 뽑았다. 어두운 거실에 피가 뿌려지는 것을 느꼈다. 오랜 세월 나와 어머니를 고통 속에 살게 한 녀석은 이 세상에서 사라졌다.

그로부터 몇 분이 지났을까.

소란을 들었는지 안쪽에서 발소리가 들리더니 어머니가 다가왔다. 피투성이가 된 채 앉아 있는 나와 주위 광경을 보고는 무슨 일이 일어났는지 곧바로 알아차린 듯했다. 어머니는 내게 달려왔다.

"…앞으로 평화롭게 살 수 있을 거야."

녹초가 된 내가 필사적으로 쥐어짜 낸 말이었다. 하루가 멀다 하고 날아오는 주먹질이 괴로웠다. 하지만 날 보호해 준 어머니의 얼굴에 멍이 드는 것이 더 괴로웠다.

녀석은 죽었다. 성취감에 젖어 눈앞에 있는 어머니가 칭찬해 주기를 기대했다. 하지만 나로서는 전혀 이해할 수 없는 일이 일어났다.

"왜 이런 짓을 저지른 거야?"

어머니가 내 뺨을 때리며 말했다. 무슨 일이 일어난 거지? 어머니는 '녀석의 편'이었던 걸까? 직후에 깨달았다. 아, 나는 누구에게도 사랑받지 못했구나. 내 안에서 무언가 와장창하고 부서지는 소리가 들렸다.

어머니는 피투성이가 되어 드러누운 녀석을 흔들었다. 아직 숨을 쉬지는 않을까 확인이라도 하듯 계속해서 흔들었다. 나는 어머니에게 다가가 옆에 떨어져 있던 커터 칼을 집어 들었다. 그러고는 반미치광이 상태가 된 어머니의 잠옷 사이로 드러난 가느다란 목을 뚫어져라 쳐다봤다.

드드득, 드드득.

칼날을 꺼냄과 동시에 눈앞에 보이는 목덜미를 그었다. 피가 뿜어져 나왔다. 쓰러진 어머니의 목에 손을 얹고 힘을 실었다. 어머니 입에서 나온, 지금껏 들어본 적 없는 우렁찬 외침 같은 비명이 희미해지더니 이내 힘없이 사라졌다. 나는 어머니의 몸이 한동안 경련을 일으키다가 움직이지 않는 것을 확인한 다음 손을 뗐다.

시각은 5시 25분. 불과 20분 남짓한 시간 동안 벌어진 일이었다.

체력과 기력 전부를 쏟아부었다. 이제 아무것도 생각하기 싫었다. 멍해진 나는 바닥에 드러누웠다. 기껏 들키지 않게 얼음으로 흉기를 만들었는데. 앞으로 어머니랑 둘이 즐겁게 살 일만 남았다고 생각했는데. 머릿속으로 말로는 표현할 수 없는 온갖 생각이 소용돌이쳤다. 어머니가 했던 말이 내 머릿속에 수도 없이 반복됐다. 하지만 아무리 생각해도 이해가 되지 않았다. 그냥 다 사라져 버리면 좋으련만.

그러고 나서 얼마나 시간이 지났는지는 모르겠다.

아래에서부터 솟구치는 듯한 진동이 갑자기 내 몸을 덮쳤다.

어딘지 모를 세계를 정처 없이 떠돌던 내 의식은 갑자기 현실로 되돌아왔다. 소파 앞에 놓인 테이블 위에서 재떨이와 빈 병이 사정없이 떨어졌다. 주방에서는 식기 깨지는 소리가 들렸고, 이내 모래 먼지를 일으키며 거실 안쪽이 순식간에 시야에서 사라졌다. 그 장면을 보고 '2층이 무너졌다'라고 이해하는 데 잠시 시간이 걸렸다.

지진이다. 그것도 꽤 큰.

하지만 내 머리에 가장 먼저 떠오른 말은 '도망쳐야 해'가 아니었다. 멀리서 요란한 사이렌이 울리고, 깨진 창문 너머로 "불이야" 하고 외치는 소리가 들렸다. 조금 전까지 주위를 맴돌던 허무감이 사라졌다. 나는 서둘러 현관으로 달려가 차가운 바닥에 놓여 있던 기름통을 집어 들었다. 거실로 돌아와 기름통의 뚜껑을 열고 누워 있는 녀석과 어머니를 향해 뒤집었다. 바닥에 굴러다니는 담배와 빈 병을 헤치고 라이터를 찾아 옆에 있던 커터 칼도 같이 챙겼다.

"신이시여, 고맙습니다."

나는 그렇게 소리 내 말하고는 바닥에 불을 붙였다. 화르륵 하고 낮은 소리를 내면서 거실에 불길이 번졌다. 나는 등 뒤로 뜨거운 열기를 느끼며 현관을 향해 걷기 시작했다.

¶

"오노데라, 자네도 동석해. 아무 말 안 해도 돼. 처음에 인사만 하고, 그다음부터는 그 자리에서 일어나는 일을 관찰해 줘."

나는 다치바나 선배님이 말한 대로 범인이 지정했다는 장소에 와 있었다. 회사 1층에 위치한 카페. 큰길을 향해 난 창 너머로 회사원들이 바쁘게 오가는 모습이 보였다. 시계는 12시 50분을 가리키고 있다. 이제 10분만 더 기다리면 내 앞에 살인 예고를 보낸 범인이 나타난다. 다치바나 선배님은 옆에서 차분함을 유지하고 있지만, 나는 두근거림이 멈추지 않았다. 물론 안 좋은 의미로. 우리는 말없이 가만히 앉아 있다. 뭐라도 말을 거는 게 좋지 않을까… 하고 생각했지만, 상사를 살해하려는 상대와 대면하기 직전에 나눌 대화로 적당한 화제가 뭐가 있을까? 그런 건 신입 사원 연수 내용 중엔 없었는데! 애초에 지금 이게 무슨 상황이람…? 미사가 낸 방송 사고로 편집부가 발칵 뒤집혔다. 그 소동 때 솔직히 내가 담당 편집자가 아니어서 다행이라고 생각했다. 진심으로. 분명 우왕좌왕하며 전전긍긍했을 게 뻔하니까. 하지만 그 일이 터지고 난 후에 다치바나 선배님은 여러 관계자를 찾아다니며 사과했다. 일단 지금까지 추진했던 내용을 백지로 돌렸고, 곧바로 새로운 콘셉트를 잡아 책 제작을 재개했다. 내가 할 수 있는 일은 미사를 격려해 주는 것뿐이었기에 베테랑 편집자는 정말 대단하다는 생각이 들었다. 다치바나 선배님이 정말 좋다. 평생 따라다닐 거다. 외모도 시원시원하고, 열 살만 더 젊었다면 대시했을 가능성도 있다. 충분히 가능하다. 그리고 일에 지장이 생긴다는 이유도 있지만, 그냥 나보다 먼저 죽지 않았으면 좋겠다.

머릿속에서 되풀이되는 혼잣말. 이건 내 버릇이었다.

"아무리 힘들고 괴로운 일이 있어도 그건 다 어떻게 생각하느냐에 따라 사라진단다."

어릴 때 엄마가 해준 이 말이 계기가 된 것 같다. 하지만 지금 나는 이렇게라도 하지 않으면 미쳐버릴 것 같았다.

나도 꿈을 안고 이 업계에 뛰어들었다. 줄곧 국어가 약했던 나는 열심히 입시 준비를 하는 사이에 그토록 고역이었던 독서와 책을 좋아하게 됐다. 그런 흐름으로 대학 시절 내내 서점에서 아르바이트를 했다. 자연스럽게 구직 활동도 출판사가 중심이 됐다. 그리고 합격 통지를 받은 곳이 나카야마출판이다. 내가 어릴 때부터 늘 집에서 책을 읽었던 엄마는 몹시 기뻐했다.

나카야마출판이라고 말했을 때 엄마는 몇 번이고 확인하더니 축하한다고 말해줬다. 그 마음에 보답하고 싶고, 내가 편집한 책을 빨리 엄마가 읽었으면 좋겠다.

약속 시간 7분 전. 앞으로 일어날 일을 상상하면 할수록 긴장이 심해졌다. 점원이 가져다준 물도 곧 바닥이 보일 것 같다.

내 안에서 또다시 자문자답이 시작됐다. 그리고 불붙는 불안과 공포.

상사에게 살인 예고를 보낸 위험인물을 만난다니… 이게 대체 무슨 일이지? 내 업무에 포함되는 일인가? 아니, 이런 건 금시초문이다. 언제부터 출판사가 물리적으로 목숨을 걸고 일하는 곳이 됐는지 묻고 싶다. 한 시간 정도는 붙잡고 꼬치꼬치 따져 묻고 싶다. 애당초 다치바나 선배님은 무슨 생각이지? 동석하라는 말을 꺼낸 것도 오늘 아침이잖아. 그것도 모자라 '그 자리에서 일어나는 일을 관찰해 줘'라는 말은 또 뭐죠? 너무 무섭지 않나요? 난 이제 스물두 살인 귀여운 부하라고요? 좀 더 금이야 옥이야 소중하게 대해달라고요. 하긴, 천재의 생각을 평범한 사람인 내가 이해할 수 있을 리 없지.

이런 사태가 벌어졌다고 엄마한테 알리고 싶진 않은데. 듣는 순간 픽 쓰러질 건 불을 보듯 뻔하고, 너무 걱정돼서 회사 전화통에 불이 날 정도로 전화를 해댈 것 같아.

이제 5분도 안 남았다.

올 때가 다 됐다는 생각에 창밖을 가만히 바라봤다. 이쯤 되니 걸어 다니는 사람들이 모두 수상쩍어 보이기 시작했다. 누구냐. 검정 파카에 후드를 뒤집어쓰고 오려나 싶었지만, 너무 뻔해서 그건 아닌 것 같고. 그러던 중 온몸을 명품으로 치장한 수수께끼의 남자가 커다란 개를 데리고 걸어가는 모습이 보였다. 와, 당신은 무슨 일을 하는 분이시죠? 내 심정도 모르고 평일 오후를 즐겁게 보내시는 것 같네요. 아무래도 좋을 생각이 머릿속을 뛰어다녔다.

2분 남았다.

원래라면 지금쯤 와도 이상할 게 없다. 하지만 살인 예고를 보내는 녀석이 약속을 지킬까? 그 전에, 정상적인 생각을 가졌다면 사람을 죽이겠다는 말은 못 하지 않을까. 아무리 카페 안에 손님이 있다고 해도 눈앞에 표적이 보이는 이상, 이 자리에서 덮칠 가능성도 없다고는 할 수 없다. 완전범죄로 죽이겠습니다, 하고 잘난 척은 있는 대로 해놓고, 방심한 틈에 푹 찌를 가능성도 충분하다. 아, 정신 나간 상대한테 나도 살해당하면 어떡하지. 내 인생, 아직 하고 싶은 일이 잔뜩 있는데. 다치바나 선배님이 화장실에 갔을 때 찔리면 끝장인데. 그런데 선배님은 여기 오고 나서 물 한 모금 입에 안 댔네. 선배님은 내가 생각하는 걸 다 꿰뚫고 있을까.

시계로 눈을 돌렸다. 이제 1분도 안 남았다.

점심시간이라 그런지 오가는 사람들의 분위기는 전혀 변함이 없다. 시시각각 다가오는 약속 시간. 시계와 가게 밖을 번갈아 보며 카운트다운을 했다.

5, 4, 3, 2, 1, 0.

오후 1시가 됐다.

아무도 나타나지 않았다. 긴장되는 한편 어쩌면 안 올지도 모른다는 기대감이 생겼다. 카페 앞을 오가는 사람들은 여전히 어디에나 있을 법한 회사원들뿐이었다. 다치바나 선배님은 변함없이 계속 입구를 바라보고 있다.

시계는 오후 1시 10분을 가리켰다.

줄곧 말없이 입구를 쳐다보는 우리를 점원들이 수상쩍게 여기지는 않을까. 침착함을 되찾기 시작했을 때, 가게 밖에서 뛰어오는 한 사람이 보였다. 검은 파카 차림에 모자를 쓰고, 얼굴에는 하얀 마스크를 끼고 있다. 줄곧 가게 밖을 보고 있었지만, 분명 지금까지 본 적 없는 타입이었다.

이 사람이라는 직감이 왔다. 그는 가게 입구 앞에서 스마트폰을 꺼내 몇 초 정도 바라본 후 안으로 들어왔다.

어떡해, 무서워.

들어온 그 사람에게 점원이 말을 걸려고 다가갔다. 하지만 그는 점원을 무시하고 가게 안을 천천히 둘러봤다. 이쪽을 보고 고개를 멈추더니 잰걸음으로 다가왔다.

아, 큰일 났다. 이건 죽는다.

조금 전까지 들렸던 잡음이 순식간에 멈추고, 심장이 이래도 괜찮을까 싶을 정도로 쿵쾅쿵쾅 뛰었다. 다급하게 다가온 그 사람은 우리 바로 옆에 멈춰 섰다. 그리고 나와 다치바나 선배님을 번갈아 보며 말했다.

"다치바나 씨, 기다리게 해서 죄송합니다. 처음 뵙겠습니다. 하토리입니다. 만나 뵙게 되어 영광입니다."

내 대각선 맞은편에 앉아 천천히 모자와 마스크를 벗은 그는 40대 정도로 보였다. 왼쪽 뺨에는 검붉게 짓무른 흉이 번진, 화상 자국 같은 멍이 있다.

전염병자. 가까이 오지 마. 괴물 새끼.

그 울퉁불퉁한, 마치 여러 겹의 물감을 칠하고 말린 듯 딱딱해 보이는 피부를 보고 제2장 원고에 적혀 있던 내용이 생각났다. 빤히 봐서는 안 될 것 같은 느낌이 들었다. 이 남자는 섬세함이라는 게 존재하지 않았던 유소년기에 상당히 힘든 일을 겪었을 게 틀림없다.

"처음 뵙겠습니다, 다치바나입니다. 다짜고짜 부엌칼을 들이미는 건 아닐까 했는데, 저도 만나 뵙게 돼 영광입니다."

그렇게 말한 선배님은 남자에게 명함을 건넸다. 보통은 이 농담에 웃을 법도 하지만, 바로 앞에서 '살인범'을 마주하자니 내 얼굴은 공포와 긴장으로 여전히 굳어 있었다.

"이쪽은 부하 직원인 오노데라입니다. 그 원고를 읽고 꼭 하토리 씨를 만나고 싶다고 해서 동석했습니다."

"아, 처음 뵙겠습니다. 오노데라 유카라고 합니다. 아… 그러니까, 어떤 분이신지 궁금해서요. 오늘 아침에, 그러니까, 선배님께 억지를 부려서 동석하게 됐습니다. 오늘 부디 잘 부탁드리겠습니다."

필사적으로 말을 쥐어 짜내고는 명함을 건넸다.

아니, 저기요, 잠깐만. 이 사람 지금 무슨 패스를 이따위로 주는 거지. 코앞에서 얼굴을 노리고 풀스윙을 한 거나 마찬가지잖아. 킬러 패스는 같은 편한테 찔러주는 거라고요. 게다가 명함을 줘버렸어! 살인범한테 개인정보를 줘버렸다고! 나는 식은땀을 흘리면서 마음속으로 크게 외쳤다.

"하토리 씨. 만나자마자 바로 이런 말씀을 드려 죄송하지만, 단도직입적으로 여쭙겠습니다."

다치바나 선배님은 그 남자를 바라보며 침착하게 말했다.

"그 원고는 어떤 의도로 보내신 겁니까?"

이 사람 제정신인가. 다짜고짜 그런 걸 묻다니. 얼굴에서 핏기가 싹 가셨다.

"놀라게 해드려 죄송합니다. 당연히 신경이 쓰이셨겠죠. 차례대로 설명해 드리겠습니다."

하토리라고 자신의 이름을 밝힌 남자는 조금 전 인사했을 때보다 더 낮은 목소리로 말했다.

"저는 다치바나 씨, 당신을 꼭 만나고 싶었습니다. 팬…이라고 할까요. 다치바나 씨가 편집하신 소설은 물론, 운영하시는 소설가bot에 올린 글, 개최하셨던 공모전에서 입상한 작품, 인터뷰 기사까지 안 읽은 게 없습니다. 추천하신 책도 전부 확인했죠. 그리고 언젠가부터 당신이 원하는 이야기가 보이기 시작했습니다. 이번에 보낸 원고가 바로 그겁니다. 과격한 표현으로 다치바나 씨를 혼란스럽게 만든 점은 대단히 죄송합니다. 이렇게라도 하지 않으면 당신이 두 번 다시 미스터리 세계로 돌아오지 못하실 것 같았습니다. 몇 년 동안 구상하고 고쳐 쓴 끝에 오늘 당신을 만날 수 있게 되어 정말 기쁩니다."

하토리 씨는 시종일관 다치바나 선배님의 눈을 바라보며 말했다. 살인 예고를 보낸 사람이 팬…? 이건 도를 넘어선 덕후 특유의 엇나간 애정일까? 도저히 이해되지 않았다.

"그렇군요. 저에 대해 많이 알아보신 모양입니다. 그런데 소설가bot의 정체가 저라는 건 회사 사람들밖에 모르는 정보입니다. 어떻게 그걸 알아내셨죠?"

"멋대로 추측한 건데, 역시 그랬군요. 전 소설가bot의 광팬이기도 합니다. 조금 전 말씀드린 대로 공모전을 통해 출판된 책은 전부 읽었습니다. 그 책들은 모두 나카야마출판에서 출간됐고, 판권에는 꼭 담당 편집자로 다치바나 씨의 이름이 있었죠. 그리고 어느 날 갑자기 소설가bot에 공모전을 일시적으로 중단한다는 글이 올라왔어요. 그 후 소설가bot을 통한 작가들의 작품은 출판됐지만, 판권에서 당신의 이름이 사라졌죠. 전 무슨 일이 벌어졌다고 생각했습니다. 그때부터 저는 도서관에서 나카야마출판에서 간행한 책을 계속 확인했습니다. 그랬더니 소설과는 상관없는 에세이 판권에 다치바나 씨 이름이 올라와 있는 게 아닙니까. 그때 전 확신했습니다. 당신은 어떤 일을 계기로 미스터리 편집 세계에서 쫓겨난 거라고."

"…멋진 추리로군요. 놀랐습니다. 제 팬이라고 자처하실 만합니다."

다치바나 선배님은 웃었지만, 나는 하토리 씨의 집요함에 공포를 느꼈다. 아무리 팬이라 하더라도 평범한 일반인을 상대로 그렇게까지 하는 사람이 있을까? 이 사람, 너무 무섭다.

"하토리 씨, 하나 더 확인하겠습니다. 저와 아들의 사진을 찍은 것도 당신입니까?"

아, 그건 나도 마음에 걸렸다. 널 항상 감시하고 있다, 마음만 먹으면 언제든 죽일 수 있다. 그런 의미가 담긴 게 아닐지 멋대로 해석했던 부분이다.

"협박으로 비칠 만한 행동을 해서 정말 죄송합니다. 사실 그건 제가 탐정에게 의뢰해서 찍은 사진입니다. 당신에게 위기가 닥쳐오고 있고, 당신이 당사자라는 걸 강조하기 위해 소설의 한 부분으로 꼭 넣고 싶었던 연출이었습니다. 물론 죄책감은 있었습니다. 그래서 전 탐정에게 집을 나오는 순간만 찍으면 된다고 의뢰했습니다. 말씀드리기 조심스럽습니다만, 탐정은 당신을 미행해서 자택을 알아냈습니다. 그렇지만 전 다치바나 씨 댁 주소까지는 모릅니다. 그건 약속할 수 있습니다. 어쨌든 사진 한 장만 있으면 됐습니다. 아마추어인 제가 미행 같은 걸 했다가는 틀림없이 들킬 테니까요. 그리고 제 얼굴이 이 모양이라서 한 번 보면 기억에 남지 않습니까. 사진만 찍고 철수했고, 탐정도 들인 품에 비해 벌이가 괜찮은 일이었다고 좋아했습니다. 아, 죄송합니다. 이건 쓸데없는 이야기였군요."

"…알겠습니다. 그렇게 된 일이군요. 그렇다면 좋습니다. 말씀을 많이 하게 해서 죄송합니다. 뭐라도 좀 드시겠습니까?"

다치바나 선배님은 그렇게 말하며 메뉴판을 내밀었다.

지금 나는 하토리 씨를 처음 봤을 때와는 전혀 다른 인상을 가지고 있었다. 그 정도로 다치바나 선배님은 냉정하고 담담하게 대응했고, 하토리 씨는 유창하고 정중하게 말했다. 나는 하토리 씨가 들려주는 이야기를 어느 정도 납득하면서도 어딘지 모르게 이상함을 느꼈다.

그렇다, 이야기가 너무 딱딱 들어맞았다.

처음에는 수상쩍다는 생각이 들어도 상대방의 언변이 좋으면 그 내용이 그럴듯하게 들린다. 그리고 서서히 그 사람이 고상하고 좋은 사람으로 보이기 시작한다…. 이건 내가 대학 시절 책에서 읽었던 사기나 세뇌 수법과 똑같다. 그리고 바로 지금, 나는 그 흐름 속에서 물살에 휘말리는 중이라는 걸 자각했다. 방심하면 안 된다. 이 대화에는 반드시 무언가 감춰져 있다.

하토리 씨가 아이스커피를 고르자 나와 선배님도 같은 것을 주문했다.

"그런데 하토리 씨, 그 원고의 제1장에서 다시 한번 제가 편집한 소설을 읽고 싶다고 쓰셨더군요."

"네."

"읽는 것도 좋지만, 괜찮으시다면 우리 쪽에서 책을 내시지 않겠습니까? 물론 편집은 제가 담당하겠습니다. 실은 여기서만 드리는 말씀인데, 문예부 복귀가 결정됐습니다. 다시 소설을 만들 수 있다, 이 말입니다."

다치바나 선배님이 밝은 목소리로 말했다.

아니. 잠깐만요. 이동? 그리고 함께 책을 낸다…? 내 상사는 지금 무슨 말을 하는 거지? 상대방은 무려 당신을 죽이려는 사람이라고요! 만난 지 이제 10분 정도밖에 안 됐는데요? 너무 천재라서 머리가 이상해져 버렸나? 나는 하토리 씨가 화장실에 갈 때 스마트폰 메모장으로 다치바나 선배님에게 뭔가 이상해도 너무 이상하다는 말을 전해야겠다고 생각했다. 직접 말하지 않는 건 도청당하고 있을 것 같아서였다.

다치바나 선배님의 제안을 듣고 몇 초 동안 뜸을 들인 후 하토리 씨가 대답했다.

"사실 그 말씀을 조금 기대했는데, 정말로 해주실 줄이야…. 꿈만 같습니다. 고맙습니다. 꼭 부탁드립니다."

그렇게 말하고는 벌떡 일어서더니 머리를 테이블에 찧을 듯한 기세로 인사했다. 내가 상상했던 것과는 전혀 다른 방향으로 이야기가 진행된다. 이제는 뭐가 어떻게 돌아가는지 갈피를 잡을 수가 없었다.

"무슨 말씀을, 저희야말로 고맙습니다. 그럼 회사에서 결재받을 준비를 하겠습니다. 그전에, 앞으로는 저자로서 저희 회사와 거래가 시작되는 것이니 사진이 부착된 신분증을 보여주시겠습니까?"

다치바나 선배님은 마치 계획대로라는 듯한 톤으로 말했다. 순간 약간의 긴장감이 흘렀다. 이상하리만치 순조로웠던 지금까지의 흐름. 그게 모두 다치바나 선배님의 작전이었구나.

사진이 부착된 신분증. 여기서 하토리 씨가 꺼내지 않는다면 충분히 그를 의심할 만하다. 하토리 씨는 아마도 40대 전후일 것이다. 자기가 카페로 불러놓고 지갑을 가지고 오지 않았을 리가 없다.

그리고 그는 지금까지 유난히 '보통 사람'인 것처럼 행동했다. 마치 정말 다치바나 선배님의 팬이고, 동경하는 사람을 만나기 위해 소설을 쓴 것처럼. 의심의 눈초리를 보내던 내게 그가 하는 이야기는 너무나 듣기 좋은 변명으로 들렸다.

나는 그가 이유를 둘러대고 신분증을 보여주지 않으리라 생각했다. 지금까지 소설도 익명으로 보냈다. 뭔가 켕기는 것이 있으니까 신분 밝히기를 주저하는 게 아닐까. 하토리라는 성도 흔하진 않고, 본명을 조사해 보면 뭔가 알아낼 수 있을지도 모른다. 자, 어떻게 나올까.

"아, 신분증이요. 잠시만요."

하토리 씨는 그렇게 말하면서 주머니에 손을 넣어 너덜너덜한 검은색 가죽 지갑을 꺼냈고, 그 안에서 면허증을 집어 들어 테이블 위로 내밀었다.

"고맙습니다. 메모를 좀 해도 될까요?"

다치바나 선배님이 굳은 표정으로 물었다. 하토리 씨는 "물론이죠" 하고 자신 있게 대답했다. 신분을 밝혔다는 놀라움보다 두 사람이 이렇게까지 아무런 거리낌 없이 대화하는 광경이 더 무서웠다. 다치바나 선배님은 어쩌면 눈앞의 남자가 정말 자기 팬이라고 생각하고 있을지도 모른다. 내가 눈치채지 못한 사이에 고도의 심리전이 펼쳐지고 있는 걸까? 나는 필사적으로 머리를 굴렸다.

다치바나 선배님은 옆에서 메모장을 꺼내 정성 들여 옮겨 적었다.

하토리 소고…. 한자로는 깃 우羽에 새 조鳥를 써서 하토리, 마루 종宗에 나 오吾를 써서 소고라고 읽는 모양이다. 생년월일은 1985년 4월 6일…. 그렇다는 건 서른여덟 살이라는 말인가. 대충 예상대로다. 주소는 도쿄도 지요다구 후지미…. 이게 뭐야, 실화냐. 우리 회사 바로 코앞이잖아. 이게 팬으로서의 애정인지 언제든 움직일 수 있다는 감시 목적인지, 나는 더 이상 분간할 수 없었다. 하지만 하토리 씨의 정보가 하나씩 밝혀질 때마다 내 안에 안도감이 생겨나기 시작했다. 면허증이 가짜가 아닐까 하는 생각도 들었지만, 그건 그것대로 범죄다. 아마 위조한 경우에는 공문서위조죄. 그것을 사용한 경우에는 위조공문서행사죄가 적용된다…고 알고 있다. 한때 변호사가 주인공인 소설에 푹 빠져 산 시기가 있었는데, 언제 써보나 싶던 당시의 지식을 처음으로 써먹어 봤다.

사진이 부착된 신분증. 하토리 씨가 그것을 보여주지 않으면 아웃. 솔직하게 보여줘도 아웃. 그것이 가짜라도 아웃. 벗어날 수 없는 완벽한 한 수라고 생각했다. 천재 미스터리 편집자는 죽지 않았다. 아직 추락하지 않았다. 다치바나 선배님은 이런 전개로 끌고 가기 위해 일부러 상대방이 원하는 대로 움직였다. 틀림없다.

"고맙습니다."

다치바나 선배님은 그렇게 말하고는 면허증을 돌려줬다.

"여담입니다만, 동년배였군요. 나이는 제가 한 살 위네요. 왠지 친근한 느낌이 드는데요."

부드러운 말투와는 달리 수없이 가다듬은 계획을 완벽하게 수행하고 있는 상사…. 내 마음속에는 형언할 수 없는 공포를 닮은 경외심이 생겨났다. 이 사람이 적이 아니어서 다행이다.

그때 이야기가 마무리되었다는 듯이 아이스커피가 나왔다.

"맞습니다, 나이가 비슷합니다. 외모는 다치바나 씨가 훨씬 젊어 보이지만요."

하토리 씨는 컵을 만지작거리며 겸손한 태도로 말했다. 그리고 말을 이었다.

"다치바나 씨, 저를 기억하십니까?"

안도하고 있던 나는 다시 거센 물살에 휩쓸리는 듯한 기분이 들었다.

예상하지 못한 일이 일어나면 사람은 그 자리에 자신이 있다는 사실을 잊는다. 시간이 멈춘 것 같다는 표현이 맞을까. 하토리 씨가 꺼낸 예상치 못한 말.

"…죄송합니다. 요즘 건망증이 심해서. 어디서 만난 적이 있던가요?"

다치바나 선배님은 당황스러운 듯한 목소리로 말했다.

"역시 기억하지 못하시는군요."

하토리 씨는 그렇게 말하며 다시 주머니에 손을 넣었다. 그러고는 지갑을 열어 안에서 작은 종이를 한 장 꺼냈다.

"이걸 좀 봐주시죠…."

하토리 씨는 천천히 테이블 위로 종이를 내밀었다. 그의 손은 떨리고 있었다. 모서리가 너덜너덜해진 종이 쪼가리는 사이즈를 보건대 명함 같았다. 다치바나 선배님을 곁눈질하면서 거기에 적힌 글자를 눈으로 좇았다.

나카야마출판… 문예부… 다치바나 료….

"당신은 설마!"

내가 명함에 적힌 낯익은 글자를 마지막까지 좇기 전에 다치바나 선배님이 목소리를 높였다. 무심결에 옆을 보니 내가 지금껏 본 적 없는 표정으로 입을 떡 벌린 채 놀란 상사가 있었다.

"네, 지금으로부터 대충 17년 전일까요. 무턱대고 원고를 들고 찾아간 제게 다치바나 씨가 주셨던 명함입니다."

하토리 씨는 울먹이는 목소리로 말했다.

"제가 지금까지 어떻게 살아왔는지 들어주시겠습니까."

그렇게 말한 하토리 씨는 조용히 이야기를 시작했다.

어릴 때부터 책 읽기를 좋아했다. 내성적인 성격과 외모 탓에 줄곧 괴롭힘을 당했다.

초등학생 때 부모님이 돌아가셨다. 그때부터 시설에서 생활하기 시작했다.

소설가가 되고 싶다는 꿈이 생겨 매일 필사적으로 소설을 썼다. 셀 수 없이 많은 출판사에 원고를 가져갔지만 문전박대당했다. 소설가라는 꿈을 거의 포기했을 무렵 다치바나 씨를 만나 희망을 발견했다. 당시 받았던 명함은 오늘에 이르기까지 한시도 몸에서 떼지 않고 가지고 다녔다.

그 후에는 막노동을 하면서 소설가를 꿈꾸며 먹고살았다. 아르바이트하던 쓰레기 처리 시설에서 사고를 당해 얼굴에 화상을 입었다.

다치바나 씨가 유명한 편집자가 됐다는 것을 알고 용기를 얻었다. 몇몇 문학상에서 몇 차례 마지막 단계에서 아쉽게 고배를 마셨다. 그럼에도 출판으로 이어지지는 않았다.

여러 번 포기할 뻔했지만, 다치바나 씨의 재밌다는 그 한마디 덕에 지금까지 버틸 수 있었다.

다치바나 씨가 미스터리 소설 편집에서 손을 뗐다는 사실을 알게 됐다. 소설가bot에 DM으로 원고를 보냈다. 이후 슬럼프에 빠졌다가 마음의 병을 얻어 조울증 진단을 받았다. 여전히 완치되지 않아서 정기적으로 죽고 싶은 마음이 든다. 몇 번 자살을 기도한 적도 있다.

만나고 싶다는 마음 하나로 과격한 내용의 원고를 보냈다. 다치바나 씨에게 연락을 받고 다시 살아갈 희망이 싹텄다. 지금까지 한순간도 다치바나 씨가 편집해 준 내 미스터리 소설을 세상에 선보이고 싶다는 꿈을 포기할 수 없었다.

그리고 오늘 그 꿈이 이루어지려고 한다.

눈물을 흘리며 말하는 하토리 씨를 보고 내 눈시울도 뜨거워졌다.

파란만장. 그런 말로는 표현할 수 없을 정도로 하토리 씨는 처절한 인생을 보냈다. 솔직히 어느 순간부터 이 사람이 살인 예고를 했다는 사실이 머릿속에서 사라졌을 정도다. 정신을 차리고 보니 그와 만난 지 두 시간 가까이 지나 있었다. 하지만 나는 그런 사실을 잊어버릴 정도로 하토리 씨의 이야기에 감명받았다.

"고맙습니다. 지금까지 잘 버티셨습니다."

하토리 씨는 다치바나 선배님이 건넨 그 한마디에 감정이 북

받쳐 오르는 듯 테이블에 얼굴을 묻었다. 다치바나 선배님을 만나고 싶었다던 그의 말은 거짓이 아님을 확신했다. 설령 어떤 수단을 쓰더라도.

"출판, 반드시 성공시킵시다. 오늘은 여기서 마무리하고 다음에 또 이야기하죠."

"네, 고맙습니다!"

다치바나 선배님이 계산을 마치고 하토리 씨를 배웅했다. 우리는 사무실로 돌아왔다. 하지만 가는 길에 선배님이 침착한 목소리로 말했다.

"오노데라, 녀석이 한 말을 믿지 마."

"만약 자네한테 무슨 수를 써서라도 꼭 죽이고 싶은 상대가 있다고 하자. 자네는 그 사람을 반드시 죽이겠다고 몇 년에 걸쳐 계획을 세웠어. 그리고 그가 지금 자네 눈앞에 있어. 자, 여기서 문제를 하나 낼게. 자네가 그에게 당한다면 가장 싫은 일은 뭘까? 알게 되거든 가르쳐줘."

다치바나 선배님은 자리에 앉자마자 그런 말을 하더니 업무를 시작했다.

'녀석이 한 말을 믿지 마.'

선배님의 말이 머릿속에서 맴돌았다. 그것은 감동 스토리에 마음이 뒤흔들렸던 나를 현실로 끌고 오기에 충분한 말이었다. 나는 하토리 씨가 하는 말이나 태도, 눈물을 보고 도저히 거짓말을 한다고는 생각할 수 없었다. 자신이 죽이고 싶은 상대에게 당한다면 가장 싫은 일…. 경찰에 신고당한다, 고문당한다, 그 자리의 분위기에 휩쓸려 살해당한다, 가족을 인질로 잡힌다…. 다치바나 선배님이 굳이 내게 던져준 문제. 모두 이거다 하는 생각이 들지 않는다.

몇 년에 걸쳐 계획한 살인을 반드시 성공시키고 싶다. 그런데 그것이 방해받는다. 실패로 끝난다. 게다가 자신이 가장 싫어하는 형태로. 아주 잠깐 뭔가를 알 것 같은 기분이 들었지만, 적절한 말로 표현할 수 없었다. 그날은 개운치 않은 느낌과 초조한 감정을 품고 사무실을 나왔다.

¶

"료, 어서 와."

나는 다녀왔다고 대답했다. 귀가하고 문을 열면 펼쳐지는 평소의 광경이다. 밤 10시가 넘어 집에 도착한 탓에 평소라면 반가워하며 달려올 아들은 이미 꿈나라에 가 있었다. 오늘은 저녁 식사를 할 마음이 들지 않았기 때문에 마유에게 내일 아침에 먹겠다고 말하고는 서둘러 방으로 들어갔다.

하토리 소고.

설마 녀석이 그때 그 대학생이었을 줄은 꿈에도 몰랐다.

내 명함을 가지고 있는 것 하며 녀석을 봤을 때 느꼈던 약간의 기시감, 가지고 왔던 단편집의 내용…. 예상하지 못했던 우연이었지만, 녀석이 하는 이야기는 모두 내 기억과 일치했다. 아마 그때 그 대학생이 하토리라는 주장은 틀림없는 사실일 것이다.

자, 그렇다면 앞으로 어떻게 할까.

내 계획은 클라이맥스를 향해 달려가는 중이었는데 이 시점에 이런 서프라이즈가 기다리고 있을 줄이야. 역시 녀석은 상상 이상의 인간이다.

하지만 녀석은 눈치채지 못했다. 아니, 눈치챌 리가 없다. 내 완벽한 계획을.

유감이다, 하토리. 정말 유감이다. 오랜 세월 고생 많았다.

너는 오늘 나를 만나 꽤 기분이 좋았겠지. 의심할 여지없이 계획대로 잘 풀렸다고 생각했겠지.

하지만, 미안하군. 이미 넌 내가 판 함정에 빠졌다. 그 사실을 전혀 알아차리지 못할 완벽한 함정에. 그것도 훨씬 오래전부터 말이다.

날 죽일 수 있다면 죽여봐라.

신은 네 힘으로 죽일 수 없다.

"선배님, 저 알았어요!"

다음 날 아침, 출근하자마자 유카가 기쁜 목소리로 말을 걸었다. 나름대로 밤새 고민한 모양이다.

"몇 년에 걸쳐 계획을 세웠는데 무슨 수를 써서라도 죽이고 싶은 상대에게 당한다면 싫은 일. 그건 계획을 간파당해 살인을 저지당하는 것이라고 생각해요."

그럴듯하군. 유카도 조금은 성장한 것 같다.

"대충 맞았어. 100점짜리 답안은 아니지만 용케 거기까지 생각했군."

"정말요? 어제 한숨도 못 자고 생각한 보람이 있네요! 그것보다는 집에 도착하고부터 하토리 씨가 찾아오면 어떡하나 하는 생각에 잠을 못 잤다고 하는 게 맞겠지만요…."

"괜찮아. 하토리는 절대 자네를 죽이지 않을 거니까. 내가 장담하지."

"네? 어떻게 그렇게 확신하실 수 있어요?"

"난 녀석이 어떻게 움직일지 훤히 보여. 녀석은 필사적으로 살인 계획을 고안했지. 하지만 유감스럽게도 난 이미 녀석이 무슨 일을 꾸밀지 알고 있어. 자신은 완벽하다고 생각했을 계획. 하지만 그 모든 내용을 상대방이 이미 간파했다고 깨닫는 순간, 자존심이 센 사람에게 그보다 더 두려운 일은 없지. 그래서 난 녀석의 자존심을 박살 내줄 생각이야. 방법은 간단해. 일부러 준비한 함정으로 보기 좋게 굴러 들어가는 호박인 척하는 거지. 바란다면 넝쿨도 칭칭 감고 굴러갈 생각이야. 물론 독을 듬뿍 발라서 말이야."

유카는 진지한 표정으로 여러 번 고개를 끄덕이며 들었다.

"출판 이야기를 꺼낸 것도 넝쿨 중 하나였다는 말씀인가요?"

"물론이지. 나는 일부러 하토리가 보는 앞에서 경계를 풀었어. 그리고 녀석이 자신이 세운 계획이 잘 진행되고 있다고 착각하게 만들었지."

유카는 훌륭한 청자다. 그녀에게는 필요 이상으로 이야기하게 만드는 힘이 있다. 편집자가 아닌 한 사람으로서 유카가 이 이야기를 마지막까지 지켜봐 줬으면 하는 바람이 내 마음에 싹을 틔웠다.

"완벽한 계획에 필요한 건 의외로 간단해. 철저한 사전 준비와 실행할 타이밍. 그게 다야. 물론 난 다른 넝쿨도 여러 가닥 준비했지. 그리고 녀석은 이미 거기로 손을 뻗었어. 미안하지만, 그게 뭔지는 자네한테도 알려줄 수 없어."

"궁금하지만 어차피 여쭤봐도 안 가르쳐주실 테니 스스로 생각해 볼게요. 그런데 궁금한 게 하나 있어요. 호박이 되어 굴러 들어가겠다. 그것도 독을 바른 넝쿨을 칭칭 감은 채로…. 그건 알겠어요. 하지만 마지막에 기다리고 있을 살인은 어떻게 막으실 거예요? 만약 하토리 씨가 경찰에 잡히더라도 사형이나 종신형을 받지 않는 한 몇 년 후에 출소하잖아요. 지금 하토리 씨가 저지른 죄는 협박죄 정도밖에 안 될 것 같거든요."

"간단해."

"네?"

"녀석이 잡아당길 넝쿨의 끝자락. 거기에 녀석을 죽일 비밀 병기를 묶어둘 거야."

¶

"이거 끝내주는데요!"

하토리 씨는 기획서를 보며 감격스럽다는 듯이 말했다.

첫 만남을 가지고 일주일 후, 우리는 출판 회의를 한다는 이유로 다시 그 카페에서 만났다.

제 발로 호박이 되어 독을 바른 넝쿨을 칭칭 매고 굴러 들어간다. 안심하고 다가왔을 때 비밀 병기로 죽인다.

다치바나 선배님이 한 말을 나름대로 생각해 봤지만, 이 사람이 무슨 꿍꿍이인지 알 재간이 없었다. 가공의 기획서라는 걸 들키진 않을까…. 마음을 졸이며 얼굴에 티가 나지 않도록 노력했다. 목숨이 걸린 고도의 심리전이지만, 그것을 실감하지 못할 정도로 하토리 씨는 정말 다치바나 선배님의 팬과 다름없는 반응을 계속 보였다. 다치바나 선배님도 그에 호응하듯 성실하게 대응했다.

예쁜 태양광이 쏟아져 들어오는 한낮의 카페. 그런 평화로운 무대에서 모두가 연극을 하는 상황은 사정을 아는 나로서는 이상하기 그지없는 광경이었다.

"이번에 제안한 콘셉트는 자살이 증가하는 현대 사회에서 독자들에게 강인한 용기를 전해줄 수 있다고 생각합니다. 당사자의 심정을 이해하는 하토리 씨만이 쓸 수 있는 작품이죠. 동의해 주셔서 마음이 놓입니다. 그럼 이 방향으로 추진하시죠."

"네! 다치바나 씨께 받은 아이디어로 소설을 쓸 수 있게 되어 정말 기쁩니다. 고맙습니다."

하토리 씨는 깊숙이 머리 숙여 고마움을 표했다. 하지만 그 이면에는 어떤 진의를 숨기고 있을까.

"하토리 씨, 지금까지 몹시 힘든 삶을 살아오신 걸로 압니다. 하지만 산다는 건 소중한 겁니다. 이 주제를 살린 멋진 작품을 세상 사람들에게 선보입시다! 그럼 플롯이 완성되면 공유해 주십시오."

그런 거구나. 미스터리 소설의 플롯을 구상하는 건 그리 간단한 일이 아니다. 나도 한번 써보려고 했지만, 어떤 이야기를 써야 할지 막막해서 단념한 적이 있다. 하토리 씨가 정말 오랫동안 소설을 써온 사람이라면 짧은 시간에 완성해 올지도 모른다. 그렇다고 하더라도 어느 정도 시간이 걸릴 게 틀림없다.

맞는 표현인지는 모르겠지만, 소설을 쓰게 하는 행위는 상대방의 시간을 물리적으로 빼앗을 수 있는 작전이다. 다치바나 선배님은 바로 옆에서 담담하게 이야기하고 있지만, 그의 발언 하나하나의 이면에 숨어 있는 전략이 있는 듯한 기분이 들었다. 그와 동시에 너무나 깔끔하게 대화의 흐름을 컨트롤하는 선배님의 깊은 사고력에 소름이 돋았다. 필시 내가 미처 보지 못했을 뿐, 지금까지의 대화에서 하토리 씨에게 치명타를 날렸을 것이다. 나는 나름대로 발언의 진의를 알아차린 순간, 수업 중 나 혼자 어려운 문제를 푼 것 같은 쾌감을 느꼈다. 다치바나 선배님의 생각에 조금이라도 가까워지고 싶다. 진심으로 그렇게 생각했다. 밝은 목소리로 "알겠습니다" 하고 대답하는 하토리 씨의 목소리와 함께 그날 회의를 마쳤다.

그 후 대략 2주일에 한 번꼴로 진행 상황 확인 등을 위한 간단한 회의를 했다. 두 번째 회의 때 하토리 씨는 '자살하고 싶어 하는 주인공이 이왕 죽을 거면 완전범죄로 자신을 죽여줄 사람을 만들려고 하는 이야기'라는 찝찝한 구석이 있는 플롯을 완성해 가져왔다. 마지막에 어떻게 될지는 검토 중이라고 했고, 나는 이 이야기를 읽고 싶다는 생각이 들었다. 이번 출판은 존재하지 않는 이야기지만, 다치바나 선배님이 회의 자체는 실제 책을 만드는 흐름에 따라 진행되고 있다고 했다. 객관적으로 보면 기묘한 상황이지만, 이제 이 정도로는 동요하지 않을 강철 멘털이 되어가고 있는 것 같다. 나는 미스터리 소설은 이렇게 만들어지는구나, 하고 감탄하면서 행동을 함께했다.

하지만 나는 다치바나 선배님이 단단히 단속하지 않았다면 하토리 씨를 완전히 믿어버렸을 것이다. 그 사람은 사실 정말 다치바나 선배님의 팬이 아닐까…? 지금도 그렇게 느낄 때가 있었다.

언제 가면을 벗고 본성을 드러낼까. 맨얼굴을 감춘 기간이 길면 길수록 그 반작용으로 닥칠 충격이 커진다. 이대로 두 사람의 만남을 계속 지켜보고 싶은 마음과 얼른 끝내고 여기서 해방되고 싶은 마음이 팽팽히 맞섰다.

그리고 세 번째 회의 날.

쌀쌀한 기운이 감도는 가운데 가상의 출판 이야기는 지난번보다 훨씬 본격적으로 진행되기 시작했다. 다치바나 선배님은 책 장정을 담당할 디자이너는 누가 좋겠느냐며 몇 명의 후보를 제안했다. 그 자료를 본 나는 순간 잠시 어떻게 하면 이 책을 잘 팔 수 있을지 진지하게 고민했다. 하토리 씨는 고민 끝에 안전한 베테랑이 아닌 새롭게 떠오르는 개성 있는 디자이너를 선택했다.

그런데 프로 연기자라면 몰라도 진심으로 죽이고 싶은 상대와 이런 원만한 관계를 이어나갈 수 있을까. 얼굴을 대할 때마다 쌓여가는 스트레스로 인해 어느 시점에 인내심의 한계가 오지는 않을까. 아니, 이젠 완전범죄 같은 건 신경 쓰지 않고 심플하게 때려죽이지는 않을까…. 내 안에서 잡념이 끝없이 고개를 들었다. 특히 지난 두 번의 회의에서 다치바나 선배님의 의도를 전혀 파악하지 못한 내 눈에는 진짜 회의가 진행되고 있는 것으로밖에는 보이지 않았다. 나중에 자리로 돌아왔을 때 다치바나 선배님이 내게 "너무 빈틈을 보이면 오히려 의심을 살 수 있어. 아까 같은 만남을 섞어가며 리얼리티를 살려야 해"라고 말했지만, 나는 나이 차이가 많이 나는 천재가 하는 말이 도무지 이해되지 않았다. 그리고 이날 퇴근길에 '너무 빈틈을 보이면 오히려 의심을 살 수 있어'라고 말했던 장본인이 매주 일요일에 하토리 씨와 함께 헬스장에 가서 땀 흘리고 목욕탕에 들렀다가 귀가한다는 이야기를 들었을 때, 나는 이해하려는 노력을 포기했다. 헬스장은 다른 사람도 있고 CCTV도 있으니 이해할 수 있다. 하지만 목욕탕은 위험하지 않나? 비누로 바닥을 미끄럽게 만들어서 머리를 찧게 만든다거나, 욕조에 빠뜨린다거나. 나 같은 사람도 곧바로 제법 가능성 있어 보이는 살해 방법이 떠오르는데…. 게다가 지금까지의 상황을 고려하지 않더라도 보통의 사회인으로서 너무 빨리 친해지는 건 아닐까.

어떤 일이든 100퍼센트라는 것은 존재하지 않는다. 철저하게 호박이 되기로 한 나머지 너무 방심하여 다치바나 선배님이 살해당하면 어쩌나 걱정됐다. 선배님이 죽으면 나도 소환당해 조사를 받게 될까. 아니, 경찰에 솔직하게 말해도 믿어주지 않을 것이다. 그렇지만 이런저런 생각을 해본들 뾰족한 수가 없었다. 나는 항상 회의 자리에서 추임새를 넣으며 앉아만 있을 뿐인데, 이 자리에 내가 필요할까? 이런 생각밖에 할 수 없었다.

¶

"…료, 어느 쪽이 더 나은 것 같아?"

귀가해서 저녁을 먹는 내게 마유가 스마트폰으로 드레스 사진을 보여줬다. 보아하니 검은색과 하늘색 사이에서 고민하는 듯했다. 그렇군, 그런 패턴인가. 통칭 '어느 쪽이 어울릴 것 같아?' 문제. 지난 7년간의 결혼 생활로 깨달은 사실인데, 이것은 며칠 전 있었던 아들의 교육 방침에 관한 이야기와는 전혀 다른 성질의 문제다. 여자가 이런 종류의 이야기를 꺼냈을 때 남자의 사고 회로로 대응한다면 그녀들의 분노는 전자레인지로 너무 오래 데운 스튜처럼 폭발해 버린다. 남자들이 '이 정도면 되겠지?' 하고 생각해도 여간해서는 그 생각대로 진행되지 않는다. 나도 이 남녀의 다른 사고방식 때문에 처음에는 몹시 애를 먹었다. 하지만 오랜 세월 아내와 함께 지내다 보니 어느새 영리하게 대응할 수 있게 됐다. 스튜를 절묘한 온도로 데우는 것처럼.

일반적으로 여자가 자기 생각만으로는 도저히 결정할 수 없는 일을 의논할 때, 그녀의 어려움을 아주 잘 이해하고 있다는 말을 해주면서 구체적인 제안이나 조언을 한다는 식의 대응을 하는 게 중요하다. 아들의 교육 방침을 두고 이야기를 나눴던 건도 이에 해당한다. 나는 아내의 의견에 공감하면서 우선은 가정학습으로 적응하게 해주자고 제안했다. 참고로 제안만 해서는 안 된다. 그녀의 고민을 아주 잘 이해하고 있다는 말이 존재하지 않으면 아무리 시의적절한 제안이라도 여자의 고막을 통과하지 못한다.

어떡해, 힘들었겠다. 그건 정말 큰일인 것 같아. 당신 정말 고생 많았어.

반드시 이런 말을 제안이나 조언 앞에 넣어 눈앞에서 고민하고 의기소침해하는 귀여운 생명체를 긍정해 주어야 한다. 이런 수고를 곁들임으로써 부부 사이에 신뢰가 쌓인다. 이 말은 진심에서 우러나오는 말이어야 한다. 사탕발림 같은 말은 고막에 몸을 숨기고 있는 파수꾼에게 쉽게 차단당한다. 평생 부부가 원만하게 지내기 위해서 그리고 다툼으로부터 몸을 지키기 위해서 이 세상 남자들은 평소 아내에게 고마워해야 한다. 몰래 바람을 피우거나 윤락업소에 기웃거릴 때가 아니다.

반면 여자가 자기 생각만으로 결정할 수 있는 일에 대해 의논할 때는 구체적인 제안이나 조언은 일절 필요 없다. 이것이 터무니없는 함정이다. 대부분의 남자는 착각하고 전자레인지 안을 스튜 범벅으로 만들어버린다. 이번 '어떤 옷이 더 어울려?'는 상대방 이야기를 들어주고 구체적인 답은 피한다는 것이 정답이다. 중요한 것은 공감, 긍정, 승인, 찬미, 관심이다. 거기에 조언이란 말은 존재하지 않는다. 내가 이 사실을 깨달았을 때 '기껏 시간을 투자해 읽은 미스터리 소설 속 범인이 사실은 초능력자였습니다!'라고 전개되는 것만큼이나 어처구니가 없었다.

지금 내 눈앞에서 고민에 빠진 아내는 드레스 색을 검은색으로 할지 하늘색으로 할지 고민하고 있다. 나는 입을 열었다.

"아, 이건 고민이 될 만하네. 검은색 드레스의 실루엣도 예쁘지만, 하늘색 드레스의 디자인도 근사해서 포기하기 힘든걸. 특히 어깨 부분이 비치는 게 예뻐. 당신이 고민할 만도 해. 으음… 뭐가 좋을까."

아, 해냈다. 무심결에 웃음이 새어 나올 정도로 성공했다. 공감, 관심, 긍정의 트리플 콤보. 오랜 세월 갈고 닦은 내 직감이 마음속에서 속삭였다.

'아내는 지금 하늘색에 끌리고 있어. 앞으로 5분 정도 사진을 보면서 생각하겠지. 그러다 고민 끝에 검은색 드레스에 트집을 잡고 하늘색을 선택할 거야.'

오랫동안 아내를 봐온 나로서는 이 추리에 엄청난 확신이 있었다. 평소에는 절대 그러지 않지만, 오늘은 추가로 한마디 더 해줄까 생각한 그때, 마유가 말했다.

"그러게. 그런데 당신이 그렇게 말한다면 검은색 드레스로 결정할래!"

…남자가 여자를 완벽하게 이해했다고 방심한다면 낭패를 보는 것이 세상의 이치다. 나는 간발의 차이로 스튜를 엎지르지 않고 위기에서 벗어났다.

¶

오늘은 목요일. 기다렸던 날이라 평소보다 일찍 눈을 떴다. 미사의 새 책에 관한 정보가 드디어 풀리는 날이다. 미리 다치바나 선배님과 확인한 고지 영상은 팬들의 구매욕을 자극할 만큼 잘 만들어졌다. 그 소동으로부터 새로운 책을 내기까지의 뒷이야기를 밀착 취재한 다큐멘터리 형식이다. 대본도 설정도 일절 없었다. 책은 처음 기획했던 가벼운 내용에서 미사가 추구하는 삶의 방식이나 인생철학에 초점을 맞춘 자기 계발 색이 강한 에세이로 바뀌었다. 화제가 된 외모론을 중심으로 성형이나 화장에 관한 실용적인 이야기도 듬뿍 담아 상당한 분량을 자랑했다. 고지 영상에는 진심으로 이 세상의 여성에 대해 고민하는 모습도 담겨 있다. 이런 대작을 만들어낸 미사가 진심으로 존경스러웠고, 친구로서 자랑스러운 마음이 가득했다. 그 소동으로 한동안 어떻게 되는 걸까 싶었지만, 화제가 되면서 미사를 몰랐던 층에게도 다가갈 수 있었기에 미사의 인기는 훨씬 탄탄해졌다.

처음 제작에 관여한 책이 곧 완성된다. 지금도 감격스럽다. 초판 부수는 에세이로는 이례적으로 10만 부를 예정하고 있다. 다치바나 선배님이 부서 내에서도 톱클래스에 드는 부수라고 가르쳐줬다. 예약이 많이 들어오면 좋겠는데…. 아니, 분명 그럴 거다. 아직 서점에 진열되진 않았지만, 미사를 어떻게 축하해 줄지 미리 고민하기 시작했다.

¶

나는 컴퓨터를 보며 무심결에 웃음을 흘렸다. 사흘 전에 정보를 공개한 미사 책의 예약 상황은 예상보다 순조로웠다. 인터넷 서점의 예약 판매량은 현재 3만 부를 넘어섰다. 업계에서 중쇄에 들어가는 서적은 전체의 10퍼센트 정도로 알려져 있다. 그런 상황에서 미사는 출간 전부터 중쇄가 확정된 것이다. 그것도 이례적인 속도로. 정보 공개 후 불과 사흘도 채 되지 않아

대히트를 확신한 것은 내 오랜 편집자 경력을 놓고 봐도 처음 있는 일이었다.

오늘은 일요일. 어젯밤 늦게까지 SNS로 책의 반응을 체크하느라 늦잠을 잤다. 내가 일어나자 마유는 평소보다 힘을 준 화장을 마친 상태였다. 검은색 드레스를 입고 시종일관 기분이 좋아 보였다.

"잘 잤어? 잘 어울리네."

그렇게 말을 건네자 마유는 그렇지, 라는 듯한 표정으로 기분 좋게 웃었다. 드레스는 대학 동창회가 열리는 오늘을 위해 큰맘 먹고 산 듯했다. 이에 반해 나는 평소 스타일대로 운동복으로 갈아입고 백팩을 멨다. 내 일요일 일과는 하토리와 헬스장에서 운동하고 목욕탕을 갔다가 책 회의를 하는, 언뜻 보면 생산성이 높아 보이는 루틴으로 바뀌었다.

시계를 보니 정확히 8시 반이었다. 평소보다 느긋하고 평화로운 아침. "다녀올게" 하고 거실을 향해 말했다.

"잘 다녀와."

나는 평소보다 들떠 보이는 듯한 목소리로 말하는 마유의 배웅을 받으며 집을 나섰다.

¶

컴퓨터를 열어 계획을 다시 확인했다.

인내심의 한계다.

괜찮다. 지금까지 많은 준비를 거쳤다.

절대 들킬 일 없다.

드디어 오늘, 실행한다.

배신한 당신 잘못이야.

¶

아아….

심장이 터…질 것 같다….

책상… 위….

손… 안… 닿아….

…로… 티… 탔구나….

…괴로….

…어…째…서.

…리가… 깨질 것 같….

숨, 숨을 못… 쉬겠어….

나… 아직… 죽고 싶… 지….

누…가 좀… 살…려줘….

¶

"오노데라 유카 씨 되시죠?"

월요일 점심시간. 경시청에서 나왔다며 남자 두 명이 말을 걸었다. 영문 모를 방문에 당황스러워하자 그들은 내 눈을 보고 이야기하기 시작했다.

생전에 이상한 점은 없었는지.

현장에 유서….

그들의 입에서 나온 말들이 내게는 너무나 낯설었다.

무슨 말을 하는 건지 전혀 알아들을 수 없었다.

왜?

어째서 죽어야만 했을까?

갑작스럽게 닥친 현실을 받아들일 수 없었다.

뭔가 짐작 가는 것은 없습니까.

그 말에 나는 지금까지 본 모든 것을 이야기했다.

저기요, 다치바나 선배님. 대체 무슨 일이 있었던 거죠…?

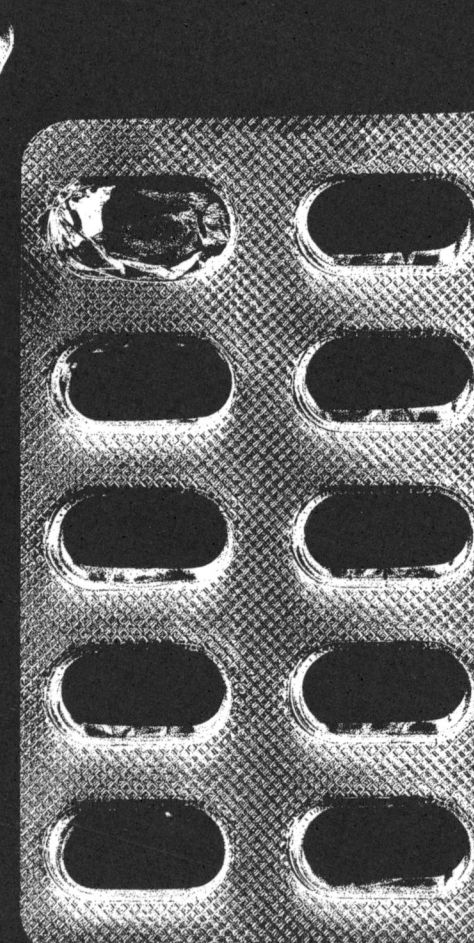

악마는 죽인다, 몇 번이든

내가 독서를 좋아하게 된 계기는 아버지에게 받은 지속적인 학대였다.

유치원에 다니던 무렵, 아버지는 어린 내겐 손찌검을 하지 않았다. 대신 아버지의 기분이 나빠질 때마다 어머니의 몸에 멍 자국이 늘어났다. 어머니는 매일 눈물을 흘렸던 것 같다. 초등학교에 입학했을 즈음부터 아버지의 분노의 화살이 내게도 향하기 시작했다. 학교에 들키지 않기 위함인지 주먹이 날아오는 곳은 얼굴 같은 눈에 띄는 부분이 아닌 배나 등이었다. 집에 가면 아버지에게 맞았다. 그게 싫었던 나는 항상 문을 닫을 때까지 학교 도서실에서 시간을 보냈다.

책을 읽고 이야기 속에 있는 시간만큼은 괴로운 일을 잊을 수 있었다. 매일 방과 후가 되면 홀로 다양한 이야기의 세계로 들어가는 것이 습관이 됐다. 소설을 좋아하는 많은 사람이 그렇듯, 나도 미스터리라는 장르에 흠뻑 빠졌다. 초등학교 4학년 때쯤 도서실에 있던 미스터리 소설을 남김없이 다 읽었다. 독서는 내게 아주 조금의 숨 쉴 틈을 선사해 줬다. 그리고 다양한 살인 트릭을 접하는 사이 '아버지를 죽인다면 어떻게 해야 할까'라는 생각을 자연스럽게 하게 됐다.

 1995년 1월, 열한 살 때 나는 부모를 죽이고 집에 불을 질렀다. 목조 가옥은 지진으로 반파된 후 전소했다고 알고 있다. 아마 시신도 형체 없이 불타버렸을 것이다. 그 결과 내가 한 짓은 아무에게도 알려지지 않았다. 설사 들켰다 하더라도 나이를 봤을 때 내가 한 짓이라고 생각한 사람은 아무도 없었을 것이다. 나는 이때 비로소 내가 신에게 선택받은 사람이라고 자각했다.
 그 후 나는 지진으로 부모를 잃은, 소위 지진 고아가 되어 아동보호시설에서 자랐다.
 부모가 죽은 후에도 책을 읽는 습관만큼은 계속되었다. 중학교에 진학했다고 친구가 생기지는 않았다.
 하지만 지금까지 다녔던 곳보다 훨씬 큰 도서실에 틀어박혀 매일 새로운 이야기를 만난 일은 무엇보다 즐거웠다. 이 사람을 죽이면 어떻게 될까, 어떤 수법을 쓰면 들키지 않고 죽일 수 있을까, 하는 망상을 펼치며 하루하루를 보냈다. 그때 느낀 감촉과 흥분을 한 번 더 맛보고 싶다. 시커먼 욕망이 내 안에서 하루하루 커졌다.

 그 욕망은 사소한 계기로 폭발했다. 고등학교 1학년 때의 일이었다.

작은 전철역은 앞뒤좌우 어디를 봐도 똑같은 옷을 입은 사람들로 붐볐다. 전철이 들어올 때마다 줄줄이 움직이다가 공간이 생겼다 싶으면 그 공간에 줄어든 만큼의 사람이 다시 채워졌다. 드러난 피부에 땀에 젖어 끈적끈적하고 미적지근한 타인의 피부가 닿는 것은 썩 기분 좋은 일이 아니다. 귀로 들어오는 재미있더라, 진짜 멋졌어 어쩌고 하는 목소리를 통해 근처에 있는 제법 큰 공연장에서 인기 아티스트의 콘서트가 열렸음을 짐작했다.

처음으로 멀리 떨어진 도서관에 가 하루를 보낸 나는 우연히 그 자리에 있게 됐다. 정차하지 않고 그냥 통과하는 전철도 있었다. 이 페이스로 간다면 나는 앞으로 최소 전철 두 대를 보낸 후에야 승차할 수 있다. 타고 나서도 한 시간 가까이 계속 서 있어야 한다고 생각하니 몹시 우울했다. 기껏 고른 소설도 이 열악한 환경에서는 도저히 읽을 엄두가 나지 않았다.

아, 더워 죽겠다. 얼른 이곳을 뜨고 싶다. 왜 내가 이런 꼴을 당해야 하지. 달아날 수 없는 현실에 우울함이 서서히 짜증으로 변해갔다.

연인이 있으면 좋겠다는, 오랜 세월 품어온 욕구는 이따금 정말 사람의 체온이 그리워 견딜 수 없는 순간으로 변한다. 이와 마찬가지로 내 안에 오랜 세월 존재했던 사람을 죽이고 싶다는 욕망은 갑자기 억누를 수 없는 충동이 되어 나를 덮쳤다.

그리고 느꼈다.

이건 할 수 있을지도 몰라.

그 순간 짜증은 빠르게 사그라들었고, 단숨에 사고가 뚜렷해졌다. 나는 기지개를 켜듯 위를 올려다보고는 고개를 천천히 세 번 정도 돌렸다. 예상대로였다. 승강장에 CCTV는 보이지 않았다. 전방을 지긋이 바라보며 반걸음 앞으로 나갔다. 머릿속으로 내가 해야 할 행동을 순서대로 떠올렸다. 심호흡하고 모든 흐름을 한 번 시뮬레이션한 후, 필요한 동작을 두 번 확인했다.

실패는 용납되지 않는다. 나는 신호가 울리기를 기다렸다. 심장은 이 순간을 기다렸다는 듯 기분 좋은 박자를 새겼다.

띠리리리리링.

전자음 섞인 종소리가 승강장에 울린다. 앞으로 무슨 일이 일어날지 알 수 없는, 무척이나 평화로운 소리로 느껴졌다. 나는 후우 하고 숨을 크게 토했다.

"잠시 후 2번 선으로 열차가 통과합니다."

안내 방송이 귀로 날아옴과 동시에 무거운 백팩에 몸을 맡기듯 어깨에 힘을 뺐다. 무릎을 약간 구부리고 주먹을 세게 움켜쥐었다.

"위험하오니 노란선 뒤로 물러서 주십시오."

발꿈치를 들어 올리고 발끝으로 서서 숨을 크게 들이마셨다.

지금이다.

나는 "아얏" 하는 소리를 내면서 앞으로 쓰러졌다. 내 코가 앞에 서 있던 작은 체구의 여자 정수리에 부딪힐 뻔한 순간. 거의 반사적으로 여자의 어깨뼈에 손바닥을 대고 체중을 실었다. 귓가에 "어머" 하는 소리가 들리고, 풍경이 천천히 옆으로 쓰러지는 동시에 쾅당 하는 충격이 몸으로 전달됐다. 풍경이 보이지 않는 상황에서도 주위가 소란스럽다는 것을 알 수 있었다. 빠아아아아아앙 하는 경적이 혼잡한 역에서 생겨난 목소리를 모두 지워버리고, 그 자리를 제압하듯 울려 퍼졌다. 거기에 양념을 더하는 것처럼 높고 날카로운 여자의 비명이 울렸다. 나는 쓰러진 채 정확히 10초를 세었다. 그리고 일부러 앞을 보지 않으며 시간을 들여 일어섰다. 뒤에 있던 사람을 4초 정도 쏘아본 뒤, 선로 쪽을 천천히 돌아봤다. 그곳에 펼쳐져 있던 광경은 내 상상 이상이었다.

문을 닫은 채 움직이지 않는 열차. 눈앞에서 겹겹으로 쓰러져 있는 사람들. 보통 일이 아니라는 팽팽하게 날 선 공기. 그것들을 에워싸듯 존재하는 멍하니 서 있는 사람들.

모든 것이 책으로는 맛볼 수 없는, 현장감으로 가득한 비일상적인 풍경이었다. 나는 주위 사람이 눈을 돌리거나 패닉에 빠진 모습을 곁눈질하면서 그 광경을 눈에 똑똑히 새겼다.

한동안 그렇게 있다가 이번에는 눈을 감고 코끝에 의식을 집중했다. 그리고 희미하게 감지한 냄새를 놓칠세라 코로 천천히 크게 들이마셨다. 그 공기가 기도를 지나 폐에 쌓이는 감각을 맛보면서 참을 수 없을 때까지 호흡을 멈췄다. 아버지가 절명했던 순간이 생각난다. 절망과 고양감이라는 상반된 요소가 뒤섞인 냄새. 사람이 그을리고 터진 듯한 냄새. 몇 차례나 심호흡을 반복하며 생명이라는 이 세상에서 가장 숭고한 것을 내 손으로 묻어버린 사실을 차분히 느꼈다.

그런데 인간의 욕심이란 끝이 없는 법이다.

5분 정도 지났을까. 나는 지금 눈앞에서 일어난 일과 부모를 죽이고 불을 질렀을 때를 비교했다. 그러자 지금껏 뭘 하고 살아왔나 하는, 마음에 구멍이 뻥 뚫린 것 같은 감각에 빠져들었다. 밤새워 시험공부를 했건만 상상 이상으로 어려웠던 기말고사 같은 느낌. 주체할 수 없는 허무감.

누가 죽었는지는 모른다. 쓰러져 있던 나는 그 누군가가 죽음을 맞이하는 순간을 직접 지켜보지 못했다. 너무나 찰나의 순간에 벌어진 일. 내겐 만족감보다 압도적으로 큰 상실감만이 남았다.

나중에 희미하게 보였던 '그것'도 원형을 유지하지 못한 점이 아쉬웠다. 나는 돌발적인 충동에 휩싸여서 어설픈 계획에 의지해 감정적으로 움직여 버린 것을 뼈저리게 후회했다. 사람을 죽일 거면 좀 더 계획적으로, 다양한 패턴을 예상하고, 면밀하게 준비해야 한다. 다른 사람에게 들키면 아무 의미가 없다. '아무에게도 들키지 않는 살인'이야말로 가장 아름다운 법이다.

'악인인 아이는 없어.'

내가 깊은 감명을 받았던 소설은 이 대사로 시작된다. 하지만 살인 같은 흉악한 범죄에 손을 물들인 인간은 어느 시대에나 일정 수 존재한다. 살인을 악으로 본다면, 그것은 어쩌다 보니 인생의 톱니바퀴가 어긋나 바른길에서 벗어난다는 뜻이다. 그렇다면 그 '어쩌다 보니'는 무엇일까?

나는 어떻게 죽일까? 하는 구체적인 수법 외에 어째서 범죄자로 성장하는 걸까? 하는 측면을 여러 각도에서 고찰하는 것을 좋아했다. 성장 과정. 환경. 사이코패스. 나는 온갖 흉악범을 조사하는 사이에 특히 '소년 A'라고 보도되는 미성년 범죄자에게서 몇 가지 공통점을 발견했다. 대학교 2학년 무렵, 그들이 옥중에서 출판한 에세이를 읽은 것이 계기였다.

일그러진 가정환경. 이것이 내가 발견한 가장 큰 공통점이었다. 거듭되는 부모의 이혼과 재혼. 일상적으로 행해지는 학대와 가정폭력. 경제적 궁핍과 교육 부족. 과도한 종교 신앙에 따른 사회성 결여. 이 모든 것들의 원인은 어린 자녀를 둘러싼 환경이자 그 부모들이다.

나 역시 사회의 상식을 익히기 전부터 폭력이 일상다반사인 환경에서 자랐다. 사람을 때리면 안 된다. 다른 사람이 싫어하는 행동을 하면 안 된다. 그런 세상의 일반적인 상식이 형성되는 시기는 유소년기이고, 그 기준을 만드는 것은 언제나 자녀를 키우는 부모다. 어린아이에게는 태어났을 때부터 보아온 세상이 전부다. 그리고 어느 순간 유치원이나 초등학교라는 작은 사회에 내던져져 처음으로 자신이 당연하다고 알고 있는 것들이 주위와 다름을 깨닫는다. 거기에 적응하지 못하면 괴롭힘을 당하거나 당연하다고 생각했던 것이 부정당해 마음에 상처를 입는다. 그런 상태로 사회에서 단절되어 나이 들어가고, 살아가는 것에 희망을 품지 못하게 된다. 죄를 죄라고 인식하면서도 그것을 실행할 힘이 생겼을 무렵에는 더는 손쓸 수가 없다.

다만 나는 그들을 보고 항상 생각했다. 아, 이 얼마나 어리석은가.

부모에게서 제대로 된 교육을 받지 못한 것을 어리석다고 말하는 게 아니다. 처절하게 성장한 그들이 죽을 각오로 저지른 범죄를 보고 왜 그렇게 허술하게 범행을 저질렀을까, 하는 안타까움에 가까운 감정을 느낀 것이다. 나는 그들에게 옳고 그름을 떠나 보통 사람에게는 없는 죄를 실행할 기개와 용기가 있다고 생각한다. 하지만 교양이나 지성이라는 중요한 요소가 압도적으로 부족했다.

유괴하고 죽인다. 강간하고 싶어서 죽인다. 사형당하고 싶어서 죽인다. 강도질하고 죽인다. 그런 살인에 얽힌 이기적인 욕구를 볼 때마다 극도의 혐오감을 느꼈다. 이딴 건 전혀 아름답다고 할 수 없다.

사람은 생각보다 쉽게 죽는다. 그러므로 그 한 걸음을 내디딜 수 있다면 살인은 매우 쉬운 일이다. 부엌에서 식칼을 꺼내 들고 길 가는 사람의 목을 겨눠 뒤에서 몇 번 찌르면 그만이다. 하지만 그것을 아무에게도 들키지 않게 실행하는 것. 이것이 가장 어렵고도 아름다운 일이다.

수많은 미스터리 소설을 탐독하고 수많은 수법과 알리바이 공작을 머리에 입력한 내게는 '어떻게 하면 들키지 않을까?'가 절대적인 미학이었다. 누구에게도 들키지 않는다면 사람이 사라져가는 그 쾌락을 여러 번 맛볼 수 있다. 가장 숭고하다고 여겨지는 생명으로 내 계획이 어디까지 통할지 시험하는 것. 나에게는 이것이 무엇과도 바꿀 수 없는 엔터테인먼트다. 욕구에 사로잡힌 놈들이나 어설픈 계획으로 잡히는 놈들과는 다르다. 나라면 훨씬 잘할 수 있다.

새로운 계획을 실행한 것은 내가 나카야마출판에 취직하고 8년째를 맞이했을 때였다.

이번 계획은 과거 혼잡한 역에서 일으켰던 인명 사고처럼 일상 속에 숨어 있는 사소한 일이 계기였다. 평소 전철로 이동할 때는 독서를 하는 경우가 많았는데, 이날은 도무지 몸 상태가 좋지 않아 책을 펼칠 마음이 들지 않았다. 무료함을 견디지 못하고 멍하니 전철에 몸을 싣고 있을 때였다. 한 중년 회사원의 스마트폰 화면이 살짝 보였다. 그는 SNS를 보면서 엄지손가락으로 열심히 화면을 스크롤하거나 글을 입력했다. 당시 미스터리 편집자로서 승승장구하던 나는 야심과 자신감이 넘쳤다. 일상적으로 풀 회전시키던 뇌에서는 온갖 다양한 아이디어가 뿜어져 나왔다. 그런 내 시야에 우연히 들어온 광경. 들키지 않게 힐끔힐끔 곁눈질로 좇던 타인의 스마트폰. 그리고 곧바로 강렬한 아이디어가 떠올랐다.

내가 이 사람을 죽일 수 있을지도 모른다.

솔직히 요즘은 미스터리 소설을 만들어 세상에 선보이는 일이 주는 즐거움에 지나치게 치우쳐 있었다. 그 때문에 누군가를 죽이고 싶다는 욕구는 숨을 죽인 채 숨어 있었다. 드디어 손에 넣는 데 성공한, 누가 보더라도 탄탄대로를 달린다고 할 수 있는 사회인 생활을 즐기고 있었을지도 모른다. 물론 검은 욕망이 없었던 것은 아니다. 기회가 오지 않은 탓에 실행하지 않은 계획은 많다.

하지만 나는 오늘 절호의 기회를 조우했다. 실행하지 않을 이유가 없었다.

다만 지금까지와는 다르게 한 가지 제약을 걸었다. 털끝 하나 건드리지 않고 그를 죽이자고.

아저씨와 재미있게 게임하기.

이것이 이번 계획이었다.

누구에게도 들키지 않고 자연스럽게 죽이려면 몇 가지 조건이 필요했다. 먼저 대전제로 만약 계획이 실패하더라도 부자연스럽지 않을 것. 극단적인 예로 부엌칼을 들고 상대방 집에 갔다가 살해에 실패한다면 살인미수나 주거침입죄가 성립하고 만다. 어떤 증거를 남겨버리기 때문에 범행이 드러나는 것이다. 아름다운 살인을 하기 위해서는 다음과 같은 점을 유의할 필요가 있다.

상대가 자신에게 위험이 다가오고 있음을 느끼지 못할 것. 죽는 순간까지 자기가 왜 죽음에 이르렀는지 모를 것. 알아차렸을 때는 죽음을 맞이하고 있을 것. 증거를 남기지 않을 것.

이 조건이 성립했을 때. 만약 범행에 실패하더라도 상대가 아무 일도 일어나지 않았다고 느끼고 증거도 존재하지 않는다면 누구도 내게 도달하지 못한다. 말은 쉽고 실천은 어렵다지만, 모두가 불가능하다고 생각하기에 더더욱 할 가치가 있다. 아름다운 완전범죄를 위해.

흔들리는 전철에서 아저씨의 스마트폰 화면이 눈에 들어왔을 때, 어떤 것이 보였다.

"나쓰메… 류오."

잊지 않게 머릿속으로 되뇌며 귀가했다. 그리고 혼자가 된 순간, 그 이름을 SNS 검색창에 입력했다. 그러자 그 사람으로 추정되는 계정이 표시됐다. 프로필 사진은 분명 어디선가 그가 찍었을 무엇 하나 특별할 것 없는 우동 사진. ID는 @natsumeryuou. 팔로워 수가 10명 정도인 데 반해 팔로우 수는 대략 120명. 흔히 볼 수 있는 정보 수집을 겸한 사적인 계정일 것이다. 팔로우 목록을 둘러보니 저명한 일러스트레이터, 게임 방송 크리에이터, 잡지 수영복 모델, 대형 언론사, 흉가 마니아 등으로 구성되어 있었다. 음침한 마니아 구석이 있는, 어디에나 있을 법한 중년 남성. 대체로 예상대로다. 나는 이번 표적을 '나쓰메 아재'라고 부르기로 했다.

나쓰메 아재의 SNS에는 하루에 두세 번 정도 게시물이 올라왔다. 내용은 지극히 평범했는데, 누군가가 올린 글을 퍼 나르거나 플레이 중인 게임 혹은 낮에 먹은 음식을 올리는 일상적인 것이었다. 당연하게도 이것만으로는 나쓰메 아재의 이름이나 근무하는 회사 같은 개인정보까지 알아내긴 어려웠다. 하지만 과거에 올린 글을 거슬러 올라가다 보니 SNS상에서 자주 대화를 나누는 사람이 세 명 있다는 사실을 알아냈다. 그중 두 명은 흉가 마니아라는 비주류 SNS 계정을 공통으로 팔로우한 사람이었다. 그들은 나쓰메 아재가 올린 식사 사진에 '맛있겠다', '이 가게는 이것도 강추'와 같은 한두 마디 댓글을 달아주는 정도의 관계인 듯했다.

하지만 나쓰메 아재는 그런 글에 장문으로 정성껏 대댓글을 달았다. 나는 그것을 보고 그가 걸어온 인생을 짐작했다. 이 사람은 분명 회사에서 성과를 내온 타입이 아닌 어느 정도 선에서 체념해 버리는 쪽이리라. 지금 생활에 만족하는 것은 아니지만, 최소한의 생활은 할 수 있기에 불만이 없다고 믿고 있다. 타인에게 인정받는 것에 굶주려 있고, 친구라고 부를 만한 상대가 거의 없다. 수십 년을 살아온 결과, 누군가에게 자랑할 만한 것이 아무것도 없는 평범한 인간이 되어버린 것이다.

휴일을 반납하고 일에 몰두하며 항상 정보의 안테나를 곤두세우고 있던 당시의 나에게 나쓰메 아재는 이해하기 힘든 존재였다. 담당했던 많은 신인 작가 중에는 마흔을 넘겨서 펜을 잡은 사람도 있다. 하루하루 그런 활력 있는 사람들을 접하며 살아온 영향 때문인지 한창나이에 포기한 나쓰메 아재가 가여운 생물로 보였다. 본인은 이만하면 됐다고 생각하는 걸까. 의욕적으로 생활하는 법을 잊어버리고 나이를 먹었다는 핑계를 대고 있는 것은 아닐까. 넘치는 동정심 비슷한 감정과 함께 나이는 그저 숫자에 불과하다는 사실을 새삼 실감했다.

그리고 나는 깨달았다. 아, 이 인간은 죽어도 아쉬워할 사람이 없겠구나.

나는 그날 나쓰메 아재의 SNS에서 얻을 수 있는 모든 정보를 샅샅이 훑어봤다. 새로운 계획을 짠다는 것에 흥분한 탓인지 몸에 쌓인 피로는 어딘가로 사라지고 없었다.

떠오른 인물상을 토대로 머릿속에서 시나리오를 만들어냈다. 생각을 거듭할수록 두루뭉술하던 것의 윤곽이 형성되어 갔다. 한 시간 정도 지났을까. 머릿속에서 나쓰메 아재의 꼭두각시 인형이 완성됐다. 하지만 아직 완벽하지는 않다. 어떤 끈을 어떤 순서로, 어느 정도의 힘을 이용해 당길 것인가. 어떻게 하면 본인이 눈치채지 못하게 단두대에 오르게 할 수 있을까. 내가 끌어낸 답은 '아저씨와 재미있게 게임하기'였다.

나는 서둘러 이번 계획을 위해 새 계정을 파서 그가 팔로우하는 사람들을 중심으로 팔로우했다. 이름은 부르기 쉽고 무난한 것이 좋다고 생각해 '고스케'로 정했다. 프로필 사진은 인터넷에서 대충 퍼온 라멘 사진이다. 나이는 40대 중반, 간토 지방 거주, 처자식이 있는 중산층 가정의 회사원. 마치 소설 속 등장인물을 고안하는 것처럼 나쓰메 아재에게 공감을 얻을 만한 설정을 공들여 만들었다. 나는 그로부터 한 달 정도 철저하게 고스케가 되어 글을 올리거나 다른 사람 글에 좋아요를 누르면서 지냈다. 고스케의 SNS가 어느 정도 알려지기 시작했을 무렵에는 나쓰메 아재를 팔로우했다. 그의 캐릭터를 봤을 때 제삼자가 먼저 팔로우하는 일은 드물 것이 분명했다. 세 시간 정도 지난 뒤, 예상대로 나쓰메 아재가 곧바로 맞팔을 맺었다. 첫 단계는 문제없이 클리어했다.

기껏 면밀한 계획을 세워놓고는 이상한 욕심을 부리거나 너무 조바심을 내다가 실패하는 범죄가 산더미다.

과거 완전범죄가 될 뻔했던 것으로 이름을 날린 사건이 있다. 투구꽃의 독을 이용한 살인사건이다. 범행 수법 자체가 기발해서 여러 뉴스와 다큐멘터리에 소개됐다. 당시 세간은 마치 미스터리 소설 뺨치는 트릭이라며 떠들썩했다. 범인은 아내를 독살했다. 흉기로 사용된 건 투구꽃에 함유된 아코니틴과 복어 독으로 유명한 테트로도톡신을 혼합한 독극물이었다. 둘 다 소량만 섭취해도 사망하는 맹독. 아코니틴에는 섭취하면 몇 분 안에 죽음에 이를 정도로 강한 즉효성이 있다. 하지만 범인은 아코니틴에 테트로도톡신을 섞으면 둘 사이의 독성이 일시적으로 사라진다는 사실을 발견했다. 범인은 이 특성을 활용한 트릭으로 알리바이를 만들었다. 남자는 아내에게 독이 든 캡슐을 먹인 뒤 곧바로 비행기에 올라탄다. 그렇게 아코니틴으로 아내가 사망한 시각에 자신은 멀리 떨어진 곳에 있었다는 시나리오다. 사망 원인은 아코니틴에 의한 중독사. 범인인 남편은 그 시간에 현장에 없었다. 여기까지 들으면 아름다운 완전범죄처럼 보인다.

하지만 이 트릭은 범인을 둘러싼 상황 때문에 실패했다. 그도 그럴 것이 범인은 만난 지 고작 6일 된 여자에게 청혼한 뒤 결혼했다. 그러고는 여자가 죽기 20일 전에 여러 개의 생명보험에 가입시켰고, 거액의 보험금 수급자를 자신으로 지정해 놓았다. 여자는 독극물로 인해 급사. 지병이 없고 매우 건강한 여자였다. 그런데 남편이 오키나와로 여행을 간 사이에 돌연사한 상황. 여자의 친구들은 남편이 이 사건의 흉기가 된 알약을 먹이는 장면을 목격했다. 결정적으로 남자가 업자로부터 복어를 사들였다는 사실과 꽃집에서 투구꽃을 대량으로 구입했다는 사실, 그리고 과거에 결혼했던 여자 두 명도 모두 사망했다는 사실이 드러났다.

아무리 완벽한 수법을 고안하고 실행에 성공했다 하더라도 의심을 살 요소가 이렇게나 많다면 아무 의미가 없다. 정교하게 짜인 트릭만으로는 아름다운 살인을 완성할 수 없다. 그 남자처럼 돈에 눈이 멀어 너무 성급하게 결과를 만들어내려 하면 결국 실패한다. 조바심 내지 않고, 좌우지간 차분히, 때가 오기를 기다린다. 존재해야 하는 동기는 사람을 죽이고 싶다는 순수하고 단순한 욕구뿐.

나쓰메 아재를 죽일 내 계획은 다음 단계로 넘어갔다.

내가 선택한 게임은 「드래곤 판타지」였다. 통칭 '드판'.

나쓰메 아재가 가장 많이 플레이하는 온라인 게임이자 일본뿐만 아니라 전 세계에 플레이어가 있는 몬스터 사냥 게임이다. 그가 팔로우한 게임 크리에이터들도 모두 이 게임을 한다.

자기 정보를 일절 밝히지 않으면서 상대방의 정보를 쉽게 얻을 수 있는 온라인 게임은 이번 계획에 안성맞춤이었다. 나는 고스케로 지내는 동시에 드판을 구매해서 매일같이 플레이했다. 물론 계획을 달성하기 위한 수단이다. 업무를 처리하는 것처럼 적을 쓰러뜨리고, 캐릭터 레벨 업에 힘쓴 나날들. 그리고 나쓰메 아재가 맞팔을 신청한 다음 날부터 두 달 정도에 걸쳐 그가 올리는 글에 더 적극적으로 반응했다. 처음에는 좋아요를 눌러주다가 서서히 댓글을 남겼다. 그는 매번 두 줄 정도 되는 내 댓글에 물어보지 않은 이야기까지 더해 대댓글을 달았다. 나는 그에 대해 긍정적인 반응을 보였다. 그리고 적당한 때를 봐서 '누구 같이 할 사람?'이라는 글과 함께 드판의 게임 화면을 캡처해 올렸다. 그러자 곧바로 나쓰메 아재가 '제가 해도 될까요?' 하고 댓글을 달았다.

드판에서는 게임 내 채팅 기능으로 대화할 수 있지만, 내 목적은 육성으로 대화하는 것이었다. 반드시 통화하면서 플레이해야 했다. 특별한 계기도 없는데 나이 먹을 만큼 먹은 아저씨가 누군지도 모르는 생판 남이랑 몇 시간씩 통화하는 일은 거의 없다. 그렇지만 게임을 함께한다는 목적이 있다면 이야기는 달라진다. 나는 그에게 '같이 하시죠'라고 DM을 보내고는 '보스가 너무 세서 그런데, 잡는 걸 좀 도와주세요. 괜찮다면 통화하면서 하실래요?' 하고 권유했다. 강력한 적을 사냥하려면 이쪽에서 공격이 온다느니 이제부터 이런 식으로 하겠다느니 하며 통화를 해야 더 쾌적하게 플레이할 수 있다. 타이핑하는 것도 귀찮고, 채팅을 읽는 것도 귀찮다. 온라인 게임 세계에서는 어느 정도 상식이었다. 평일에는 퇴근 후, 휴일에는 거의 종일 하루도 빠뜨리지 않고 플레이했다. 3개월 동안 이 생활을 계속했더니 용사 고스케는 나쓰메 아재만큼은 아니어도 나름 쓸 만한 플레이어로 성장했다. 나쓰메 아재가 보기에도 함께 싸울 동료로 받아들일 수 있는 레벨에 도달했을 것이다. 3개월 동안 수행을 거듭한 나를 위로하듯 그는 통화하면서 플레이하자는 내 제안을 흔쾌히 받아들였다.

"안녕하세요. 나쓰메입니다."
처음 듣는 그의 목소리는 상상보다 낮고 안정감이 있었다. 우선 게임 관련 화제를 중심으로 시시콜콜한 이야기를 나누며 대충 잡몹을 사냥했다. 조금이라도 빨리 친해지기 위해 나쓰메 아재의 플레이를 연신 칭찬했다. 나쓰메 아재는 SNS로 연결된 사람과 통화하며 노는 것은 처음이라고 했다. 고스케 씨와는 취미랑 기호가 맞을 것 같아 궁금했었다고 말했다. 계획대로다.

이날부터 주 4회 페이스로 게임을 같이했다. 한 달 정도 지나자 평소에는 어떤 일을 하는지, 결혼은 했는지 등 사적인 대화도 늘어나기 시작했다. 나쓰메 아재는 기혼이고, 고등학생인 딸이 있다고 했다. 그리고 어느덧 두 달이 지나 인터넷에서 사귄 친구치고는 충분히 가까워진 어느 날. 나는 평소처럼 함께 게임하며 적을 쓰러뜨린 후, 얼추 마무리된 타이밍에 함정을 팠다.

"나쓰메 씨, 제 말 좀 들어봐요. 어제 대박 사건이 하나 있었잖아요."

나쓰메 아재는 궁금하다는 듯이 무슨 일이냐고 물었다.

"사실 얼마 전에 지인이 성추행범 콘셉트 업소를 알려줘서 어제 처음으로 가봤거든요."

나쓰메 아재의 대답 소리가 한 톤 올라갔다. 반응이 나쁘지 않다.

"전 평소 그런 곳엔 안 가는데, 어제는 마누라가 늦게 퇴근해서 기회다 싶었어요. 그리고 이왕 가는 거 괜찮아 보이는 아가씨를 꼼꼼하게 찾아보고 지명했죠."

"오오."

"그런데 말이죠, 제가 예약한 아가씨 설명이 뭐라고 돼 있었는지 아세요? '업계 미경험! 청초한 외모로는 상상할 수 없는 매혹적인 다이너마이트 보디!' 와, 그때부터 얼마나 기대가 되던지."

"설명대로면 기대가 될 만도 한데요…."

"그런데 실제로 나온 건… 경험도 애교도 없는 애였는데, 더 기가 막힌 건 보통 덩치가 아니었어요. 드판으로 치면 보스 고릴라 같은…."

내가 그렇게 말하자 나쓰메 아재는 소리 높여 웃었다.

"그것도 모자라 하는 도중에 기분이 안 좋아져서 영 찝찝하게 끝났어요. 다른 의미로 다이너마이트였죠. 안 그래도 없는 용돈 털어서 간 거였는데…."

"고스케 씨, 너무 웃겨요."

나쓰메 아재의 목소리에서 흥분이 한 단계 오른 게 느껴졌다. 준비는 끝났다. 나는 계속 말을 이었다.

"그러고 보니 성추행범 하니까 생각난 건데요, 그거 아세요? 여자들요, 진짜 성추행을 당하면 아예 목소리가 안 나오는 모양이에요. '이 사람 성추행범이에요!' 하고 외치는 것도 드라마에서나 가능한 모양이더라고요."

"어, 그래요?"

"그렇대요. 그도 그럴 게, 전철을 한두 해 탄 것도 아닌데 성추행으로 잡혀가는 사람 본 적 있으세요?"

"하긴, 듣고 보니 그러네요."

"일상생활에서도 소리 지를 일이 거의 없는데, 막상 그런 일을 당한다고 큰 목소리가 나올까요. 실제로는 힘들대요. 얼마 전 회식 때 회사 여직원들도 다 그러더라고요. 보복당하면 어쩌나 하는 생각이 들어서 무섭다고."

"그건 몰랐어요."

"그래서 오히려 타깃을 고르는 요령만 파악하면 그다음부터는 마음대로 주물럭대는 남자들이 제법 있는 것 같아요. 안 들키고 만지는 방법이 있는 모양이더라고요. 업소 따위랑은 비교가 안 될 정도로 스릴 넘쳐서 말도 못 하게 흥분되나 봐요. 그런데 이 이야기 출처도 인터넷이라."

"하하, 참 말도 안 되는 세상이네요…."

"그런데 솔직히 이런 말 하긴 그렇지만, 업소 갔다가 뒤통수 얼얼하게 맞은 사람 입장에선 부럽더라고요. 재미 삼아 알아봤는데, 간토 쪽에서는 평일 XX선, 저녁 퇴근 시간대가 안 들키고 성공할 수 있는 제일 좋은 조건이라고 적혀 있었어요."

순간 나쓰메 아재가 헉하고 숨을 삼키는 소리가 들린 것 같았다. 그렇다, 그곳은 나와 나쓰메 아재가 이용하는 전철 노선이다. 얼굴도 모르는 게임 친구에게서 들은, 거짓말인지 참말인지는 모르겠지만 구미가 당기는 이야기. 아무렇게나 뱉은 말임에도 거의 매일 수영복 입은 소녀들 사진에 좋아요를 누르는 중년 남성이 그 이야기를 들었을 때 어떤 생각을 하겠는가. 내게는 강한 확신이 있었다. 나쓰메 아재는 목소리를 낮추며 말했다.

"저도 남자다 보니 솔직히 조금 궁금하네요. 그런데 고스케 씨, 안 들키고 만지는 방법이 정말 있을까요?"

내가 노렸던 대답이 돌아왔다.

"궁금하긴 하죠. 그게, 야동처럼 대놓고 엉덩이를 주무르면 본인은 물론이고 주위 사람들도 알아차리기 때문에 그런 방법은 안 된다나 봐요. 그래서 '우연히 전철이 흔들렸을 때 닿아버렸다' 같은 느낌으로 만지면 의외로 성공하는 것 같아요."

"확실히 그건 사고라고 할 수 있을 것 같네요."

"인터넷에서 유명한 성추행 전문가 말이, 커브 길에서 확 꺾여 전철이 크게 흔들릴 때가 찬스래요. 웃기지 않아요?"

"그런 분석을 한다는 게 참 대단하네요…. 이건 뭐, 프로의 범행인데요."

나쓰메 아재가 한 마디를 뱉을 때마다 단두대까지의 거리가 한 걸음씩 좁혀졌다. 대화 주도권, 이야기 흐름, 모두 계획대로였다.

"그리고 혹시 들키더라도 안 만졌다고 우기고, 이름이랑 전화번호를 적은 종이를 건네주면 된대요. 명함을 주면 회사에 알려지니까 그건 절대 안 되고요. 전화번호도 가짜라고 의심하면 그 자리에서 전화를 걸게 해서 본인 휴대폰을 보여주면 된

대요."

"천재적인 발상이군요…. 감탄이 절로 나오는데요."

리스크가 거의 없고, 겨우 한 걸음만 선을 넘으면 쾌락을 손에 넣을 수 있는 상황. 사람은 과연 이런 상황에서 참을 수 있을까. 내 계획은 드디어 클라이맥스에 접어들었다.

손가락 하나 대지 않고 속속들이 알게 된 상대방을 말살하고, 그 순간을 지켜본다. 그것이 이번 계획이었다. 그렇기 때문에 힘들여 준비를 마쳤는데 내가 없는 곳에서 멋대로 나쓰메 아재가 죽어버리면 의미가 없다. 접근할 계기로 게임을 선택한 이유는 나쓰메 아재와 통화해서 친해지는 것 말고 하나가 더 있었다.

나와 나쓰메 아재 사이에 게임하는 날은 딱히 정해져 있지 않았다. 채팅으로 '오늘 몇 시부터 하죠?' 하고 물어보는 경우와 함께 플레이할 때 다음 약속을 정하는 경우가 많았다. 그렇게 서로의 스케줄을 자연스럽게 확인하는 작업이 두 달 동안 이어진 결과, 나는 그가 퇴근하는 시간을 어느 정도 파악할 수 있었다. 나쓰메 아재는 나보다 늦은 시간에 퇴근하는 경우가 많고, 항상 오후 7시 20분에서 8시 10분 사이에 전철을 탄다는 사실을 파악했다. 나쓰메 아재에게 심은 쾌락의 씨앗. 이제 그게 꽃피우기를 기다리면 된다.

이번에 목표로 한 죽음은 물리적인 것이 아니라 '정신적인 죽음'이었다. 가정을 가진 중년 남성이 나이 먹고 성범죄에 손을 댄 곳에 존재하는 것은 사회적인 말살 단 하나. 그리고 내가 상상했던 것 이상으로 빨리 그때가 다가왔다.

  나는 퇴근하고 오후 7시에는 항상 역에서 대기했다. 전철이 들어올 때마다 나쓰메 아재가 타지 않았는지 확인하고, 없으면 보내기를 반복했다. '오늘 몇 시부터 할까요?' 하고 채팅을 보내고 그의 실시간 동향을 추측하면서 역 승강장을 뚫어져라 쳐다보는 하루하루. 퇴근길을 재촉하는 사람들이 일제히 몰려 혼잡한 저녁 시간대. 나쓰메 아재를 미처 발견하지 못한 적도 있을 테지만, 전철이 올 때마다 다른 그림 찾기를 하는 것처럼 집중해서 시선을 떼지 않고 계속 찾았다. 같은 역에서 거의 날마다 한 시간씩이나 전철을 보내고 있으니 지나치게 수상쩍어 보인다. 그래서 다섯 대만 확인하고 없으면 딱 한 정거장을 이동한 뒤 다음 역에서 네 대 정도 기다리기를 반복했다. 그렇게 거의 매일 나쓰메 아재를 발견하면 올라타고는 근처에서 멍하니 서 있는 척하며 그때를 기다렸다. 단두대에 오른 그의 목이 잘려 나갈 때를.

  전철 안에는 언제나 회사원 말고도 특별 활동을 마치고 돌아가는 여고생이 여러 명 타고 있었다. 귀가하는 사람들이 몰리는 시간대여서 나와 나쓰메 아재가 탈 무렵에는 좌석이 꽉 찬다. 도중에 내리는 사람도 거의 없기 때문에 100퍼센트라고 해도 좋을 정도로 앉을 수 없다. 그렇게 전철 안 조건이 갖춰진 후에는 큰 커브를 도는 곳이 딱 한 군데 있다. 손잡이를 잡지 않으면 나도 모르게 휘청거릴 정도라서 독서에 방해가 되기 때문에 나는 언제나 그 순간을 싫어했다. 하지만 나쓰메 아재가 실행한다면 그곳밖에 없을 것이다. 드디어 목이 빠지게 기다렸던 그 순간이 찾아왔다.

나는 평소처럼 전철 문 앞 공간에서 안쪽을 보고 서 있었다. 눈앞에는 아래쪽으로 시선을 고정한 회사원이 있다. 그 뒤에는 체구가 작은 여고생이 서 있고, 옆에 나쓰메 아재가 있다. 자리에 앉은 사람들은 너 나 할 것 없이 모두 스마트폰을 보느라 정신이 없었고, 여고생과 나쓰메 아재의 거리는 닿을락 말락 할 정도였다. 전에 없던 완벽한 배치다. 당연히 나쓰메 아재는 창가에 멍하니 서 있는 20대 중반인 내가 고스케라는 사실을 알 재간이 없다. 보통 사람들은 전철에 있는 회사원의 얼굴 따윈 일일이 기억하지 않는다. 그래서 나쓰메 아재가 날 자주 마주치는 녀석이라고 생각하고 있는지 어떤지 확실하지 않았다. 진심으로 불쌍한 남자다. 전철이 서서히 커브 길로 다가섰다. 반년 가까이 녀석을 생각하고 가깝게 지내온 내 뇌는 오늘이 그 날이라고 말했다. 나는 히죽거리는 입꼬리가 올라가지 않도록 필사적으로 참았다.

아니야. 아직 웃으면 안 돼… 참아야 해….

전철이 덜컹 하고 크게 기울어지면서 승객들이 일제히 비틀거린 그 찰나. 일그러지는 여고생의 얼굴이 보였다. 곧바로 시선을 떨어뜨려 보니 나쓰메 아재의 손이 움직이는 듯했다.

다음 역에 도착한 순간, 나는 겁에 질린 표정을 짓는 여고생의 옆으로 다가가 스마트폰 화면을 보였다.

> 방금 옆에 있는 남자한테 성추행당했어요?
> 만약 그런 거면 고개를 끄덕여 주세요.

여고생은 조용히 끄덕였다. 나는 재빨리 글을 입력하고는 바로 앞자리에 앉아 있던 체격이 다부진 짧은 머리의 두 남자에게 스마트폰 화면을 보였다.

> 이 학생 옆에 서 있는 중년 남자가 성추행을 했습니다.
> 다음 역에 도착하면 잡는 걸 도와주시겠습니까?
> 가능하시다면 고개를 끄덕여 주세요.

두 남자는 갑작스러운 상황에 당황한 듯한 표정을 지었지만, 얼굴을 마주 보더니 눈빛만으로 이야기를 나누고는 내 쪽을 보고 고개를 끄덕였다.

물론 나쓰메 아재도 내 행동을 보았다. 이상 사태임을 알아차렸을 것이다. 나는 창문 너머로 반사된, 동요한 빛이 역력한 그의 얼굴을 놓칠세라 물끄러미 바라봤다.

앞으로 일어날 일을 직감적으로 확신하지만, 어쩌면 아닐지도 모른다고 기도하는 표정이었다.

전철이 속도를 늦추기 시작했다. 앞에 앉아 있던 두 남자는 바닥에 두었던 짐을 챙겨 들고 자세를 고쳤다. 전철이 멈추기 직전, 그들은 두 마디 정도 귀엣말을 주고받았다. 전철 안에 도착 안내 방송이 울리고 문이 열리려던 순간. 두 남자 중 한 명이 일어나 소리쳤다.

"이 사람 성추행범입니다! 죄송합니다! 지나가겠습니다!"

그 목소리와 동시에 또 한 사람이 나쓰메 아재의 팔을 콱 틀어잡고는 승강장 홈으로 끌어냈다. 나는 여고생과 함께 전철에서 내렸다.

소란스러운 전철 안을 떠나 그들과 함께 역무원실로 가서 사정을 이야기했다. 나는 목소리와 말투에서 고스케라는 사실이 들통나지 않도록 평소보다 톤을 높이고 천천히 말했다. 나쓰메 아재는 처음에는 저항했지만, 많은 사람에게 에워싸여 신문받는 동안 서서히 부정하는 기세가 약해지고 주눅 들어갔다.

나는 그가 어떤 사람인지 안다. 지금껏 무엇 하나 이룬 것 없고, 어둡고, 심약한 타입.

초조함을 넘어 절망으로 변해가는 표정은 정말 참을 수 없었다. 나는 그가 실제로 만졌는지는 모른다. 하지만 목격 증언을 하는 사람이 있고, 당했다는 피해자가 있다. 그 상황에서 무죄를 입증하는 것은 불가능하다.

그 후 나는 경찰차에 실려 연행되는 나쓰메 아재를 배웅했다. 그 순간 그의 표정은 말로 표현할 수 없는 절경이었다. 지난 반년 동안의 노력이 보상받은 순간이다.

그 후 나쓰메 아재에게 몇 번 연락했지만 일절 답이 오지 않았고, 자주 알림을 울리던 SNS도 업데이트가 끊겼다. 가정과 회사. 그는 아무것도 없는 평범한 사람으로 살면서 유일하게 쌓아 올린 모든 것을 잃어버린 게 틀림없다. 계획을 달성한 나는 고스케의 SNS와 드판 계정을 삭제했다.

필시 여기까지 일련의 흐름을 누군가에게 설명한다면 예외 없이 그렇게 척척 맞아떨어질 리가 없다고 생각하리라. 그렇기에 좋은 것이다. 그렇기 때문에 내 범행은 들키지 않는다. 대다수는 객관적으로 볼 때 '그런 우연이 어디 있어?' 하고 의심한다. 바로 그것이야말로 누구에게도 들키지 않는 아름다운 살인에 필요한 조건이다. 이 세상에 100퍼센트 완벽한 것은 존재하지 않는다. 내가 알아차리지 못한 어떤 우연으로 완벽하다고 생각했던 계획이 파괴되는 일도 있을 것이다. 하지만 그 겹치는 우연에 극한으로 집착함으로써 다른 사람이 보더라도 들키지 않는다는 아름다움이 생긴다. 만일 이번 계획이 실패했다면, 게임하고 잡담을 나눈 것으로 끝나기 때문이다.

하지만 역시 인간은 만족을 모르는 생물이다. 나쓰메 아재를 사회적으로 말살했지만, 그가 정말로 이 세상에서 사라진 것은 아니다. 아, 역시 정신적인 죽음은 물리적인 죽음에 비하면 쾌락이 약하다. 그 기분 좋은 여운까지는 남지 않는다.

그럼 어떻게 할까? 답은 간단하다. 또 죽이자. 나의 완벽한 살인 계획으로 생명이 다하는 순간을 지켜보자. 상대를 철저하게 연구하고, 컨트롤하고, 증거를 일절 남기지 말자. 이번에는 지진 같은 천재지변에 의지하지 않고 나만의 힘으로, 물리적으로 죽이자.

그것이 실현된 것은 10년 후의 일이었다.

하토리 소고.

그는 내 계획에 의해 희생되었다. 이번 계획의 발단은 내 인생을 바꿔준 소설가bot의 소설 공모전이다. 하토리는 심심풀이가 되어버린 그 공모전에 익명으로 단편소설 한 편을 보냈다. 지금까지 적은 수였지만, 정기적으로 응모하는 예비 소설가들이 드문드문 존재했다. 다만 그들은 모두 하나같이 특별한 재능이 느껴지지 않는 범인뿐이었다. 그중에서도 하토리는 달랐다. 나는 그의 계정을 보고 경악했다. 녀석은 무서울 정도로 내 팬이었다. SNS에 올라온 글을 거슬러 올라가 보니 내가 과거에 편집을 담당한 소설은 물론 취재에 응했을 때 재미있다고 말한 책들에 대한 서평이 한 편도 빠짐없이 올라와 있었다. 게다가 내가 담당한 작품의 출판 기념 이벤트에는 아무리 멀어도 찾아왔다. 작가에게 팬이 생기는 건 이해하지만 편집자에게 팬이라니, 금시초문이다. 이때는 이 인물에 대해 흥미보다 정체 모를 공포가 앞섰다.

하지만 하토리가 올린 과거 글들을 보고 있자니 또 한 가지가 눈에 들어왔다.

가끔 자기 마음을 정리하는 것처럼 두서없이 쓴 '사라져 버리고 싶다', '이제 죽고 싶다'와 같은 죽음을 바라는 강렬한 소망이 담긴 글들. 꽤 오래전에 올린 글이지만 조울증 진단을 받았다는 내용과 함께 진단서 사진도 볼 수 있었다.

그리고 그때 하토리가 보냈던 소설은 나를 살해하겠다는 원고와는 아무 상관 없는 단편소설이었다. 지금은 어떤 이야기였는지 기억나지 않는다. 완성도가 나쁘진 않았지만, 특별히 좋지도 않았다. 소규모 신인상에서 최종 심사까지 남는다면 그럭저럭 납득할 만한 수준의 내용. 그런데 그 지루한 이야기를 읽는 동안 서서히 조각이 맞춰졌다. 그리고 시나리오 하나가 떠올랐다.

나는 '다른 이야기도 읽어보고 싶으니 완성되면 또 보여주세요' 하고 하토리에게 메시지를 보냈다.

솔직히 이 시점에서는 엉성한 시나리오가 떠올랐을 뿐, 그를 죽일 수 있다는 기대는 하지 않았다. 당연히 그가 신입 사원이었던 내게 무턱대고 원고를 가져왔던 그 대학생인지도 몰랐다.

그 원고는 그러한 경위로 내게 도착했다. 내용은 DM으로 보냈던 단편집과는 완전히 다른, 나를 향한 살인 예고였다. 게

다가 하토리는 원고를 일부러 회사로 보냈다. 외부인임에도 불구하고 다치바나가 소설가bot이라는 것을 간파했다고 말하는 것처럼. 다 읽었을 때 나도 모르게 할 말을 잃었다. 온몸의 피가 끓어오른다고 느낄 정도로 몹시 흥분했다. 녀석은 터무니없이 어리석은 짓을 저질렀다. 신에게 선택받은 이 몸을 죽이겠다고 선언한 것이다. 그리고 나는 결정했다.

이 녀석을 죽이자. 그것도 궁극적으로 아름다운 완전범죄로.

원고를 손에 들고 생각에 잠긴 나를 보고 옆에 있던 유카가 무슨 일이냐고 물었다. 모처럼 온 기회다. 지금까지처럼 나 혼자 이 이야기를 즐겨봤자 재미가 없다. 좀 더 자극이 필요하다. 옆에서 나를 걱정하는 세상 마음 편한 이 신입사원에게 내가 만드는 이야기가 얼마나 굉장한지 보여주자. 그런 생각에 유카에게 원고를 건네주고 소감을 물었다. 돌아온 평범한 대답에 어리석음을 느끼지 않을 수 없었다. 분명 유카도 나쓰메 아재처럼 큰 기복 없는 인생을 살다가 수명이 다하면 죽는, 기타 등등 대다수의 인간인 것이다.

그렇지만 순진무구하고 반응도 큰 이 인간은 이야기를 마지막까지 지켜보는 관객으로서 적임자가 아닐까. 나는 정말로 내게 위협이 닥쳐오고 있는 것처럼 유카에게 내 생각을 말했다. 오랜만에 새로운 계획을 만났다는 사실과 문예부 시절의 감각이 돌아오는 느낌이 좋았다.

하지만 만에 하나 하토리가 정말로 날 죽이려 든다면 성가셔진다. 그래서 새로 스마트폰을 구매해 인터넷 방송을 시작하기로 했다. 녀석은 내가 과거에 했던 거의 모든 발언과 행적을 쫓아왔다. 그런 인물이라면 내가 쓴 소설을 봐줬으면 좋겠다, 꼭 만나고 싶다, 반드시 당신이 편집해 준 내 책을 세상에 내보이고 싶다, 갑자기 찾아온 기회를 절대 놓치지 않겠다, 하는 생각으로 살인 예고를 보낸 것이 틀림없다. 그렇지만 글만 보면 정말 녀석이 나를 죽이려 들지도 모른다고 느껴졌다.

그렇다면 기꺼이 상대해 주겠다. 다만 만약 내가 죽는다면 더는 새로운 소설을 읽지 못한다는 것과 아들이 성인이 되는 모습을 지켜볼 수 없다는 사실이 마음에 걸렸다.

그리고 살인을 피하기보다 완벽한 계획으로 녀석을 죽이는 게 비교할 수 없을 정도로 재미있다. 녀석을 완전히 컨트롤해서 증거를 일절 남기지 않고 죽인다. 거기다 눈앞에서 죽어가는 순간을 지켜본다. 그런 넋을 잃을 정도로 아름다운 살인. 나는 이걸 달성할 수 있다면 잡혀도 상관없다고 생각했다.

어떻게 죽일까. 다양한 패턴을 시뮬레이션했다. 하지만 내 인생을 집대성할 완전범죄의 트릭은 의외로 가까운 곳에서 발견됐다.

회사 1층 카페에서 녀석과 처음으로 대면했다.

무턱대고 원고를 가져왔을 때는 없었던 얼굴의 화상 자국을 보고 흠칫함과 동시에 불운한 녀석은 마지막까지 지지리도 운이 따라주지 않는구나, 하는 생각이 들었다. 나는 눈에 띄게 긴장한 유카를 옆에 두고 연극을 시작했다. 하토리는 눈물을 흘리며 지금까지 살아온 인생을 이야기했다. 책을 좋아한다는 것, 부모님이 없다는 것, 시설에서 자랐다는 것. 그가 한 이야기 중에는 나와 겹치는 부분도 있었다. 그 모든 건 사실일 것이다. 그렇지만 나는 유카에게 "녀석이 한 말을 믿지 마"하고 말했다. 유카가 하토리의 이야기를 곧이곧대로 믿어버리면 내가 살해했을 때 명백한 의문사가 되어버린다. 유카는 내가 자신의 팬을 죽이는 이유를 이해하지 못할 것이다.

유카의 눈에는 하토리가 정말로 나를 죽이려는 것으로 보여야 했다.

그로부터 두 달 남짓. 나는 하토리를 헬스장으로 꾀어내 함께 땀을 흘린 후 목욕탕에 갔고, 그 후에는 소설에 대해 이야기하는 루틴으로 생활했다. 나쓰메 아재 때의 경험으로 서로의 마음을 터놓기까지 걸리는 시간은 두 달이 가장 좋다는 것을 학습했다.

그리고 맞이한 일요일.
순조롭게 예약 판매 중인 미사의 책과 거실에서 평화롭게 드레스를 차려입은 마유를 지켜보고 집을 나왔던 그날.

나는 하토리를 죽였다.

지금 돌이켜 봐도 모든 게 내 계획대로 진행된 완벽한 하루였다.

오전 8시 반. 나는 집을 나와 회사 쪽으로 향했다.

소설가라는 직업은 아무리 신경 써도 건강을 축내기 십상이다. 내내 집에 앉아 있고, 바쁜 시기에는 에너지 음료 하나 외에는 아무것도 입에 대지 않는 사람이 있을 정도로 끼니를 거르는 것이 일상이다. 그런 환경에서 운동하는 습관을 들이기는 힘들뿐더러 나이를 먹을수록 더 심해진다. 오랫동안 활동하고 싶다면 근력 운동을 취미로 삼는 것이 좋다. 나는 그렇게 타이르며 하토리를 헬스장으로 꾀어냈다. 내 광팬인 하토리가 거부할 리가 없었다.

하토리가 쉽게 다닐 수 있도록 그의 집에서 가까운 곳으로 헬스장을 잡았다. 저자를 우리 동네로 오게 하는 무례를 범할 수 없다는 명목이었다. 내가 원래 다니던 대형 헬스장의 체인점이어서 하토리도 수월하게 회원 등록을 마쳤다. 이날 나는 평소보다 가볍게 운동했고, 하토리는 내가 만든 코스에 따라 평소보다 강도 높은 운동을 하게 했다. 나는 지금까지 운동을 하지 않았던 하토리에게 근력 운동 방법을 추천하고 벌크업을 위한 식사, 효율적인 프로틴 섭취 방법 등을 가르쳐줬다.

11시 20분.

헬스장을 나온 우리는 목욕탕을 향해 걸으며 평소처럼 이런저런 이야기를 나눴다. 목욕탕에서 땀을 씻어내고 옷을 다 갈아입은 후, 나는 하토리에게 말했다.

"그런데 선생님, 평소에 어떤 환경에서 집필하시나요? 혹시 집필 현장을 한번 볼 수 있을까요? 괜한 참견일지도 모르지만, 많은 작가님의 자택에 가봤기 때문에 효율적인 집필 환경에 대해 조언해 드릴 수 있거든요. 괜찮으시다면 오늘 회의는 댁에서 하지 않으시겠어요?"

"네? 그래도 되나요? 고맙습니다. 다치바나 씨만 괜찮으시다면 꼭 부탁드리고 싶습니다."

예측한 대답이었다. 다만 손님이 올 줄 몰랐기에 정리할 시간이 필요하니 30분 후에 와달라고 해서 주소를 물어봤다. 나는 휴식 공간에 앉아 그의 집 주소 주변을 지도로 확인하거나 앞으로 할 행동을 시뮬레이션했다. 목욕탕을 나와 8분 정도 걸어서 도착한 그곳은 너무나도 독신 중년 남성이 살고 있을 법한 허름한 연립주택이었다. 삐걱거리는 계단을 올라 2층 가장 모퉁이에 위치한 집의 인터폰을 눌렀다. 찰각하는 소리와 함께 하토리가 나를 맞이했다. 집 안은 허름한 외관과 달리 깨끗하게 정돈되어 있다. 세 평 남짓한 원룸에 모퉁이라 그런지 불투명한 유리창이 두 개 있고, 별도 나쁘지 않게 들 것 같았다. 방 모퉁이에는 하토리가 집필에 사용하는 것으로 보이는 간소한 목제 책상과 그에 어울리는 검은색과 흰색이 섞인 게이밍 체어가 놓여 있었다. 한동안 잡담을 나눈 후, 하토리가 화장실에 다녀오겠다고 말했다. 그의 모습이 사라진 순간, 나는 주머니에서 도청 감지기를 꺼내 방 구석구석을 확인했다. 인터넷에서 5천 엔 정도에 구매한 감지기는 가느다란 리모컨 같은 형상으로, 도청기에서 나오는 전파에 반응해 그 유무를 알려주는 굉장한 물건이다. 이 좁은 방은 10초면 판단할 수 있다. 하토리가 나를 죽이지 않을까 하는, 겨우 1퍼센트 정도의 가능성을 없애기 위한 수단이었다.

녀석이 간 화장실 근처까지 훑었지만, 반응이 없었다. 나는 서둘러 감지기를 주머니에 넣었다.

몇 분 후 하토리가 돌아왔다. 나는 일 이야기를 시작했다. 현관문과 창문은 모두 잠겨 있었고, 밖에서는 아무것도 보이지 않는다는 사실을 다시 확인한 나는 하토리에게 작은 목소리로 창작 요령이라며 이렇게 말했다.

"선생님, 집필 환경에 대한 이야기를 하기 전에 한마디 해도 될까요? 좀 이상한 제안으로 들릴지도 모르겠습니다만, 유서를 써보면 어떨까요. 이번 스토리 서두에 주인공이 유서를 쓰는 장면이 있잖아요. 그 상황에 깊이를 더하기 위해 직접 써보면 좋을 것 같아요. 일단 주인공에 대해서는 잊고, '만약 내가 자살한다면'이라고 생각하고 써보세요. 어떤 기분이 드는지. 펜이 술술 움직이는지. 문장의 양은 어느 정도인지. 수고스럽더라도 해보면 지금까지 보이지 않았던 세계가 보이고, 보다 현실감 넘치는 묘사를 할 수 있을 겁니다."

막힘없는 내 말에 녀석은 아무런 의심 없이 따랐다. 소설 줄거리는 내 조언 몇 가지를 더해 '자살을 꿈꾸는 주인공이 이왕 죽을 거라면 완전범죄로 자신을 죽여줄 사람을 만들어내려는 이야기'로 완성했다. 그것도 모두 이 순간을 위해서 만들어낸 것이다. 하토리를 완벽한 자살로 보이게 하려면 컴퓨터가 아닌 자필로 쓴 유서가 필요했다. 나는 고민하며 책상을 향해 앉은 하토리를 가만히 지켜봤다. 20분 정도 지났을 무렵, 하토리가 고개를 들고 빠르게 펜을 움직였다.

고생은 했지만, 좋은 인생이었습니다.
고맙습니다. _하토리 소고

하토리는 많은 말이 머리에 떠올랐지만 심플하게 두 줄로 정리했다고 말했다. 나는 기지개를 켜는 하토리를 보고 일단 좀 쉴까요, 하고 말했다. 오늘은 헬스장과 목욕탕에 갔지만 둘 다 프로틴을 섭취하지 않았다. 원래 운동을 끝내고 바로 먹는 게 가장 좋지만, 내가 정말 맛있는 프로틴을 찾았으니 오늘은 참으라고 하토리에게 말했기 때문이다. 나는 백팩에서 프로틴 봉지를 꺼냈다.

"선생님, 셰이커랑 물 좀 빌릴까요?"

하토리가 건네준 플라스틱 셰이커에 가루를 두 스푼 넣었다. 거기에 물을 따르고, 30초 정도 충분히 흔들었다.

"가루가 좀 덜 녹았을지도 모르지만, 단숨에 쭉 마시세요."

뚜껑을 열고 셰이커를 건넨 나는 하토리를 지긋이 바라봤다. 고맙다는 듯한 얼굴로 받아 든 하토리는 마치 와인을 마시듯 두 번 정도 빙글빙글 돌리더니 입으로 가져갔다. 그러고는 불과 10초 만에 다 마셨다. 그의 목울대가 여러 번 위아래로 움직이면서 '그것'을 위로 내려보내는 것을 보고 있자니 흥분으로 심박수가 올라갔다.

셰이커를 다 비운 하토리는 맛있다고 말했다. 예상대로 곧바로 셰이커를 씻으려는 하토리를 말린 나는 그에게 집필을 재촉했다.

나는 책상으로 돌아간 하토리를 좁은 주방에서 바라봤다. 스마트폰을 꺼내 시간을 때우는 척하면서 때가 되길 기다렸다. 1분 30초가 지났을 무렵, 창문으로 다가가 커튼을 쳤다.

"방을 어둡게 하면 작업이 더 잘 돼요."

컴퓨터 불빛과 형광등이 유서를 옆에 두고 묵묵히 작업하는 하토리를 비췄다.

"저도 여기서 잠깐 일하고 있을 테니까 무슨 일 생기면 말해주세요."

그렇게 말하고 주방으로 이동해 스마트폰을 조작하는 척하면서 하토리를 바라봤다. 그가 눈치채지 않게 천천히 주머니에서 목장갑을 꺼내 양손에 꼈다. 그로부터 5분이 지났다. 서서히 하토리의 숨이 가빠지기 시작했다. 내가 주방에서 부르자 하토리는 어질어질하지만 괜찮다고 대답했다. 거기서 5분이 더 지난 후, 하토리는 토할 것 같다며 일어서려고 했다. 나는 재빨리 하토리에게 다가가 책상 위에 열려 있던 노트북을 닫으며 그의 입을 오른손으로 덮고 그대로 앉혔다. 만에 하나 소리치거나 토하거나 의자에 앉은 채로 쓰러져 큰 소리가 나지 않도록 괴로움에 몸부림치는 하토리의 입을 살짝 위로 향하게 하고는 흔적이 남지 않게 살며시 눌렀다. 그리고 의자의 높은 등받이를 다리에 끼워 고정했다. 그 자세 그대로 하토리의 뒤에서 고개만 쭉 내밀어 그의 얼굴을 지긋이 관찰했다. 하토리의 얼굴은 피가 피부를 찢고 터져 나올 정도로 빨갛고 팽팽하게 물들어갔다. 발버둥 치면서 서서히 꿈틀거리며 경련을 일으키더니 이상 사태를 알아차렸는지 책상 위에 놓인 펜으로 손을 뻗으려 했다. 나는 비어 있는 왼손으로 하토리의 손이 닿지 않는 책상 가장자리로 펜을 옮겼다. 하토리의 호흡은 더욱 거칠어졌다. 낚여 올라온 물고기처럼 필사적으로 펄떡이는 하토리를 붙잡아 누른 지 약 15분이 지났다. 마침내 내가 원하던 순간이 찾아왔다.

사정없이 요동치는 그의 눈은 충혈됐고, 금붕어처럼 입을 뻐끔거리는 감각이 한층 더 강하게 전해졌다. 장갑을 끼고 있음에도 내 손바닥은 그의 거친 숨결로 젖어 들었다. 이 세상 사람의 얼굴이라고는 생각할 수 없을 정도로 필사적인 모습. 소설이나 지금까지 저질렀던 살인에서는 볼 수 없었던 사람의 생명이 사라지는 순간의 표정. 절경이라는 흔한 말로 표현할 수 없는, 단 한 순간만 볼 수 있는, 절대로 발을 들여서는 안 되는 영역의 경치였다. 그것을 마음껏 감상하고 있는데 하토리가 뚝 하고 움직임을 멈췄다.

나는 하토리가 굳어버리기 전에 소리 나지 않게 조심하며 조용히 바닥에 내려놓았다. 하토리는 체중이 50킬로그램 정도였지만 의외로 힘들이지 않고 이동시킬 수 있었다. 근력 운동을 해두길 잘했다고 생각했다. 움직이지 않는 그를 서둘러 현관에서 보이지 않게 배치한 뒤 자연스러운 자세가 되도록 등을 대고 눕혔다. 목장갑을 벗어 백팩에 넣어둔 쓰레기 봉투에 텅 빈 프로틴 봉지와 함께 조심스레 담았다.

나는 새 고무장갑을 꺼내 꼈다. 그리고 백팩에서 도자기로 만든 절구통과 절굿공이, 빈 약통을 꺼냈다. 그것을 하토리의 손에 몇 번 쥐여준 다음 책상 위에 올려놓았다. 그 후 내가 방금 맨손으로 만졌던 아직 씻지 않은 셰이커의 겉면과 뚜껑, 그리고 물이 든 주전자의 겉면을 알코올 티슈로 깨끗하게 닦고 그것도 하토리의 손을 펼쳐 자연스러운 느낌이 들게 몇 번 쥐여주었다. 그것들을 책상 위에 올려놓고 유서를 책상 한가운데에 다시 가져다 놓았다.

'무명 소설가가 스스로 목숨을 끊은 방'이 완성됐다.

그리고 나는 여기서부터 완전범죄로 만들기 위한 마지막 작업에 들어갔다.

 지금까지 미스터리 소설을 읽거나 실제 흉악 사건을 조사하면서 가장 의문을 품었던 살해 방법. 바로 독살이었다.
 청산가리, 아코니틴, 테트로도톡신, 비소, 사린, 패러쾃, VX, 각성제, 근이완제…. 하나하나 열거하자면 끝이 없지만, 드러난 사건의 대부분은 입수 경로가 한정된 극약을 사용하였기에 범인을 특정할 수 있었다. 그도 그럴 것이 위험한 약물을 판매하는 업자는 구매자의 성명과 주소, 목적 등을 기록할 의무가 있기 때문이다. 하지만 반대로 누구나 쉽게 손에 넣을 수 있는 흔한 물건을 사용하여 중독사 시키는 사례도 간혹 있었다. 이를테면 감기약에 포함된 아세트아미노펜이나 위스키로 대표되는 고농도 알코올 등이다. 더 가까운 곳에서 구할 수 있는 것들로는 간장, 후추, 체리 씨, 육두구 등이 있다. 평소에 자주 먹는 식품도 일정량 이상 섭취하면 죽음에 이른다. 그렇지만 이것들을 사용한 살해 방법에도 구멍이 있는데, 이는 크게 두 가지로 분류된다.
 첫 번째는 피해자가 자연스레 섭취하게 만드는 게 불가능하다는 점.
 간장은 대략 1리터, 후추는 130작은 숟갈 이상 등 평소에는 생각할 수 없는 양이 필요하다. 어떤 요리를 만들더라도 이를 단시간에 상대방의 체내에 넣는 것은 거의 불가능하다. 자살로 위장했다 하더라도 더 편하게 죽는 방법이 있는데 왜 그런 짓을 했는가 하는 의문이 남는다. 또 치사량이 적은 것은 특유의 풍미가 있어서 단숨에 섭취하게 하기 어렵다.

두 번째는 효과가 나타나기까지 시간이 걸린다는 점이다.

설사 어떻게든 먹였다고 해도 급성 알코올중독인 경우 대략 두 시간. 아세트아미노펜은 알약으로 섭취할 경우 확실하게 중독사로 몰아넣기 위해서는 약 25그램이 필요하다. 국내에서 입수할 수 있는 약이라면 90정 정도를 먹여야 한다. 만약 전부 먹었다 하더라도 심한 구토감을 일으켜 힘들여 먹인 것을 토해낼 리스크도 있다. 그리고 섭취 후 죽음에 이르기까지는 평균 4~5일이 필요하다.

제한 없이 누구라도 구매할 수 있고, 자연스럽게 치사량을 섭취하게 할 수 있으며, 짧은 시간 안에 죽음에 이른다. 그런 이상적인 조건을 충족하는 마법 같은 약.

그건 바로 내가 이번에 흉기로 선택한 '카페인'이었다.

녹차나 커피, 에너지 드링크에서 얻을 수 있는 카페인의 치사량은 불과 10그램. 2그램이면 대부분 중독 증상이 나타나고, 5그램이면 심각한 부작용이 발생한다. 알약 형태로 판매되는 것도 있어서 치사량에 달하는 10그램을 준비하는 것은 어렵지 않다. 다만 알약을 그대로 먹이기는 힘들기 때문에 분말 형태로 빻은 후 단숨에 섭취하도록 만들어야 했다.

그중 가장 심플한 수단이 프로틴이었다. 카페인 10그램 분

량을 녹이는 데 필요한 물은 460밀리리터. 프로틴 셰이커는 500밀리리터 용량이 일반적이어서 카페인만 넣는다면 모두 녹일 수 있다. 섭취 후 약 30분에서 45분 후에는 뇌를 포함한 온몸에 과잉 섭취한 카페인이 공급된다. 혈중 농도가 최대로 치솟고 급성 카페인 중독으로 사망에 이른다. 내 눈앞에서 죽은 남자는 불과 10초 만에 치사량의 카페인을 마셨고, 추함과 아름다움이 공존하는 모습을 보이며 조용히 이 세상에서 사라졌다.

다만 이대로 두면 직전까지 함께 있던 내가 용의선상에 오른다. 나는 하토리의 스마트폰을 지퍼백에 담아 백팩에 넣었다. 그러고는 그가 주방에 아무렇게나 놓아둔 집 열쇠를 집어 든 뒤, 불을 끄고 최대한 소리 나지 않게 신발을 신었다. 문은 최소한의 각도로 열어 재빨리 닫고 잠갔다. 그 길로 나는 하토리와 처음 만났던 카페로 향했다.

카페에 도착해 아이스커피를 주문하고 백팩에서 읽던 소설책을 꺼냈다. 30분 정도 지난 뒤 테이블에 책을 내려놓고는 백팩을 들고 화장실로 향했다. 화장실 칸으로 들어가 새 장갑을 꼈다. 이번에는 고무장갑이 아닌 얇은 폴리에틸렌 장갑이다. 그리고 조용히 지퍼백을 꺼내 하토리의 스마트폰을 열었다. 하토리가 스마트폰에 비밀번호를 설정하지 않는다는 사실은 목욕탕 탈의실에서 몰래 훔쳐봤을 때 이미 확인했다. 메시지 어플을 열자마자 내 이름이 눈에 들어왔다. 친구 목록에는 놀랍게도 내 연락처만 등록되어 있었다. 그 나이가 될 때까지 긴 고독 속에서 산 하토리는 필시 괴로움에 허덕였을 것이다. 그를 편안하게 만들어줬으니 오히려 내가 좋은 일을 한 게 아닐까.

나는 하토리와 내가 주고받은 대화창 화면을 열고 '오늘 고마웠습니다. 다음 달 회의도 잘 부탁드리겠습니다'라고 전송했다. 그러고는 곧바로 내 스마트폰으로 '저야말로 고맙습니다. 다음 달에도 잘 부탁드립니다. 함께 좋은 작품 만들어봅시다!' 하고 답장했다. 그 후 스마트폰을 지퍼백에 다시 집어넣었다. 장갑도 가방 안에 넣어둔 쓰레기 봉지에 쑤셔 넣고 자리로 돌아왔다.

카페에 들어온 지 세 시간 반이 지났을 무렵, 가만히 책을 읽다가 중간에 몇 번 화장실에 다녀온 나는 가게를 나서기 전에 한 번 더 화장실로 향했다. 그리고 내 스마트폰을 꺼내 '죄송합니다. 집 열쇠가 안 보여서요, 선생님 집에 두고 온 것 같은데 한번 봐주시겠습니까?'라고 메시지를 보냈다. 10분 정도 있다가 같은 순서로 하토리의 스마트폰을 꺼내 '여기 있네요!' 하고 회신했다. 그러면서 왼쪽 주머니에 고무장갑을 하나 넣었다. 그대로 카페를 나와 하토리의 스마트폰에 전송되도록 '지금 가겠습니다' 하고 답장을 보냈다.

삐걱대는 연립주택 계단을 올라 2층 가장 안쪽 집으로 향했다. 오른쪽 주머니에서 열쇠를 꺼내 조용히 문을 열고 안으로 들어갔다. 곧바로 왼쪽 주머니에 넣어둔 고무장갑을 끼고 그 손으로 문을 잠갔다. 내가 생각해도 매끄러운 동작이었다. 어두컴컴한 방에 불을 켜보니 집을 나설 때 봤던 광경 그대로 하토리가 누워 있었다. 다가가서 시체를 물끄러미 바라봤다. 현관에서 봤을 때는 언뜻 자고 있는 듯해 보였다. 하지만 가까이서 보니 숨을 쉬지 않았다. 얼굴에는 시반이라고 불리는 자줏빛과 붉은빛이 뒤섞인 듯한 반점이 퍼져 있었다.

나는 백팩에서 하토리의 스마트폰을 꺼내 '조심히 가세요' 하고 나에게 메시지를 보냈다. 누가 보더라도 이 시간대에는 하토리가 살아 있었다고 생각할 것이다. 그리고 열쇠를 알코올로 닦고 그의 손에 가볍게 쥐어준 뒤 원래 있었던 곳에 돌려놓았다.

난방을 23도로 설정하고 장갑을 다시 백팩 안 쓰레기 봉지에 넣었다. 아무리 초겨울이라고 해도 2주일씩이나 부패가 진행되면 강렬한 악취를 풍길 것이다. 냄새를 맡고 이상하게 생각한 이웃 주민이 발견해 주는 것이 이 계획에서 가장 깔끔한 방법이다. 마지막으로 집 안의 불을 껐다. 시체가 있는 어두컴컴한 방을 향해 "오늘 고마웠습니다. 쉬세요" 하고 인사한 뒤 살며시 문을 닫았다.

증거물인 장갑이나 빈 프로틴 봉지는 범행 당일 모두 집 쓰레기와 섞어 처분했다. 그리고 하토리가 죽은 지 정확히 3주 후. 경찰이 찾아와 하토리에게 뭔가 이상한 점이 없었느냐고 물었지만, 나는 마치 하토리의 죽음을 방금 알았다는 듯 동요한 모습으로 사전에 준비했던 대답을 했다.

그로부터 일주일이 지났다.

녀석과의 만남부터 오늘에 이르기까지. 어느 장면을 되짚어 봐도 이번 계획은 너무나 완벽했다. 내가 지금까지 저지른 것 중 가장 아름다운 살인. 무서울 정도로 모든 것이 순조롭게 진행됐고, 어디에도 구멍이 없었다. 내가 하토리를 죽였다는 사실을 누군가 알아차릴 리가 없었다.

나는 진심으로 그렇게 믿어 의심치 않았다. 이것을 보기 전까지는.

내 앞으로 다시 배달된 발신인 불명의 원고.

그곳에는 내가 하토리에게 치사량의 카페인을 프로틴으로 위장해 먹인 사실.

하토리가 쓴 유서의 내용.

내가 카페에 갔다가 다시 하토리의 집으로 돌아간 일.

그 '모든 것'이 적혀 있었다.

말도 안 된다. 왜 들켰을까.

이 녀석은 대체 누굴까.

인간은 사신을 죽일 수 있을까

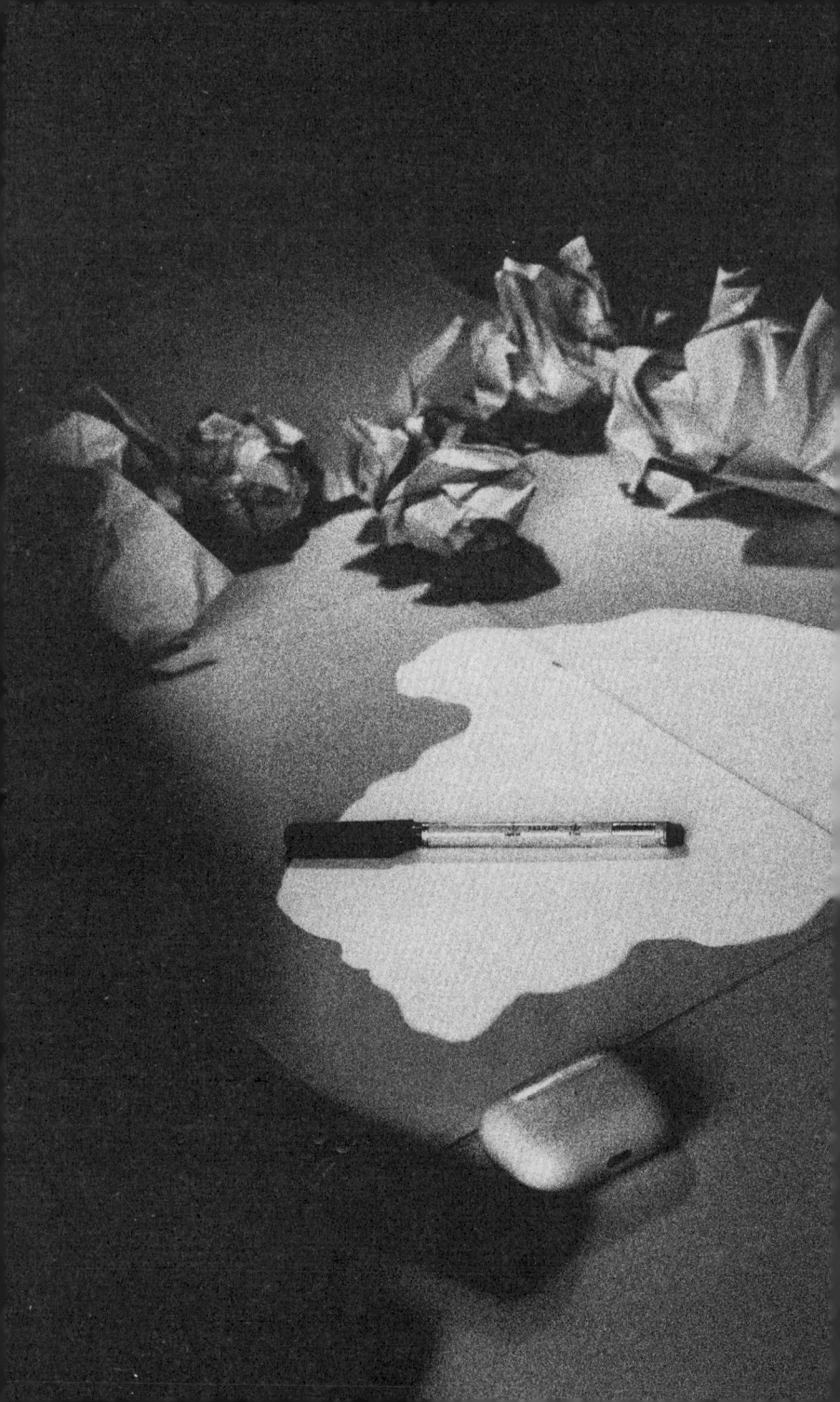

제4장

지금으로부터 한 달 전.

저는 어떤 인물이 프로틴이라고 속이고 준 치사량의 카페인을 먹고 살해당했습니다.

그날은 그와 함께 헬스장에 갔다가 목욕탕에서 몸을 풀었습니다. 그 후 그는 제 집에 왔습니다.

그리고 저는 유서를 썼습니다.

'고생은 했지만, 좋은 인생이었습니다. 고맙습니다. _ 하토리 소고'

이것이 제 마지막 말이었습니다.

그는 저를 죽인 다음 알리바이를 만들기 위해 카페로 갔습니다. 그리고 세 시간 반 정도 있다가 제 집으로 돌아왔고, 곧바로 다시 나갔습니다.

저는 왜 죽임을 당해야 했을까요.

신이시여, 제발 부탁드립니다. 저는 범인이 누군지 알

고 있습니다.

　이 편지를 범인에게 전해주십시오.

머리가 복잡했다.

왜. 아무리 생각해도 완벽했다.

어디서 들켰을까?

　내 범행은 아무에게도 목격당하지 않았다. 자살로 위장하고 알리바이도 만들었다. 카페인, 프로틴, 유서 내용, 그리고 그날 내가 보낸 모든 시간들.

　어째서 이 녀석은 모든 것을 알고 있을까. 마치 그날 내가 살인할 것을 알고 있었다는 듯이.

　경찰이라면 이런 짓을 할 리가 없다. 이만큼 증거를 확보했다면 나는 벌써 체포됐을 것이다.

　게다가 이 무미건조한 봉투에 찍힌 '도쿄 중앙'이라는 소인.

　제4장이라는 한 줄. 굳이 그 원고를 모방해서 보낸 이유도 짐작 가지 않는다.

　그리고 나는 깨달았다.

　나와 하토리 외에 이 원고에 대해 알고 있는 존재는 유카밖에 없다는 사실을.

　나는 기억을 더듬어 다시 한번 계획에 구멍이 없었는지 확인했다. 하지만 아무리 생각해도 완벽했다. 그날은 스스로를 지키기 위해 가지고 다니던 방송용 스마트폰이 필요 없었기에 전원을 끄고 집에 놔두었다. 하토리를 살해하는 날인 만큼 더는 경계할 필요가 없으니 쓸모없는 물건이었기 때문이다. 도청 감지기조차 과하다고 생각했을 정도였는데.

…방송에서 새어 나간 것이 아니다. 대체 어디서 정보가 샜을까? 그날 일을 누군가 보고 있었을까? 생각하면 할수록 영문을 알 수 없었지만, 일단 가능성을 정리해 보기로 했다.

우선 하토리가 보낸 원고의 존재를 아는 사람은 나와 유카뿐이다. 하토리의 죽음을 아는 사람도 나와 유카. 유카는 허둥대며 내게 경찰이 나를 찾아왔던 날과 같은 날에 조사를 받았다고 말했다. 그 모습은 아무리 봐도 연기로 보이지 않았다. 연기로 보이지 않는 이유는 처음부터 연기였기 때문일까?

입사 초기부터 계획하고 내게 능력이 부족한 사원인 척하면서 계속 방심하게 만들었다. 그리고 나는 하토리를 살해했다. 완전범죄를 달성했다고 생각하는 나를 궁지로 몰아넣어 즐기고 있는 건가? 아니, 그건 말이 안 된다. 그럴 수 있을 리가 없다. 그날 일은 몇 번을 곱씹어봐도 한 치의 오차 없이 완벽했다. 하지만 그게 모두 누군가에 의해 짜인 판이었다면? 나는 내가 모르는 사이에 훨씬 정교하게 짜인 누군가의 계획 위에서 놀아나고 있었던 걸까?

경찰에 체포된다는 두려움은 티끌만큼도 없었다. 절대적으로 자신했던 살인 계획이 정체를 알 수 없는 누군가에 의해 간파당해 무너진 자존심과 내게 싸움을 건 인물을 밝혀내고 싶다는, 지금껏 느껴본 적 없는 뜨거운 감정이 솟구쳤다. 나는 아직 추락하지 않았다. 패배하지도 않았다. 반드시 밝혀내고 말겠다.

심호흡하고 머릿속에서 냉정함을 되찾았다.

서서히 내가 처한 상황을 받아들였다. 나는 내 계획이 완벽했다는 믿음을 버리고 원고를 보낸 사람과 보낸 이유에 대해 객관적으로 따져보기 시작했다. 한동안 골똘히 생각에 잠겨 있던 중 핑 하는 감각이 머릿속을 빠르게 지나갔다.

역시 오노데라 유카가 수상하다. 거듭 말하지만 나 외에 원고의 존재와 하토리의 죽음을 아는 사람은 유카뿐이다. 99퍼센트로 유카가 틀림없다고 생각한다. 나는 머릿속에 하토리를 완벽한 계획으로 죽이겠다는 생각밖에 없었다. 아름다운 계획에 빈틈이 없다고 철석같이 믿고, 내가 즐기기 위한 관객으로 유카를 이용했다. 그런데 그게 그녀가 노린 것이었다. 돌이켜보면 몇 가지 마음에 걸리는 점이 있다. 우선 하토리가 보낸 원고 제1장에 내가 좌천당했음을 나타내는 구절이 있었다.

> 그런데 언젠가부터 그의 이름을 들을 수 없었다. 들리는 소문에 의하면 어떤 사건으로 인해 문학 편집 업무를 빼앗기고 아주 딴사람이 된 듯 변해버렸다고 한다.

나는 도작 문제가 공론화되지 않은 상태로 지금의 부서로 이동했다. 즉 유카가 이 배경을 몰랐다면 이 구절에서 의문을 품고 질문하지 않았을까. 하지만 유카는 그러지 않았다. 물론 신입사원이니 내 과거를 몰랐거나 살인 예고에 정신이 팔려서 대충 읽었을 가능성도 있다. 하지만 뭔가가 걸린다.

애초에 내가 하토리의 원고를 읽고 우두커니 서 있을 때 먼저 말을 건 사람이 유카였다. 어째서일까. 어째서 알아차리지 못했을까.

그런 일은 지금까지 한 번도 없지 않았는가.

게다가 제2장을 읽었을 때 유카의 추리는 이상하리만치 날카로웠다. 나는 눈앞에 있는 원고의 존재와 앞으로 어떤 계획으로 죽일까 하는 생각으로 머릿속이 가득했다. 옆에 있던 유카는 안중에도 없었고 짧은 기간에 성장했다고만 생각했다. 카페에서 처음 하토리를 만났을 때 유카가 보인 모습. 그때의 해석도 달라진다. 지나치게 긴장한 듯했다. 나를 힐끔힐끔 곁눈질하던 모습. 그 모든 것이 나를 속이기 위한 연기였고, 하토리를 살해하려는 나를 비웃고 있었던 것인가. 그리고 유카는 몸이 안 좋다는 이유로 오늘 출근하지 않았다.

유카는 내 계획을 모두 예측했다. 그리고 나는 지금도 유카에게 놀아나고 있는 처량한 신세다. 나는 이미 보이지 않는 단두대에 올라선 걸까. 그런 일이 일어났다고는 믿고 싶지 않다. 하지만 지금까지의 모든 정보를 알고 있는 사람은 유카뿐이다.

다만 그렇기 때문에 아무리 생각해도 이상하다. 그 점은 유카도 잘 알고 있을 것이다. 마치 자신이 보냈음을 숨길 의사가 없는 것처럼 굳이 원고를 보내 경고하는 이유는 무엇일까? 내 범행을 간파했다는 우월감? 순수한 쾌락? 또 하나 골치 아픈 점이 있다. 그건 이 모든 게 가설일 뿐 유카가 진범이라는 결정적인 증거가 하나도 없다는 것이다. 게다가 그녀는 내 생각과 계획을 모두 파악한 상태다. 나는 완전히 수세에 몰렸다. 이 상태에서 내가 이길 수 있을까?

나는 금요일 특유의 북적거리는 거리를 곁눈질하며 귀가했다. 한 달 만에 방송용 스마트폰 전원을 켰다. 내 목숨이 정말 위기에 처한 건 아닌가 하는 두려움 때문이다. 이것을 구매했을 때는 묘하게 들떠 있었던 것 같다. 살인 예고를 받은 피해자라기보다 갑자기 미스터리 작품의 주인공이 된 듯한 기분이었다. 지금 생각하면 우스꽝스럽기 짝이 없지만….

아직 범인이 유카로 밝혀진 것은 아니지만, 이번에야말로 방송이 내 몸을 지키는 크나큰 아군이 되리라고 생각했다. 나를 뒤에서 조종하고, 원고를 보내고, 조롱하는 '픽서Fixer'가 있다. 나는 그 녀석을 'F'라고 부르기로 했다.

F의 목적은 밝혀지지 않았다. 하지만 하토리가 남긴 유서의 내용과 내가 카페인을 섭취하게 한 사실을 알고 있는 것으로 보아 F는 실제로 그 집을 방문했음이 틀림없다. 게다가 내가

하토리의 집을 드나든 것은 물론이고 그날의 내 행동을 속속들이 감시했을 가능성이 높다. 이 점에서 수상한 인물은 나와 아들이 걸어가는 사진을 촬영한 하토리가 고용한 탐정이다. 그자의 짓일 가능성도 있지만, 그렇다면 하토리가 살해당하는 것을 막지 않은 이유가 설명되지 않는다. 내가 언제 범행을 저지를지까지는 예상하지 못했다는 말인가? 그렇게 생각해도 F의 목적이 내가 체포되는 것이라면 구태여 원고를 보냈다는 게 납득되지 않는다. 보통 용의주도한 녀석이 아니다. 분명 범행 시각에 내가 집을 드나드는 모습과 범행 현장의 모습을 사진으로 찍었을 것이다. 그런 증거와 함께 신고하면 종료다. 아니, 그렇지 않다. 나는 내게 의심의 눈초리가 쏠렸을 때를 대비해 알리바이를 만들었다. F는 거기까지 파악하고 있었을까? 아마 그럴 것이다. F는 유서 내용도 토씨 하나 틀리지 않고 정확하게 파악하고 있었다. 그것은 현장에 가보지 않으면 알아낼 수 없는 사실이다. 그렇다면 현장에 간 F는 유서뿐만 아니라 하토리의 시체와 녀석의 스마트폰도 볼 수 있었을 것이다. 나와 주고받은 메시지를 보면 내가 알리바이를 만들려고 했다는 사실을 단번에 알 수 있다. 즉 카페에서 시간을 때운 후에 하토리의 집으로 가서 그의 스마트폰과 열쇠를 되돌려 놓았을 때다. 내가 마지막으로 시체밖에 없는 집 안을 향해 인사했을 때 어딘가에서 그것을 관찰하던 F가 내 모습이 보이지 않게 된 직후에 그 집으로 갔다. 그랬더니 하토리가 죽어 있었다. 시반이 퍼지고 경직이 시작된 것으로 보아 조금 전에 죽은 것이 아님을 알아차렸다.

아니, 잠깐만. 뭔가 이상하다. 만약 F가 하토리의 시체를 보고 바로 신고했다면 내가 그를 살해했다는 것을 증명할 수 있었다. 왜냐하면 시체는 이미 경직되기 시작했고, 부검하면 사망 추정 시각도 손쉽게 밝혀냈을 테니까. 그 시점에 나를 하루 종일 감시했던 F가 경찰에 사진 몇 장을 증거로 제출. 그렇게 되면 하토리가 사망했을 시간대에 그 집에 드나든 나는 곧바로 아웃이다. 내가 그 상황에서 무죄를 주장해도 몇 시간 전에 죽어 경직된 하토리가 있는 집에서 태연하게 나온 이유는 아무리 생각해도 설명할 수가 없다.

아아, 이게 무슨 꼴이란 말인가. 나는 F를 잘못 보고 있었다. 정체를 밝혀내겠다니, 주제넘은 짓이었다. 나는 나도 모르는 사이에 단두대에 올라와 있었다. 더 정확히는 이미 한참 전에 끌려 올라와서 지금 막 목이 고정된 상태. 그리고 F는 날카롭게 벼린 칼에 이어진 끈을 잡고 언제든 놓을 수 있다는 듯이 나를 보고 있다.

"생살여탈권은 나에게 있다. 그냥 경찰에 넘기면 재미없지. 마지막으로 딱 한 번 기회를 주마. 내 정체를 밝혀봐라."

F가 그렇게 말하는 것 같았다. 그리고 녀석은 내가 이렇게 추측할 것마저 예측하고 분명 어딘가에서 희희낙락하고 있을 것이다. 나는 이미 몇 번이나 녀석의 손바닥 위에서 놀아났을

뿐이다.

　침대에 드러눕는데 몸이 납덩이처럼 무거워지는 느낌이 들었다. 지금까지 살아온 인생 중 가장 깊은 절망으로 떨어졌다. 나는 죽음이라는 금기를 입맛대로 조종할 수 있는 선택받은 인간이다. 부모를 살해한 그날부터 줄곧 그렇게 믿었다. 하지만 실상은 달랐다. 오랜 세월 착각했을 뿐이었다. 나는 누군가의 계획 위에 실험 대상이 된 한 마리의 생쥐다. 언제든 죽일 수 있지만, 죽 끓듯 하는 F의 변덕에 살아 있을 뿐이다.

　이 상황을 어디선가 본 적이 있는 것 같다.

　아, 맞다. 나쓰메 아재다. 정신적인 죽음은 이런 기분일까. 차곡차곡 쌓아 올린 모든 것이 무너질 수 있다는 공포감. 몸은 건강한데 살아갈 기력이 깎여나가 움직일 수가 없다. 비교적 순조로웠다고 생각한 인생. 과거의 이야기지만 겉으로 보기에는 천재 편집자로서 실적을 남겼다. 사랑하는 아내와 아들도 있다. 뒤로는 여러 사람의 목숨을 빼앗아 욕구를 충족했다. 행복과 절대적인 우월감으로 가득했던 인생. 나는 이제 침대에서 일어날 기력조차 없었다.

¶

내가 보기에 다치바나 씨는 모르는 눈치야.

　그렇구나. 굉장한 우연이 일어났다고 생각했다.

역시 그 사람을 만나서 다행이다.

그럼 그날, 서프라이즈로 알려주자.

어떤 식으로 하는 게 좋을까.

뭐가 좋을까…. 아, 바로 그거다.

남은 것 중에 당시 상황을 알 수 있는 게 없을까? 이를테면 원고 같은.

20분 정도 지났을 때 답장이 왔다.

찾아보니까 있네. 다치바나 씨가 모르는 에피소드를 포함해 모든 이야기를 쓴 원고야. 이걸 선물하자.

대박이네. 완벽해.

어떤 반응일지 기대된다.

그럼 유카, 잘 준비해 줘.

내 즐거움이 또 하나 늘었다.

¶

해가 중천에 떠도 일어나지 않는 나를 보다 못해 마유가 한마디 하러 왔다.

"괜찮아…? 푸우가 공원 가고 싶다는데. 내가 다녀올까?"

"아, 오늘 토요일이구나."

소중한 아들과의 루틴마저 잊었던 모양이다.

"무슨 소리야. 오늘 일요일이거든."

"뭐?"

나는 스마트폰을 확인했다. 분명히 일요일이었다. 꼬박 하루 동안 잤다는 사실을 깨달았다.

"정말이네. 너무 많이 잤는걸."

"무슨 일이 있었는지 모르겠지만, 몸 좀 챙겨."

"고마워."

계속되던 루틴이 무너지니 다시는 새로 시작할 수 없을 것 같은 기분이 들었다. 기분 전환 삼아서라도 가볼까 하는 생각에 느릿느릿 몸을 일으켰다. 평소보다 무겁게 느껴지는 몸을 꾸역꾸역 움직여 나갈 채비를 하고 아들과 함께 집을 나섰다. 차가운 바람을 느끼면서 늘 가던 공원으로 향하던 도중 문득 생각이 났다.

F는 나를 어디까지 알고 있을까.

작은 손으로 내 오른손을 꼭 쥐고 기분 좋아 보이는 얼굴로 터벅터벅 걷는 이 순진무구한 보물도 알고 있을까. 분명 알고 있을 것이다. 내 생각을 모두 읽고 있는 녀석이다. 속죄인지 죄책감 때문이었는지 모르겠지만, 그날은 캐치볼을 하고 놀이기구를 타고 놀면서 평소보다 더 '평범한 아빠'로서 보냈다. 아들은 어리둥절해 보였지만 이내 즐겁게 놀았다.

아아, 미안하구나.

이렇게 놀아줄 수 있는 것도 앞으로 얼마 안 남았을지 몰라.

네게는 죄가 없다.

평범한 아빠가 아니어서 미안하다.

하지만, 제발 부탁이다.

훌륭하게 자라다오.

그게 내 가장 큰 꿈이란다.

"어서 와."

나를 반겨주는 마유의 목소리를 들으며 귀가했다. 오늘은 신발이 별로 더러워지지 않았기 때문에 현관에 두고 아들과 함께 씻으러 들어갔다. 욕조에 몸을 담근 채 자그마한 장난감을 가지고 재미있게 노는 아들을 바라보며 앞으로 어떻게 해야 할지 생각했다. 유카, 알리바이, F, 하토리, 카페인…. 여러 단어가 머릿속을 맴돌았다. 그때였다. 안개가 잔뜩 낀 머릿속에 한 줄기 빛이 비쳤다. 아무리 생각해도 알아차리지 못했던 맹점. 그래,

그럴 가능성이 있었잖아.

왜 나는 하토리가 죽었다고 철석같이 믿었을까?

땅속 깊은 곳까지 파고들던 사고를 지상으로 다시 가져왔다. 그것을 더 위로 끌어올리는 이미지로 전체상을 떠올려 본다. 위에서 내려다보니 보이기 시작하는 지금까지 생각지 못했던 가능성.

절망으로 녹초가 돼 있던 내 안에 활력이 돌아왔다.

그날 나는 하토리의 시체에 될 수 있는 한 지문이나 외상을 남기지 않기 위해 범행 후 맥박을 짚어 확인하는 과정을 거치지 않았다. 계획은 완벽했다. 누가 봐도 사망했다고 확신할 상태였기 때문이다. 하지만 호흡이 멎었다고 생각한 하토리의 몸은 내가 보는 동안만 숨을 멈췄던 것일 가능성도 있다. 하토리가 카페인이 섞인 사실을 어느 시점에 알아차렸는지는 모르겠다. 다만 녀석은 내가 그런 것처럼 미스터리 작품에 조예가 깊고, 자살을 기도한 경험도 있다. 급성 카페인 중독이 대략 30분에서 45분 만에 절정에 도달한다는 사실을 알고 있었을 것이다. 그리고 가루를 낸 알약은 약간 쓴맛이 난다. 한 번이라도 과다 복용한 적이 있다면 먹었을 때 카페인이라는 걸 알아차렸을 가능성이 있다. 하지만 체중이 50킬로그램 정도인 하토리가 그 정도 양을 섭취한다면 사망할 것이 분명하다. 어떻게 살아남았을까? 사전에 우유를 마셔 위를 보호했다고 해도 어차피 시간 차이만 있을 뿐, 죽는다는 사실에는 변함이 없다. 구토도

하지 않았으니 모두 녀석의 몸에 흡수됐을 것이다.

잠깐. 하토리를 의자에서 내려 방 안에 눕혔을 때. 그때 녀석이 죽은 척을 하고 있었다면? 집을 나와 카페로 가는 동안 녀석이 화장실에서 전부 게워 냈다면. 하토리는 카페인을 먹고 나서 정확히 30분 후에 괴로움을 호소하기 시작했지만, 과거에 과다 복용한 탓에 내성이 생겼거나 사전에 우유를 대량으로 마셨다면 최대 혈중 농도에 도달하기까지 걸리는 시간은 45분 이상일 수도 있다.

불과 15분 정도의 시간차. 알리바이를 만드는 몇 분 동안 하토리가 살아 있었을 가능성은 제로가 아니다. 내가 돌아올 때까지 얼굴에 시반 화장을 하고 숨을 멈춘 채 손끝에 힘을 주어 호흡을 참는다면, 녀석은 일시적으로 시체가 될 수 있다.

그렇다면 하토리는 내가 카페에 있다는 걸 어떻게 알았을까. 어떻게 책을 읽고 있다는 걸 알았을까. 카페 안에 하토리를 포함해 내가 아는 사람의 모습은 보이지 않았다. 게다가 어느 정도의 카페인이 몸에 흡수되면 죽음에 이르지는 않더라도 현기증이나 환각, 경련, 과호흡 등 틀림없이 몸에 이상이 생긴다. 빈사 상태인 녀석에게 그런 일이 일어날 수 있을까?

설마. 나는 또다시 맹점을 발견했다.

다만 그 가능성은 발견하고 싶지 않았다.

이 게임이 더 어려워질 뿐이기 때문이다.

하지만 떠오른 가능성은 서서히 확신에 가까워졌다.

F는 한 명이 아니다. 협력자가 있다.

이로써 모든 것이 이해됐다. 한 명이라고 확신했기 때문에 결정적인 증거를 찾을 수 없었던 것이다.

이렇게 되면 주변 관계자들을 의심할 수밖에 없다. 하토리와 만나기 전후로 내가 주로 접촉했던 인물 중 수상한 사람은 모두 네 명.

오노데라 유카, 오노데라의 모친, 미사, 하토리.

F는 반드시 이 안에 있다.

월요일.

나는 평소처럼 1시간 20분 걸려 회사에 출근했다. 오늘은 평소보다 일찍 출근했다. 유카는 컨디션이 좋지 않아 오늘도 쉬는 모양이다. 예상대로 출근하지 않았다. 이제 그녀가 내 눈앞에 나타나는 일은 없지 않을까. 눈을 감고 심호흡을 한 번 크게 한 다음, 머릿속으로 생각을 정리했다.

용의자는 네 명. 각각 어떤 관계인지는 제쳐두고, 그 원고를 본 적이 있는 사람은 유카뿐이다. 유카는 틀림없을 것이다.

나머지 세 명.

미사는 유카의 절친이지만, 나를 해칠 이유가 짐작 가지 않는다. SNS를 보니 내가 범행을 실행한 날, 미사는 자신이 앰배서더로 활동하는 화장품 회사에서 주최하는 이벤트를 하루 종일 진행했었다. 회사 홈페이지에도 공지 사항이 올라와 있었으니 틀림없다. 미사에게는 알리바이가 있다. 연기력 측면에서는 뛰어나다고 생각하지만, 나는 그 방송 사고로 보여준 그녀의 진짜 모습을 알고 있다. 미사가 F라고는 생각할 수 없었다.

아니, 또 모른다.

…정말 그럴까? 뭔가가 걸린다.

처음부터 다시 생각해 보니 '드러나지 않은 얼굴'이라는 단어가 머릿속에서 떠올랐다. 여러 각도에서 가능성을 검토해 보자 뭔가가 보이기 시작했다.

오호라, 그렇군.

미사에게 느꼈던 위화감의 정체.

우선 미사는 나와 비슷한 생각을 가지고 있다. 그녀의 말을 빌리자면, 외모는 소통력이고, 살면서 외모가 좋아서 손해 볼 일은 없다. 이것은 나와 미사가 살다 보니 어쩌다 같은 생각에 이르렀다는 단순한 우연일까? 아니면 비슷한 생각을 하게 된 요인이 있었을까? 이를테면 나에 대해 속속들이 조사했다…든가. 미사가 오랜 세월 팬들에게 보였던 얼굴이 '드러낸 얼굴'이고, 방송 사고로 보였던 얼굴이 '드러나지 않은 얼굴'이다. 나는 그녀에게 그것 말고 또 다른 면은 없다고 믿었다. 하지만 실제로는 어떨까? 미사가 지금까지 노력해서 모은 2백만 명이 넘는 팬. 그만큼 많은 비난을 받을 리스크가 있음에도 불구하고 오직 나를 함정에 빠뜨리기 위해 그런 방송을 했다…. 사업가적인 안목을 갖춘 미사라면 불가능한 이야기는 아닌 것 같다. 다만 그 동기를 모르겠다. 뭔가 중대한 것에서 눈을 돌리게 하기 위해 방송을 끄는 것을 잊고 소동을 일으켜 나를 곤경에 빠뜨렸다. 그 방송은 하토리에게서 세 번째 원고가 배달된 시기와 겹친다. 우연히 그 타이밍에 지금까지 한 번도 방송 사고를 낸 적 없던 미사가 소동을 일으켰다. 그런 일이 있을 수 있을까? 게다가 미사를 내게 연결해 준 건 유카다. 아직 허술하지만, 정리하면 앞뒤가 맞을 것 같다. 게다가 시반으로 보이는 화장. 미사라면 식은 죽 먹기겠지.

나머지 두 명.

일단 미사일 가능성을 지우고, F를 '유카와 누군가'라는 조합으로 생각해 보자.

하토리는 어떨까. 유카와 공모했다고 생각할 경우 가장 맞아떨어지는 인물이 녀석이다. 모든 상황을 아는 유카가 주모자고 계획을 세웠다. 하토리는 자기 몸을 바쳤지만 구사일생으로 살아남았다. 하지만 그렇게 생각하면 유카가 뒤에서 모든 것을 조종했고, 하토리는 자기가 희생양이 된다는 사실을 몰랐을 가능성도 있다. 하토리가 카페인을 단숨에 마시지 않고 절반 정도만 마신 뒤 연기를 해도 되지 않았을까.

그리고 녀석의 스마트폰. 객관적으로 생각하면 너무 부자연스럽지 않은가. 요즘 세상에 비밀번호 설정을 하지 않는 것도 모자라 지인이 한 명밖에 없는 사람이 있을까? 애초에 메시지 어플은 나와 연락하기 위한 수단으로만 사용하는 상태였다. 왜 새삼스레 사용하지 않던 어플을 시작했을까? 그냥 하던 대로 메일을 주고받는 방법이 더 자연스럽지 않았을까. 젠장. 어째서 나는 이런 간단한 것도 눈치채지 못했을까.

아니, 잠깐만. 설령 그렇다고 해도 경찰이 나와 유카를 찾아온 이유가 설명되지 않는다. 내 이야기를 들으러 왔을 때 그들은 분명 "자살한 걸로 보인다"라고 말했다. 그 수법이 무엇이든 간에 하토리가 죽은 사실은 틀림없을 것이다.

…아니, 그렇지 않다. 그건 경찰관이라고 신분을 밝힌 두 사람이 '진짜'였을 경우다. 나를 속이기 위해 배우 알바를 고용해 연기했을지도 모른다. 경찰수첩도 잠깐밖에 보이지 않았고, 일반인인 내가 확인하겠다고 하는 건 부자연스럽다. 그 두 사람의 얼굴과 이름을 똑똑히 기억하지 못하는 내가 원망스러웠다. 속편인 제4장 원고가 배달된 것은 그로부터 일주일 후였다.

이게 대체 무슨 일이란 말인가. 모든 것이 F의 계획대로였던 것인가.

만에 하나 F가 유카와 하토리였다면 나뿐만 아니라 가족도 위험하다. 하토리는 살아 있다. 그것도 내 움직임을 가까이에서 파악할 수 있는 유카라는 브레인의 지시를 받으면서. 유카는 제4장 원고가 올 때까지는 평소처럼 생활했다. 업무에 대한 의견도 나누었고, 특별히 이상한 점은 없었다. 하지만 홀연히 모습을 감췄다….

심장 고동이 빨라진다. 잠깐. 그렇다면 두 사람은 지금 어디에 있는 거야?

메신저 어플의 연락처를 열고 서둘러 마유의 이름을 찾았다. 제발. 받아. 하지만 몇 번의 신호가 가도 기계음만 울릴 뿐 마유의 밝은 목소리는 돌아오지 않았다. 시각은 이제 9시 30분이었다. 내가 집을 나설 때 마유는 잠옷 차림으로 거실에서 커피를 마시고 있었다. 자고 있을 리가 없다. 나는 황급히 자리에서 일어나 사무실을 뛰쳐나온 뒤, 출근할 때 지나왔던 길을 달려 집으로 돌아갔다. 제발. 무사하기만 해줘. 죽으면 안 돼. 역에 도착해서도 전화를 걸었지만, 귓가에는 공허한 전자음만 계속 울릴 뿐이었다. 흔들리는 전철 안에서 수없이 메시지를 보내 봐도 도무지 읽음 표시가 뜨지 않았다. 그 상태로 집 근처 도코로자와 역에 도착한 순간, 다급하게 택시를 잡아탔다.

뭉그적대는 운전사를 향한 짜증을 감추지 못하고 무심결에 목소리를 높이고 말았다. 괜찮아, 괜찮을 거야. 아무 일도 일어나지 않았어. 그렇게 기도하듯 스스로에게 되뇌며 초조한 마음을 진정시켰다. 아들은 아무 일 없이 학교에 갔다. 그래. 분명 그럴 거다. 괜찮다. 두 사람은 무사하다.

집이 보이기 시작한 순간, 잔돈은 필요 없다고 말하며 2만 엔을 건넸다. 떨리는 손으로 서둘러 현관문을 열었다. 찰칵하는 감각이 전해짐과 동시에 외쳤다.

"마유!"

그러자 거실 테이블에 엎드려 있던 마유가 갑자기 돌아온 나를 향해 놀랐다는 듯이 말했다.

"무슨 일이야? 회사는?"

"사정이 있어서 조퇴했어."

"…그랬구나."

"갑자기 미안해. 잠깐 이야기 좀 할 수 있어?"

마유는 열은 없는 것 같았지만 몸이 안 좋은지 쉬고 있었던 모양이다. 스마트폰은 침실에서 충전하고 있어서 전화가 왔는지 몰랐던 것 같다.

아, 아무 일도 없었다. 아들도 무사히 학교에 간 모양이다. 정말 다행이다. 일단 안심이다.

현관문을 걸어 잠근 뒤 한숨 돌리며 앉았다.

"마유. 전에도 말했지만 요즘 이상한 사람이 나를 따라다니고 있어. 누가 와도 집에 들이지 마. 특히 머리가 단발인 20대 여자. 눈이 똘망똘망하고 체구가 작아. 그리고 40대로 보이는 얼굴에 화상 자국이 있는 남자도."

이름을 밝히는 것이 좋을까 생각했지만, 아직 확신할 수 없는 상황에서 밝히기에는 리스크가 컸다.

"알았어. 난 당신이랑 한 약속은 지키니까 안심해. 그런 이상한 사람은 온 적 없어."

나는 가슴을 쓸어내리고 회사에 오늘은 사정이 생겨서 휴가를 내겠다고 전화했다. 일을 하고 있을 상황이 아니다. 어서 진상을 밝혀내야 한다.

아직 용의자가 남아 있다.

나머지 한 명.

경계 태세에 들어간 내게 처음으로 접근한, 현재 가장 의심스러운 인물의 가족. 유카의 모친이다. 그녀를 의심하지 않을 이유가 없었다. 다만 다른 후보와 비교해 압도적으로 정보가 적었다. 고작 딱 한 번 만났을 뿐이다. 비밀리에 유카나 하토리와 이어져 있다고 하더라도 그것은 가설은커녕 공상의 영역이 되어버린다. 그래도 그 잠깐의 만남에서 의심해야 할 점이 몇 가지 있었다. 먼저 그 다리다. 지팡이를 짚고, 탁탁하는 소리와 함께 천천히 이동하는 그녀의 모습. 극도로 경계하던 시기라 속임수일 가능성도 의심했다. 영화나 소설에서도 진범이 다리가 안 좋은 척했다는 트릭이 자주 사용된다. 그런데 이것은 다른 시각으로도 볼 수 있다. 지팡이라는 강렬한 임팩트 뒤에 숨어 그 밖에 다른 것에서 주의를 돌린다는 것이다. 유카의 모친이 지팡이를 짚어 가면서까지 맹점으로 만들고 싶었던 것. 물론 추측이지만, 그것은 하나밖에 없다.

그녀는 정말 유카의 모친이었을까? 그녀는 돌아가면서 유카가 오지랖 부린다고 펄펄 뛸 테니 말하지 말아달라고 했다. 그리고 나는 그 말대로 유카에게 이 일을 알리지 않았다. 시골에서 올라와 지극정성으로 딸을 생각하는 모친의 마음을 헤아려 주고 싶은 것도 있었지만, 다른 일에 정신을 빼앗겨 그런 데 신경을 쓸 여유가 없었던 이유도 있다. 대전제인 모녀지간이라는 관계를 의심하지 못하고 더 나아가 초로의 모친이 범인일 리가 없겠지, 하는 편견을 역이용당했을 가능성이 있다.

그것 말고도 여러 가능성을 찾았지만 모두 결정적인 증거가 없었다. 모든 가능성을 대충 시뮬레이션해 봤지만, 어떤 것도 확신에 이르지는 못했다. 내 힘으로는 절대 도달할 수 없게 계획된 걸까? 그런 게 가능한가? 아니다, 그럴 리가 없다. 그 정도로 뛰어난 인간이 있다니, 나는 이 지경에 이르러서도 믿을 수가 없었다.

생각해 내라. 나는 이상한 전제 조건에 사로잡혀 있는 걸까.

맹점이 어디냐. 찾아내라.

하토리에게 메일을 보내고 나서 지금에 이르기까지 내 모든 행동을 돌이켜봤다. 방에서 한 발짝도 움직이지 않고 꼬박 네 시간이 지났을 무렵. 스마트폰을 꺼내 머릿속에 떠오른 하나의 단어를 검색창에 입력했다. 검색 결과에 표시된, 머릿속에서 그리던 것과 똑같은 이름으로 나타난 SNS 계정을 선택해 올라온 게시물을 조금 거슬러 올라갔다. 그리고 원하던 사진을 발견했다. 나는 그 사진을 확대해 가만히 바라봤다.

뭐야. 그런 거였나.

나는 터무니없는 착각을 하고 있었을 뿐이었다.

하지만 당했다. 이것은 내 패배다.

바로 다음 순간, 내가 진상을 깨닫기를 기다렸다는 듯이 몇 번인가 스마트폰이 울렸고, 화면에 떠오른 메시지 하나가 눈에 들어왔다.

선배님, 내일 저녁에 시간 있으세요?

보낸 사람은 유카였다.
드디어 때가 왔나. 그렇게 마음속으로 중얼거리고는 글자를 몇 자 적어 회신했다.
스마트폰을 책상 위에 올려두고 눈을 감았다.
그대로 크게 심호흡하고 앞으로 일어날 일을 곰곰이 생각해 보았다.
나를 죽여줘서 고마워.
뒷일을 잘 부탁해.
이 계획은 나의 승리다.

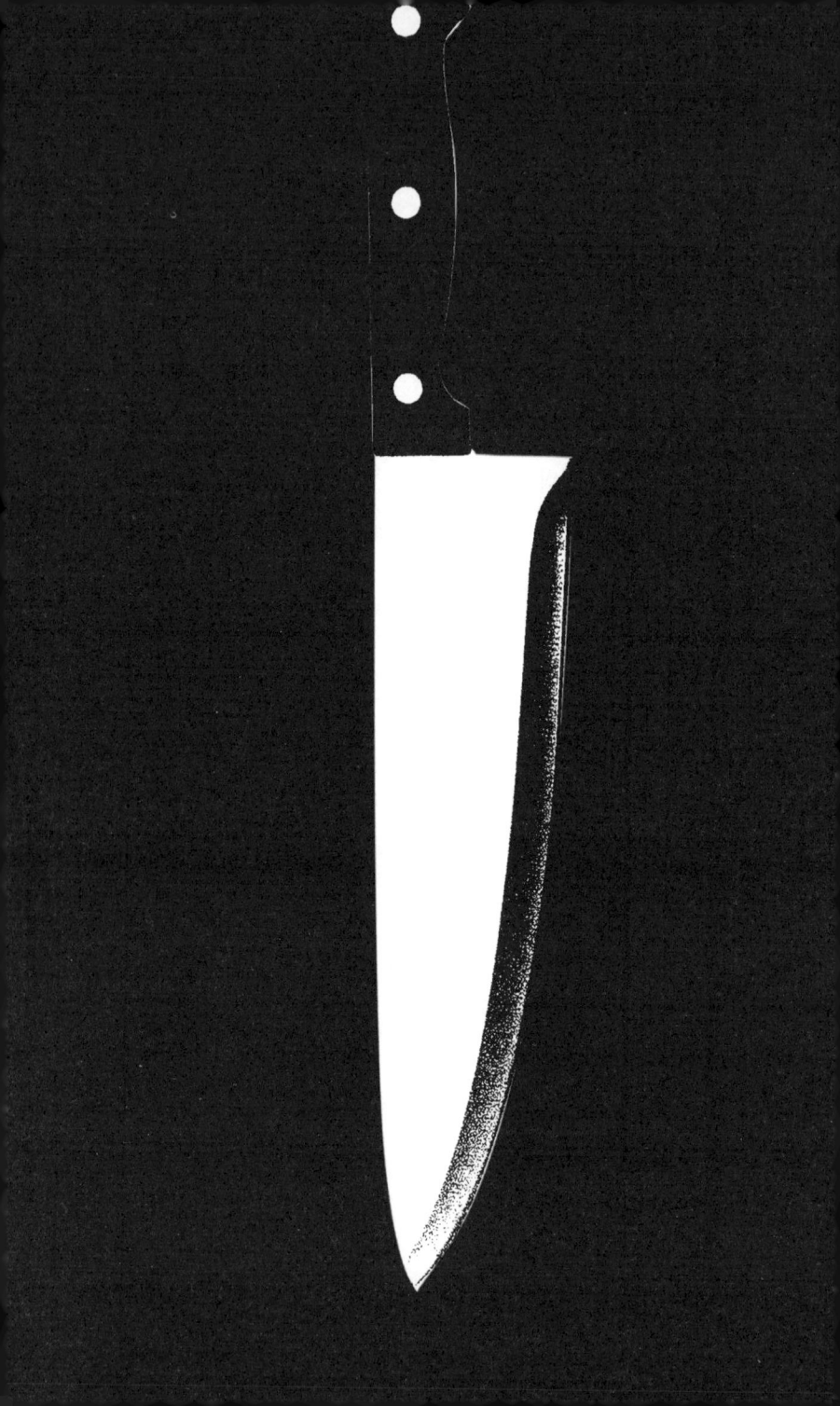

죽여줘서 고마워

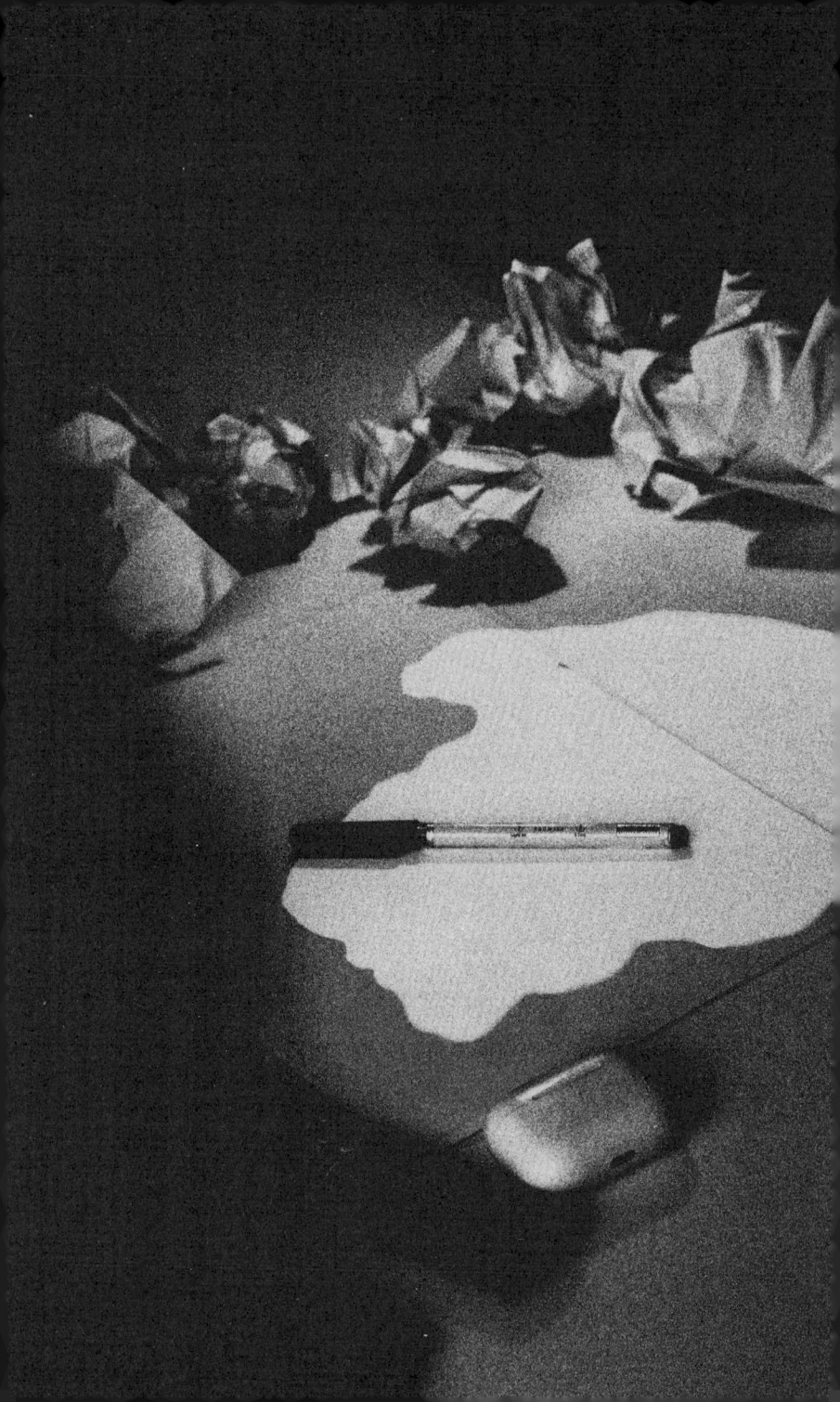

"폐를 끼쳐서 죄송합니다…! 오늘부터 열심히 하겠습니다."
유카는 출근한 나를 보자마자 허둥대며 말했다.
"몸이 아픈데 어쩌겠어. 추워지기도 했고."
"정말 죄송해요. 저녁에 즐거운 시간이 준비돼 있으니까 더 열심히 할게요!"
"그래. 멋진 기획해 줘서 고마워."
입사한 지 17년. 지금까지 많은 일이 있었다. 이제 편집 일을 할 수 없다고 생각하니 역시 마음이 아프다. 마유와 아들과 살 수 없게 된다고 생각하니 쓸쓸한 마음을 주체할 수 없다. 하지만 그것도 어쩔 수 없다. 오랜 세월 동안 쌓아 올린 내 계획을 마지막 장으로 이끌어야 한다. 오늘은 내가 이 사회에서 살 수 있는 마지막 날이다. 마지막 정도는 마음껏 즐기게 해다오.

내가 편집자로서 지낸 마지막 하루는 놀라울 정도로 담백하게 끝났다. 더 이상 회사에 올 수 없게 된다는 사실을 아무도 모르니 당연한 일인가. 사무실을 나서니 한층 더 싸늘해진 바람이 외투를 관통한다. 나는 한 걸음 앞에서 신이 난 듯 걸어가는 유카를 따라 평소와 다른 길을 걸었다. 오늘 출근하기 전, 나는 방송용 스마트폰을 처분했다. 물론 방송용 계정과 지금까지 올렸던 음성, SNS에 올리기 위해 예약해 놓았던 영상도 모두 삭제했다. 한쪽 손에 스마트폰을 들고 앞서가던 유카가 두리번거리기를 몇 분.

"선배님, 저쪽이에요."

유카가 가리킨 방향을 바라보니 상가 건물이 있었다. 그 1층, 통유리에 제법 세련된 분위기가 나는 가게가 아무래도 오늘의 무대인 모양이다. 이곳에서 하는 식사가 '최후의 만찬'인 듯하다. 밖에서는 손님들로 북적이는 카운터 자리가 보인다. 이탈리아 국기가 차가운 바람에 나부꼈다.

오랜만의 외식이라는 생각이 들었다. 우리는 밖에서는 보이지 않았던 가장 안쪽의 넓은 테이블 자리로 안내받았다. 3인용 의자와 큰 소파가 테이블을 사이에 두고 마주 보고 있다.

"잠시만 기다려 주세요. 금방 올 거예요."

유카가 그렇게 말하고 2분 정도 지났을 무렵. 모자와 마스크를 쓰고, 밤인데도 불구하고 선글라스를 낀 낯익은 인물이 들어왔다.

"미안 유카, 오래 기다렸지."

그녀는 유카를 힐끗 보고 말했다.

"편집자님, 안녕하세요."

미사는 한숨 돌리듯 말하며 유카의 옆에 앉았다. 지난 몇 달 동안 여러 번 봐온 예쁘게 정돈된 얼굴.

"…그럼, 이제부터 오노데라 유카 기획! 미사의 책 발매를 기념하는 쫑파티를 개최하겠습니다!"

유카는 한참 전부터 준비해 왔다고 주장하는 듯한 기세로 목청 높여 말했다.

"이런, 마실 게 아직 안 나왔네요. 일단 주문부터 할까요? 선배님은 뭐 드실래요?"

"그럼, 맥주로."

"유카, 나도 맥주."

"그럼 나도 같은 걸로 해야지. 주문할게요!"

아무래도 오늘 모임은 미사의 책 발매 뒤풀이인 듯하다. 사전에 아무 이야기도 듣지 못했던 나는 깜짝 파티의 주인공이 되는 것도 나쁘지 않다고 느꼈다.

"갑작스러운 초대였는데, 편집자님도 와주셔서 정말 기뻐요."

미사가 웃는 얼굴로 말했다.

"무슨 말씀을, 저야말로 불러주셔서 고맙습니다. 다시 한번 출판하시느라 수고하셨습니다. 한때는 어떻게 되나 싶었는데, 반응도 엄청나고 보람 있는 일이었습니다. 담당하게 돼서 정말 고마웠습니다."

"그땐 죄송했어요…. 편집자님 제안이 없었다면 여러모로 막

막했을 거예요. 저야말로 다시 한번 감사하다는 말씀을 드리고 싶어요. 유카도 도와줘서 고마워."

미사는 깊이 머리를 숙이며 말했다.

"…왠지 눈물 날 것 같아."

"이제 시작이야! 울지 마, 유카!"

며칠 전이었다면 생각할 수 없을 평화롭고 훈훈한 광경이 눈앞에 펼쳐졌다. 미사와 유카의 추억담을 이야기하고, 인터넷에서 발견한 미사 책의 리뷰를 읽는 등 한동안 즐거운 시간이 이어졌다. 음식도 모두 맛있어서 유카는 가게를 고르는 센스도 있구나, 하고 감탄했다. 한 시간 반가량 지났을 때, 미사가 화장실을 가기 위해 자리를 비웠다.

"그런데 선배님."

유카가 묘한 표정으로 말했다.

"하토리 씨에 대해 이야기할 수 있을까요? 전 그분이 왜 자살했는지 도무지 모르겠어요."

마침내 왔군. 나는 말없이 고개를 끄덕였다.

"괜한 말을 꺼내는 건 아닌지 고민됐지만… 도무지 후련해지질 않아서 오늘은 터놓고 이야기하고 싶어요. 술은 좀 마셨지만요."

"나도 그래. 충격적인 일이다 보니 마음의 정리가 되지 않아서 말하지 못하고 있었어. 미안해. 그런데 나도 그 사람이 왜 그런 선택을 했는지 모르겠어. 자네 마음이 후련해지지 않는 것도 당연해. 한 가지 말할 수 있는 건, 자살하기로 작정한 사람은 막을 수 없다는 거야."

나는 유카를 타이르듯이 말했다.

"막을 수 없다고요?"

"그래. 나는 누군가의 자살을 막는다는 건 결국 말리고 싶은 쪽의 자기만족일 뿐이라고 생각해. 매정하게 들릴지도 모르지만, 잘 생각해 봐."

"…아직 감이 안 와요."

유카는 눈치채지 못했다. 이 자리에서는 무난하게 이야기를 마무리해야 한다.

"먼저, 죽는 것이 잘못됐다는 가치관이 옳은지 의문을 가지는 게 좋아. 왜냐하면 죽는 사람은 앞으로 살아가기를 포기하면서까지 죽음을 선택했기 때문이야."

"듣고 보면 그렇긴 한데…."

"그래. 죽지 마세요, 살다 보면 좋은 일이 생길 거예요, 같은 말을 한 사람은 자신이 옳은 일을 했다고 마음 깊이 믿고 있어. 하지만 그들에게 '왜 자살하면 안 되죠?'라고 물어보면 만족할 만한 대답이 돌아오지 않아. 생명을 소중하게 생각해야 한다, 만날 수 없게 되는 게 슬프다, 하는 감정론에 의지한 반론밖에 못 하지. 그도 그럴 게 지금까지 큰 풍파를 겪지 않고 살아온 사람은 자살하고 싶을 정도로 힘들어하는 이의 마음을 이해하지 못하기 때문이야."

"왜 자살하면 안 되느냐…. 확실히 제대로 설명하지 못할 수도 있어요. 그럼 그렇게 즐거워 보였던 하토리 씨도 사실은 자살할 정도로 힘들었다는 걸까요?"

"그렇겠지. 나도 알아차리지 못해서 정말 안타까워."

이 정도로 깔끔하게 거짓말을 할 수 있다니, 스스로에게 감탄했다.

"사람이 그렇게 쉽게 사라질 수 있다니, 정말 놀라워요."

"사람은 쉽게 사라지는 법이야."

나는 톤을 낮춰서 말한 후 가벼운 어투로 물었다.

"자네는 지금까지 자살하고 싶다든가 죽는 게 낫겠다고 생각해 본 적 없어?"

"아…. 심각하게 생각한 적은 한 번도 없어요. 비교적 긍정적인 편이라서요."

"그럴 줄 알았어. 이건 좀 다른 이야긴데, 난 현세에도 삼도천이 있다고 생각해."

"삼도천이요?"

"그래. 죽기를 바라는 사람과 살기를 바라는 사람을 가르는 강. 그곳에서는 죽기를 바라는 사람이 보는 경치가 살기를 바라는 쪽 사람에게 절대 보이지 않아. 그리고 일단 건너가면 어떤 목소리도 닿지 않지. 즉 죽지 마세요, 그래도 살아봐라, 하는 말은 공염불로밖에 안 들려. 죽고 싶어 하는 사람은 결국 죽음을 선택해. 그게 가장 적합한 답이라고 믿고."

"그렇군요. 그런 생각도 이해는 돼요. 하지만 그걸 전제로 하고 들어주세요. 어떻게 하면 자살을 막을 수 있을까요? 전 그래도 막아야 한다고 생각하거든요."

"그럼, 예를 들어 볼게. 자네는 '초등학교 3학년 남자아이가 개학 날까지 여름방학 숙제를 다 못 끝내서 목을 매 자살했다'라는 말을 들으면 무슨 생각이 들어?"

"예? 왜 그렇게까지…. 그런 일로 죽을 것까지는 없지 않나 싶어요."

"그렇지? 하지만 당사자는 숙제를 제출하지 못하는 '잘못을 저지른 나'가 되는 것 혹은 반 친구들이 지켜보는 앞에서 선생님에게 꾸중을 듣는 것을 견딜 수 없었는지도 몰라. 그래서 어떻게든 그것으로부터 도망치고 싶었어. 그 공포로부터 달아날 수 있는 가장 쉬운 수단이 죽음이었던 거지."

유카는 미간에 주름을 잡으며 들었다.

"선생님에게 죄송하다고 말하고 기한을 늘리거나 친구에게 도움을 받았다면 죽음을 선택할 필요가 없었겠지. 다만 이 '다른 선택'을 할 수 있는 건 우리가 어른이기 때문이야. 지식이나 상식, 인생 경험이 있으니까 그런 해결책에 이를 수 있는 거지. 무슨 말인지 알겠어?"

나는 거의 답을 말한 것과 마찬가지라고 생각했지만, 유카에게 물었다.

"…그 말씀은, 자살을 막으려면 죽음 이외의 해결책을 가르쳐줘야 한다는 건가요?"

"그렇지. 자살을 막는 방법은 그것밖에 없다고 생각해. 다시 말하지만, 자기만족이나 입에 발린 소리를 강요하는 건 죽고 싶어 하는 사람에게 아무런 영향을 주지 못해. 직설적으로 말하자면, 그런 사람은 일단 말리기는 했다는 면죄부를 원하는 것뿐이야. 진심으로 그 사람을 위해 한 말이라고 철석같이 믿고 있겠지만, 결국에는 자기만족이야. 한순간의 깊은 슬픔을 짊어지고 싶지 않을 뿐이지."

"면죄부…. 그렇군요. 지금까지 저도 그런 식으로 사람을 대한 것 같아서 좀 뜨끔하네요…."

"진심으로 죽고 싶었지만 주변 도움으로 생각을 돌린 경험이 없으면 깨닫지 못할 거야. 죽고 싶다고 생각하는 사람의 고민이란 게 대부분은 그렇게 대수롭지 않은 것이기도 하고. 아까 초등학생 예를 들 것도 없이 대부분 얼마든지 해결책이 존재하니까. 경험이 적으니 죽음을 선택할 정도까지 궁지로 몰리는 거야. 책을 읽고 식견을 넓히기만 해도 세상이 달리 보일걸."

"그럴 수도 있겠네요…."

"그리고 자신이 얼마나 좋은 환경에서 살고 있는지 잊고 사는 경우도 많아. 전쟁 없는 현대 일본에서 태어나 배곯을 걱정 없이 매일 따뜻한 이불 속에서 잘 수 있건만, 그런 당연한 사실도 깨닫지 못해. 물론 본인은 자신이 사로잡혀 있는 문제의 해결책을 찾을 기력이 없겠지. 그렇기 때문에 그런 아이들을 진정으로 생각해 주고 챙겨줄 수 있는 건 주위에 있는 어른들이라고 생각해. 이게 내가 생각하는 자살을 막는 방법이야."

"선배님은 자살할 사람은 해도 된다는 위험한 생각을 가진 분일 줄 알았는데, 이야기를 듣고 보니 정말 많은 공부가 됐어요. 고맙습니다."

"아! 화장실에 사람 대박 많아서 죽는 줄 알았어…."

이야기가 끝남과 동시에 미사가 돌아왔다.

"이런, 미사! 그런 일로 죽지 마!"

유카가 미사를 끌어안고는 웃으며 말했다.

"그런데 편집자님. 저요, 책 내기를 정말 잘한 것 같아요."

얼굴이 발개진 미사가 나를 보며 말했다.

"지금까지 평생 외모가 생명이라고 믿고, 예쁜 얼굴과 스타일을 추구하며 살아왔어요. 그런데 책을 쓰면서 깨달았어요. 이대로라면 나는 행복해지지 못하는 게 아닐까 하고요. 왜냐하면 이상적인 외모란 건 앞으로도 계속 바뀔 거잖아요. 물론 지금도 외모는 소통력이라고 생각해요. 외모를 다듬고 가꿔서 자신감이 생기고 사는 데 숨통이 트인 것도 사실이에요. 그런데 그런 생각이 들더라고요. 어느 순간부터 부족한 걸 채워 넣기에 급급한 내가 된 게 아닐까 하는."

"그거 잘됐군요. 전 독자뿐만 아니라 저자 자신도 깨달음을 얻을 수 있는 게 출판이 가진 장점이라고 생각해요. 글을 쓰면 머리가 정리되거든요."

"정말 그런 것 같아요. 하지만 아직 외모가 좋아서 손해 볼 건 없다는 생각에는 변함이 없어요. 앞으로도 이 생각은 변하지 않겠죠. 하지만 그 생각이 도가 지나치면 이번에는 마음이 더러워질 수도 있겠다는 걸 깨달았어요. 얼굴이나 몸은 예쁘게 보여도 마음이 추한 사람은 그것대로 살기 힘들겠구나 하고요. 외모가 좋아서 사람들이 다가오는 만큼 내면 때문에 점점 사람들이 떨어져 나간다는 건 너무 잔혹하잖아요. 앞으로는 출판을 통해 깨달은 마음을 다스리는 방법을 사람들에게 알리고 싶어요. 화장이랑 성형은 돈이 들지만 생각이랑 마음을 예쁘게 다듬는 건 공짜니까요!"

미사는 밝은 얼굴로 웃으며 말했다. 성장한 미사의 모습에 마음이 따뜻해졌다.

"역시 미사는 최고야!"

유카가 다시 미사를 껴안자 테이블이 행복한 베일에 휩싸이는 듯한 기분이 들었다.

"어우, 이제 그만 좀 해. 아, 이제 슬슬 오실 때가 됐는데."

미사가 그렇게 말하자 유카가 황급히 일어섰다.

"정말이네! 난 가게 앞에서 기다리고 있을게."

유카는 죄송합니다, 하고 사람들을 헤치며 입구로 향했다. 두 사람 사이에서만 통하는 이야기일까. 나는 도무지 무슨 말인지 알 수가 없었다. 맥주를 마시며 미사와 함께 SNS에 쏟아지는 책 리뷰를 감상하고 있을 때였다.

탁, 탁.

소란스러운 가게 안에서 귀에 익은 소리가 들려왔다.

그 소리는 점점 다가왔다. 눈앞에 나타난 여자는 정중하게 목례를 하며 말했다.

"다치바나 씨, 안녕하세요. 오노데라 유카의 엄마입니다. 지난번에는 감사했습니다. 오늘은 고집을 부려서 유카한테 불러달라고 했습니다."

그녀는 등을 구부리면서 천천히 이동해 자리에 앉았다. 가게 안 손님은 40대 정도 되는 회사원이 몇 명 있는 정도고, 나머지는 대부분이 미사나 유카와 같은 세대인 여성뿐이다. 그곳에 갑자기 나타난 유카의 모친은 조금 튀어 보였다.

"어머님이랑 유카랑 편집자님이 한자리에 모이다니, 흥미진진한데요."

미사가 웃으며 말했다. 미사는 유카의 모친과도 안면이 있는 모양이었다. 유카의 모친은 품위가 느껴지는 목소리로 말했다.

"실은 미사를 만나는 건 오늘이 두 번째예요. 첫 번째는 유카가 나카야마출판에 입사하기 전이었을 거예요."

"맞아. 내 취업 성공 축하 파티 때야. 집에서도 자주 미사 얘기를 해서 엄마가 한번 보고 싶다고 어찌나 성화던지. 잠깐, 그런데 선배님은 엄마를 어떻게 아세요?"

유카가 시간차를 두고 놀라며 말했다. 사실을 밝혀야 하나 망설이고 있는데, 유카의 모친이 말했다.

"미사 책이 나오기 전에 한번 인사드린 적이 있어."

"대박…. 그랬구나. 선배님, 죄송해요. 우리 엄마가 제 일이라면 물불을 못 가리셔서요."

"멋진 어머님이셔. 부러운걸."

그런 말을 한 순간, 스스로 이건 본심일까? 하는 생각이 들었다.

"유카, 다치바나 씨 같은 분 밑에서 일할 수 있어서 다행이다. 잘생기셨지, 일도 잘 하시지, 게다가 가정적이기까지 한 사람은 정말 드물거든."

유카가 정말 내 이야기를 자주 했다는 생각에 기분이 좋았다.

"엄마도 참! 내가 미주알고주알 다 떠벌리는 것 같잖아. 좀 조용히 해."

"유카랑 어머님은 언제 봐도 개그 콤비 같아서 진짜 재밌어."

"미사도 놀리지 말고."

유카가 쑥스러운 듯이 말했다.

"아, 그렇지. 엄마, 그거 가져왔어?"

"물론이지. 즐거움은 뒤로 미뤄두자꾸나."

본인들은 작은 소리로 속삭였다고 생각할지 모르겠지만, 취기가 돌아서인지 내 귀에까지 들렸다. 일부러 그런 것인지는 모르겠다. 또 뭔가 깜짝 놀랄 일이 있는 걸까.

"그런데 다치바나 씨, 아이는 잘 크나요?"

"네, 쑥쑥 잘 자라고 있습니다."

"…정말 잘 크고 있나요?"

나는 예상과 다른 질문에 멈칫했다.

"네. 왜 그러시죠?"

"그만해, 엄마."

엉겁결에 내가 되묻자 유카는 모친을 힐끗 보더니 또 그 이야기를 할 거냐는 듯 제지하려 했다.

"다치바나 씨와 한번 차분히 이야기해 보고 싶었어. 조금만 이해해 주렴."

유카의 모친은 말리는 딸을 뿌리치며 말했다.

"다치바나 씨, 갑작스러운 질문입니다만, 아이가 왜 범죄자로 자라는지 아시나요?"

이 또한 예상하지 못했던 질문이었다. 하지만 그 주제는 내가 웬만한 사람보다 압도적으로 잘 알고 있다고 자신하는 전문분야였다.

"글쎄요. 일반적으로는 가정환경이 복잡하거나 어릴 때 인지한 '일반적인' 기준이 사회와 괴리가 있는 게 원인이라고 생각합니다. 그 결과 괴롭힘을 당하고 사회와의 접점을 잃어 범행을 저지르는 게 아닐까요."

"역시 훌륭한 답변입니다. 그럴 수도 있을 거예요. 그런데 요즘에는 오히려 부모에게서 사랑받고 자란 아이가 아무렇지 않게 사람을 죽이는 사건이 늘고 있다고 생각하는데, 그에 대해서는 어떻게 생각하시나요?"

"잘 아시는군요."

유카의 모친이 이 주제에 대해 나름대로 깊이 공부했다고 확신했다.

"제 생각에는 반작용으로 그렇게 성장하는 것 같아요. 사랑을 듬뿍 받고 자란 아이는 그만큼 가정에서 억압당하고 있을 가능성이 있습니다. 이를테면 부모가 자식을 생각해서 학원을 많이 보내는 게 오히려 스트레스가 되는 거죠. 부모에게 반항할 수 없으니 쌓아뒀던 울분을 가정 밖에서 해소하는 겁니다. 그게 때로는 범죄에 손을 물들이는 사태로까지 발전하는 게 아닐까요."

"역시 다치바나 씨로군요. 맞는 말씀이라고 생각해요."

유카의 모친은 우등생을 칭찬하는 듯한 눈빛으로 말했다.

"가정교육이 너무 철저한 나머지 거기서 생긴 스트레스가 생판 처음 보는 남을 향하는 수가 있어요. 범죄자를 낳는 배경으로 빈곤이나 한부모가정 등 결핍이 있는 가정환경이 많이 꼽히는데, 실은 그게 다가 아니랍니다. 부유한 가정에서도, 부모가 열의를 가지고 교육을 해도 이런 문제가 생길 가능성이 있으니까요."

"맞는 말씀입니다. 이번엔 제가 질문을 드리겠습니다. 이상적인 부모란 뭐라고 생각하십니까?"

나는 이 사람의 교육론에 갑자기 흥미가 솟았다.

"전 언제든 아이 편을 드는 부모가 이상적이라고 생각해요."

"그러시군요."

그녀의 대답은 적확했다. 세련된 가게와는 어울리지 않는 토론이 펼쳐졌다.

"다들 어느 틈엔가 착각하고 살아요. 왜, 아이의 행복이 부모의 행복이라고 하잖아요? 갓 태어났을 때는 무슨 일이 있어도 아이 편에서 책임지고 키우겠다고 생각하지만, 인생은 길고, 부모도 결국에는 한 명의 인간이에요. 언제부터인가 점점 여유가 사라지기 시작하죠. 그렇게 되면 자신이 행복해지기 위해 아이를 키우려는 부모가 나타나요. 물론 본인들은 그걸 자각하지 못해요. 자신들은 자식을 위해 노력하고 있다고 생각해요. 하지만 바꿔 말하면 그들은 자신들이 생각하는 이상적인 모습으로 성장하는 자식이 정답이고, 조금이라도 길에서 벗어날 것 같으면 그쪽은 안 된다며 그 길을 막아버리죠."

"부모라면 자식이 자신의 이상대로 자라길 소망하는 게 자연스러운 일 아닙니까?"

나는 약간 짓궂은 질문을 해봤다.

"그 이상이라는 것을 대체로 잘못 이해하고 있다는 게 문제예요. 다치바나 씨, 아드님이 장래에 성형하고 싶다고 하면 어떻게 하실 거죠?"

"그러게요…. 일단은 말릴지도 모르겠군요."

미사 앞이었지만 나는 솔직하게 대답했다.

"그 '일단'이 문제라는 거죠. 자식이 뭘 해도 상관없다고는 할 수 없지만, 전 될 수 있는 한 금지하는 것은 줄이고 하고 싶은 걸 할 수 있게 키우는 게 제일이라고 생각해요. 어쨌든 부모는 앞뒤로 꽉 막히면 안 돼요. 성형은 잘 모르니까 안 돼, 그런 취미에 빠지면 장래가 걱정된다, 굳이 혼자 살 필요 있니, 지금 때가 어느 땐데 이런 점수밖에 못 받니…. 많은 부모가 무심결에 하는 말이지만, 정말 그게 그렇게나 잘못된 일일까요? 자신이 걸어보지 않은 길을 모른다고 덮어두고 부정하는 것에 불과하지 않을까요. 다들 자식이 모르는 걸 가르쳐서 키우는 게 교육이라고 생각하지만, 부모도 마찬가지로 자식을 통해 성장해요. 그런데 자식의 욕구나 생각을 제대로 이해하려 하지 않고 자신이 정한 이상에서 멀어진 순간, 마치 적이라도 된 것처럼 대하는 게 정말 자기 자식을 위한 행동일까요."

우리 세 사람은 유카의 모친이 말하는 교육론에 잠자코 귀를 기울였다.

"예를 들어 내가 돈이 없어서 고생했으니 내 자식만큼은 좋은 회사에 들어갔으면 좋겠어, 라고 생각할 수 있어요. 하지만 돈이 손에 들어오면 행복해진다는 생각이 잘못된 것은 아닌지 의심해 볼 필요가 있죠. 어쨌든 부모는 무슨 일이 있더라도 반드시 아이 편이어야 해요. 자식이 선택한 길보다 자신이 선택한 길이 옳다고 믿지 않을 것. 자신이 틀렸을지도 모른다고 의심해 볼 것. 자식을 위한다는 생각에서 한 말이 사실은 자신을 위한 말은 아니었는지 돌이켜볼 것. 자식 농사에 자기 잣대만 옳다고 했다가는 파국이 시작돼요."

이 이야기, 어디선가 들어본 적이 있는 것 같은데 기억이 나지 않는다.

"맞는 말씀입니다. 많은 공부가 됐습니다."

"다치바나 씨는 괜찮을 거라고 생각하지만, 아이를 키울 때는 아이에게 '독 부모'로 보이지 않도록 성심성의껏 대해야만 해요."

"독 부모요?"

"그래요. 학대하지 않고 밥을 굶기지 않으니까 우리 집은 좋은 가정이야. 이건 너무나 당연한 일인데 많은 부모가 우리는 괜찮다고 믿고 있는 것 같아요. 그런데 말이죠, 반대로 아이를 잘 키우자는 마음이 지나치게 강하면 자신이 생각하는 레일 위를 어떻게 달리게 할까에만 눈이 가고, 거기서 벗어난 순간 '난 이렇게 노력하는데 이 아이는…' 하는 생각에 큰 충격을 받죠."

"확실히 상상이 되는군요."

"그렇죠. 그러니 겉으로는 아이를 위해 노력하지만, 실상은 자신을 위해 아이를 키우는 거죠. 그런 보기에만 좋은 독 부모는 되지 않아야겠죠."

"보기에만 좋은 독 부모…."

소리 내어 말해보며 그 아름다우면서도 잔혹한 울림에 마음이 끌리는 것을 느꼈다.

"아이들은 모두 태어날 때부터 순수하고 가능성이 넘치는 보물이에요. 그걸 더럽히거나 잘못된 길로 이끄는 건 부모를 포함한 주위 환경이죠. 악인인 아이는 없으니까요."

그 말에 머릿속에서 뭔가가 튀었다. 귀에 익은 문장이었다.

"'악인인 아이는 없다'라고 하셨나요. 제가 좋아하는 소설의 도입부에도 나오는 말인데, 정말 좋아하는 표현입니다."

"그거 혹시 《성스러운 살인귀에게》인가요?"

"…오노데라 씨! 어떻게 그걸?"

십수 년이 지났어도 잊을 수 없을 정도로 감명받았던 작품. 불행하게도 유명 작가가 도작을 의심해 세상에 나오지 못한 환상 속 소설. 그녀의 이야기를 들으면서 잊고 있던 기억이 단숨에 되살아났다.

"설마…."

"다치바나 씨, 오랜만이에요. 유카의 엄마이자 니시모토 유이입니다."

"이거, 그때 이후로 가필해서 완성한 원고예요."

니시모토 유이가 건네준 두꺼운 원고 다발. 그것을 훑어보면서 나는 놀라움과 흥분을 감출 수 없었다.

그런 나를 보고 유카가 말했다.

"선배님…. 사실은 선배님께서 편집을 맡아 엄마가 책을 내기 직전까지 갔었다는 사실을 최근에야 알게 됐어요. 정말 우연히 내용이 유명 작가인 가라사와 선생님 작품이랑 겹쳐서 무산됐다고 들었어요. 하지만 완성한 원고를 이대로 묻어두기에는 아까워서 미사랑 같이 깜짝선물로 선배님께 드리자고 계획했어요. 이것 좀 봐주세요!"

유카가 그녀의 모친인 니시모토 유이와 미사, 셋이 만든 단체 대화방을 자랑스럽게 보여주었다.

"세상에 정말 이런 기적이 다 있군요."

나는 그렇게 말하며 강한 고양감에 휩싸였다. 사실 이토 부장이 가라사와 선생에게 니시모토 유이의 플롯을 보여줬더니 가라사와가 무척 마음에 들어 해서 그대로 집필에 들어간 것이 사건의 진상이었다고, 당시 날 동정한 동기가 후에 슬쩍 가르쳐줬다. 그리고 이토 부장은 제 몸 지키기에 급급해 날 좌천시켰다고 한다. 솔직히 이 소식을 들었을 때는 모조리 폭로해 버리겠다는 생각이었지만, 증거가 없었다. 그리고 폭로한다면 회사에 내가 있을 곳이 없어진다. 나는 애끓는 심정으로 처분을 받아들였다.

참고로 이토 부장은 건강상의 이유로 퇴직해 현재는 나카야마출판에 없다. 그 이유가 정말 건강 때문이었는지 나로서는 알 길이 없다. 그 후 가라사와 선생도 작풍이 현대에 맞지 않는다는 이유로 전성기보다 간행 작품 수와 부수가 상당히 줄어들었다고 들었다. 신은 정말 모든 걸 보고 있는 걸까.

"다치바나 씨가 읽어주신다면 전 그걸로 충분합니다. 작품도 편히 눈을 감을 테고요."

"고맙습니다. 당시 일 말인데요, 전 가라사와 선생의 담당 편집자가 빼돌린 게 아닌지 의심했는데, 사실은 정말 우연히 니시모토 씨와 가라사와 선생이 쓴 내용이 겹쳐버렸던 모양입니다. 훌륭한 작품을 세상에 선보이지 못해 죄송합니다."

이제 와서 진실을 말해 니시모토에게 상처입힐 필요는 없다. 때로는 사람을 구하기 위한 거짓말이 필요한 법이다.

"아뇨, 별말씀을요. 제가 운이 없었을 뿐이에요. 가라사와 선생님이랑 조금이라도 가까운 이야기를 만들었다는 점이 자랑스러운걸요. 사실은 또 새로운 작품을 쓰려고 준비 중이에요. 다치바나 씨 출판사에서 출판할 수 있으면 참 좋을 것 같은데, 혹시 기회가 된다면 그땐 잘 부탁드리겠습니다."

"저야말로 잘 부탁드립니다."

나는 지킬 수 없는 약속을 했다는 사실에 마음이 아팠다.

"이야, 이번 모임은 대성공이네요! 이제 그만 일어날까요?"

미사가 기쁜 듯이 말했다.

"아, 계산은?"

"오늘은 제가 쏩니다! 저 돈 잘 버니까 믿고 맡겨주세요."

미사는 웃으면서 자랑스럽게 말했다.

열두 살 이상 차이 나는 어린 저자에게 얻어먹는 것이 찝찝했지만, 계산을 마친 것 같았기 때문에 이번에는 순순히 대접을 받기로 했다.

"또 넷이서 식사해요!"

유카와 미사가 나란히 걸어가고, 나는 지팡이를 짚으며 천천히 나아가는 니시모토와 함께 걸었다. 취기도 돌고 뜻밖의 깜짝선물도 받은 내 최후의 만찬은 상상 이상으로 행복한 분위기로 가득했다.

"참, 오노데라, 잠깐 괜찮을까?"

나는 가방에서 편지 한 통을 꺼내 유카에게 건넸다.

"이거, 집에 가서 읽어봐."

"네? 이게 뭐예요?"

"다른 말은 말고. 앞으로도 열심히 해."

그 말을 남긴 나는 근처를 지나던 택시를 잡아탔다.

그러고는 창문 너머로 감사 인사를 했다. 나는 세 사람의 모습이 보이지 않을 때까지 행복했던 광경을 눈에 아로새겼다.

"어서 와, 늦었네."

"응, 다녀왔어. 시간 가는 줄 모르고 이야기하다 보니 늦었네."

마유의 마중을 받는 게 오늘로 마지막이라고 생각하니 마음에 커다란 구멍이 뚫린 것 같았다.

"씻을래?"

"나중에. 마유, 잠깐 괜찮아?"

"왜?"

나는 마유를 거실로 불렀다.

아, 드디어 이때가 왔다.

나는 가방에 손을 넣어 까칠까칠한 감촉을 확인했다. 그것을 잡고 천천히 테이블 위로 내밀었다. 내 인생을 좌우한 무미건조한 갈색 봉투.

"마유, 당신이었어."

¶

그를 처음 봤을 때부터 마음이 끌렸다. 시원스레 웃는 얼굴, 온화한 분위기. 대형 출판사에서 히트작을 양산하는 실력파 편집자라는 화려한 스펙. 디자인 사무소의 책 디자이너였던 나와 출판사에서 근무하는 그와의 접점은 회의 말고는 거의 없었다. 하지만 담당했던 서적의 출판 기념 뒤풀이를 계기로 우리는 서서히 가까워졌다. 둘이 함께 식사를 몇 번 한 후, 그의 고백으로 연인이 됐다. 교제 기간은 반년이었지만, 그에게서 프러포즈를 받았다. 여러 면에서 완벽한 그의 청혼을 거절할 이유가 없었다.

우리는 같은 세대의 다른 부부보다 이제 막 교제를 시작한 연인처럼 생활했다. 이 시간이 계속되기를 바라는, 지금 돌이켜봐도 행복했던 시간. 료는 결혼 전부터 아이가 있으면 좋겠다는 말을 자주 했다. 솔직히 나는 별로 내키지 않았다. 하지만 아이가 필요 없다는 말을 하면 안 될 것 같았다. 둘 다 30대고 나이도 생각해야 하니까 반쯤 떠밀리는 형태로 결혼한 후 곧바로 푸우가 태어났다.

부모가 된다는 자각과 책임. 임신한 사실을 알았을 때는 실감 나지 않았지만 태어난 그 아이를 안은 순간, 소극적인 생각은 모두 날아가 버렸다.

무슨 일이 있어도 이 아이를 지키자. 그렇게 결심했다.

그때부터는 직장을 그만두고 전업주부로서 육아에 전념하는 생활이 시작됐다. 아이가 생기면 남녀가 아니라 엄마와 아빠가 되어버린다는 이야기를 자주 들었다. 하지만 료는 변함없이 나를 여자로 봐줬다. 우리는 서로 사랑했고, 료는 언제나 내가 한 요리를 먹고 맛있다고 말해줬다. 그리고 료는 매주 토요일마다 푸우를 공원으로 데려갔다. 그런 그를 볼 때마다 이상적인 남편이라고 몇 번을 느꼈는지 모른다. 굳이 불만인 점을 꼽으라면 아이의 교육 방침을 두고 의견이 부딪히는 정도였다.

의견이 갈린 이유는 료는 요령 있게 공부하는 법을 아는 수재이고, 나는 꾸준히 공부해야 겨우 다른 사람들이랑 어깨를 나란히 하는 범인이어서다. 슬프게도 그 아이의 뇌에 진하게 이어진 것은 내 유전자인 모양이다. 그렇지만 다 같이 매일 건강하게 웃으며 지내는 행복에 비한다면 사소한 불만이라고 생각했다. 료와 이렇게 나이를 먹으며 평생 화목한 부부로 살 거라고 믿었다.

그런데 요즘 들어 료가 이상하다.

그런 생각을 하기 시작한 것은 넉 달 전이었다.

그 무렵부터 료는 기분 좋게 퇴근하는 날이 늘었다. 무슨 좋은 일이 있었느냐고 물었더니 또래의 흥미로운 소설가를 만났다고 했다. 처음에는 의심할 이유가 없었고, 정말 그런 줄 알았다. 마침 그 무렵 료는 집에 자기 앞으로 우편물이 와도 열어보지 말라고 했다. 편집 업무는 원고를 비롯한 기밀정보를 자주 다룬다는 사실을 알고 있었기 때문에 딱히 의문을 품지 않았다.

하지만 서서히 내 마음에 검은 안개가 스멀스멀 퍼져나갔다. 매주 일요일, 료는 거의 하루 종일 집을 비웠다. 그 소설가와 함께 헬스장에 가서 운동하고, 목욕탕에서 땀을 씻고, 잠깐 일 이야기를 한 다음 집에 돌아왔다. 늘 다니던 집 근처 헬스장이 아니라 굳이 편도 1시간 20분이나 걸리는 회사 근처 헬스장에 가는 모양이다. 이 나이가 되면 웬만해서는 새로운 친구를 사귀는 일이 드문 데다, 지금까지 7년 동안 한 번도 그런 일이 없었기 때문에 불길한 예감이 들었다.

이상한 일이었다.

헬스장에서 운동하는 거야 흔한 취미니까, 괜찮아.

그렇게 생각하려고 무던히 애를 썼다. …하지만. 그래도.

다른 여자가 있을지도 몰라.

아무리 일 때문이라고 해도 소설가를 매주 만나야만 할까. 내 안에 생겨난 시커먼 감정은 하루하루 커졌다. 이런 문제는 다른 사람과 상의할 수도 없다. 적지 않은 나이에 쑥쑥 크는 아이도 있는데 버림받은 여자. 그런 딱지가 붙는다고 생각하면 견딜 수 없었다. 집안일을 마치고 학교에 간 푸우가 돌아오기까지 몇 시간. 이 공백의 시간에는 생각하고 싶지 않은 일이 생각나 버린다. 잠깐의 위안밖에 안 된다는 것을 알면서도 익명 게시판에서 불륜에 관한 정보를 샅샅이 뒤져 읽었다. 사실인지 아닌지도 모를 글을 보고 일희일비하며 시간을 때우는 생활이 이어졌다.

그러던 어느 날, 내가 품고 있던 의혹이 확신으로 바뀌는 일이 일어났다.

푸우의 실내화를 씻으러 세면실에 들어갔을 때의 일이다. 마침 료가 욕실에서 나오는 참이었다. 료의 손에는 처음 보는 스마트폰이 쥐어져 있었다.

아니, 어째서? 평소 사용하는 스마트폰은 아까 거실에서 충전하고 있었는데? 나는 못 본 척하는 것만으로도 벅차서 그게 뭐냐고 물어보지 못했다.

남편이 욕실에 스마트폰을 가지고 들어가기 시작하면 빼박 불륜.

언젠가 본 적 있는 글이 머릿속에서 무한 반복됐다.

목욕을 마치고 나와 맛있게 밥을 먹는 그가 생판 남으로 보였다.

있잖아, 료. 무슨 생각을 하는 거야? 행복해 보이는 그를 보고 갈피를 잡을 수 없었다. 이 광경도 가짜일까. 얼른 나가고 싶어서 서둘러 먹는 걸까. 마음속에서 검은 소용돌이가 소리를 내며 점점 부풀어 오른다. 그날 이후 행복의 상징이라고 생각했던 거실은 숨 막히는 공간이 됐다. 료는 내가 그런 불안에 사로잡혀 있다는 사실을 눈치채지 못하고 하루하루를 보냈다.

이러다 미쳐버릴 것이다. 나도 그렇게까지 둔감하진 않다. 그리고 그를 믿고 싶었다. 다시 한번 행복과 충실감으로 가득 찬 생활을 하고 싶었다. 모든 게 내 착각이란 것을 증명해 주었으면 했다.

"…료, 어느 쪽이 더 나은 것 같아?"

나는 스마트폰을 보여주며 그에게 물었다. 지금까지 료에게 한 번도 거짓말을 한 적 없었던 나는, 이날 처음으로 거짓말을 했다.

화창한 일요일.

괜찮다. 지금까지 많은 준비를 했다. 절대 들키지 않는다. 인내심이 한계에 도달한 지 오래다. 배신한 료의 잘못이다. 나는 컴퓨터로 작성한 계획표를 보면서 오늘 하루 내 일정을 확인했다.

이날을 위해 푸우는 전날부터 친구 집에서 하루 신세를 지고 있다. 나는 평소보다 신경 써서 화장을 마친 뒤 이 계획을 위해 산 검은색 드레스를 차려입었다. 그리고 바로 지금, 백팩을 메고 나가는 료를 웃는 얼굴로 배웅했다. 시각은 정확히 8시 반. 나는 서둘러 세면실로 가서 화장을 지우고 옷장 깊은 곳에 감취둔 새 스웨트 셔츠와 바지로 갈아입었다. 드레스는 아무렇게나 개서 옷장 구석에 던져 넣었다. 그대로 집을 뛰쳐나와 근처 주차장으로 향했다. 평소 사용할 일 없는 정산기 앞에서 애를 먹으며 겨우 계산을 마친 뒤 어제부터 빌려 놓은 검은색 렌터카에 올라탔다. 스마트폰 메모장에 적어놓은 주소를 내비게이션에 입력했다. 집 근처 헬스장과 같은 계열이면서 지요다구에도 있는 헬스장은 한 군데뿐이다. 료가 없으면 어쩌나 했는데, 그렇다면 그것대로 유죄다. 단단히 따져 물어야겠다고 마음먹었다.

불안과 긴장. 거기에 더해 오랜만에 운전대를 잡은 탓에 내내 심장이 쿵쾅쿵쾅 뛰었다. 시각은 9시 40분. 계획대로 헬스장 입구가 보이는 도로에 차를 세웠다. 미리 조수석에 놓아둔 장바구니에서 모자와 마스크를 꺼내 썼다. 만약을 위해 쌍안경도 가져왔지만, 눈에 띄기 때문에 스마트폰을 조작하는 척하면서 카메라로 입구를 확대해 감시하기로 했다.

20분 정도 지났을 무렵. 내가 아침에 배웅한 차림 그대로인 료와 체구가 작은 남자가 이야기를 나누며 헬스장으로 들어가는 모습이 시야에 들어왔다. 나는 그가 거짓말을 하고 모르는 여자를 만나고 있다고 생각했기 때문에 놀랐다. 동시에 이렇게까지 해가며 그를 의심한 내게 혐오감이 들었다. 그냥 이대로 돌아갈까 싶었지만, 아직 이 상황만 가지고는 안심할 수 없었다. 여기까지 왔으니 만약을 위해 그가 집으로 돌아갈 때까지 감시하자고 마음먹었다. 그를 100퍼센트 믿기 위해.

두 사람은 약 한 시간 반 후에 나왔다.
처음에 비해 안개가 걷힌 내 마음은, 절반은 내가 모르는 사생활을 즐기는 남편을 훔쳐보는 죄책감으로, 나머지 절반은 호기심으로 가득했다. 료는 헬스장에서 운동한 후에는 항상 근처 목욕탕에 간다고 했다. 미리 확인해 둔 근처 목욕탕은 세 곳. 어디로 갈지는 몰랐다. 걸어가는 방향으로 봤을 때 한 곳은 후보에서 제외, 나머지 두 곳 중 하나라고 생각했다.
료가 시야에서 벗어나는 아슬아슬한 타이밍에 시동을 걸고 뒤쫓았다. 하지만 도중에 놓치고 말았다. 놓치고 보니 스스로도 뭘 하고 싶은 건지 모르겠다는 마음이 들었지만, 여기까지 와서 그냥 돌아갈 수는 없었다. 확률은 50퍼센트. 만약 빗나간다면 렌터카를 반납한 뒤 집에 돌아가서 햄버그스테이크를 만들어 놓고 기다리자. 그렇게 생각하며 한 곳을 골라 목욕탕 정면에 있는 작은 주차장에서 대기했다. 솔직히 말해 이제 집에 가고 싶은 마음이었기 때문에 허름한 목욕탕을 선택했다.
앞으로 10분만 기다려 보고 오지 않으면 돌아가자…. 그렇게 생각한 직후, 료와 아까 그 남자가 걸어오는 모습이 보였다. 두 사람은 즐겁게 이야기하며 목욕탕으로 들어갔다. 와버렸다…. 자신과의 이상한 내기에서 이겨버린 나는 할 수 없이 감시를 계속하기로 했다. 두 사람이 친근하게 대화를 나누는 모습을 보니 조금 전까지 있었던 호기심은 사라지고 죄책감이 강해졌다. 역시 내 생각이 지나쳤다. 정말 바보구나…. 료를 믿지 못했던 자신이 혐오스러워 눈물이 얼굴을 타고 흘렀다.

잠시 후, 낡은 문이 열리는 게 보였다. 료와 함께 있던 남자가 나왔다. 남자는 멀리서도 얼굴에 화상으로 보이는 자국이 있는 걸 알 수 있었다. 남자의 얼굴이 보인 건 처음이었다. 그런데 뭔가 이상하다.

…뭐지. 료가 없잖아. 왜? 확인한 건 아니지만 다른 곳에 입구가 있어 보이지는 않았다. 목욕탕 안에서 헤어졌나? 그럴 수도 있나? 분명 목욕한 뒤에는 같이 일한다고 했는데. 혹시…. 최악의 가능성이 머리를 스쳤다.

료는 운동하는 루틴을 지키면서 누군지 모를 여자를 만나기 전에 몸을 깨끗이 씻었던 걸까. 무슨 일이 생겼을 때를 대비해 함께 있던 남자가 알리바이를 증언해 주기로 한 걸까. 사라져 가던 의혹이 타닥타닥 소리를 내며 불타올랐다. 역시 나는 배신당한 건가? 그런 생각이 든 순간, 분노와 슬픔이 커졌다.

그로부터 30분쯤 지난 뒤 료가 입구로 나왔다. 순간 지은 그의 표정은 들어갈 때 봤던 온화함이 사라진 것 같았다.

말해줘, 료. 내게 숨기고 누구랑 무슨 짓을 할 생각이야?

페인트칠이 벗겨진 벽에는 이끼와 넝쿨이 군데군데 들러붙어 있다. 사람이 사는지조차 의심스럽다는 생각이 절로 들 정도로 낡은 연립주택. 료는 그 2층의 가장 안쪽 모퉁이 집으로 들어갔다. 이런 곳에 젊은 여자가 혼자 살고 있다고는 믿기지 않았다. 혹시 아까 그 남자의 집인 걸까. 힘겹게 여기까지 왔지만, 집으로 쳐들어갈 용기가 없었다. 건물에서 50미터 정도 떨어진 차 안에서 쌍안경을 눈에 대고 지켜봤다. 이젠 될 대로 되라는 심정이었다. 료는 이런 곳에서 뭘 하고 있을까. 매주 일요일이면 여기에 왔던 걸까. 일하고 있나? 아니, 이런 누더기 같은 곳에서 일요일에 할 일이 뭐가 있겠어? 정적에 휩싸인 차 안. 이제는 불륜을 의심하기보다 공포와 호기심이 훨씬 커졌다.

결론이 나지 않은 채 딱 한 시간이 지났을 무렵. 료가 나왔다. 그리고 집 문을 잠갔다. 비상 열쇠일까. 언제부터 드나들었을까. 기대가 사라지고 다시 의혹이 찾아왔다. 어쨌든 지금 내가 할 수 있는 건 료를 따라가는 것뿐이다. 왠지 그렇게 해야 할 것 같았다. 거리를 두고 있어 들킬 리 없다고 생각했지만, 그에게 다가갈 용기가 없었다. 건물에서 나온 료는 역을 향해 느긋한 걸음으로 걸어갔다.

차가 거의 없는 직선 골목길. 나는 남편을 맨눈으로 아슬아슬하게 포착할 수 있을 만큼 거리를 두고 미행했다.

한동안 걷던 료는 낯익은 곳에 도착했다. 나도 몇 번 온 적 있는 커다란 건물. 나카야마출판 본사다. 료는 1층에 있는 카페로 들어갔다. 나는 근처 주차장에 주차했다. 딴생각을 해보려고 템포가 빠른 음악을 틀었다.

료는 창가 자리에서 내내 독서를 했다. 그는 내 심정도 모르고 뭔가에 홀리기라도 한 듯 계속 책을 읽었고, 짐을 챙겨 들고 가끔 자리를 떠나는 모습만 보일 뿐이었다.

　료가 카페에 들어간 지 세 시간 반이 지났을 무렵. 나는 잠깐 깜빡 졸고 말았다.
　료는 서두르는 듯한 모습으로 자리에서 일어서더니 다시 앉을 거라는 예상과 달리 곧바로 계산대로 향했다. 아무래도 가게를 나서려는 모양이었다. 이번에는 어디로 갈까. 나는 황급히 차를 출발시킬 준비를 했다. 가게에서 나온 료를 눈으로 좇자, 그는 내가 주차한 주차장과 반대 차로 쪽으로 걸음을 옮겼다. 그쪽으로 가려면 유턴해야 한다. 그랬다가는 틀림없이 놓치고 말 텐데. 어떡하지. 나는 한 번 심호흡하고 모자를 깊게 눌러 쓴 뒤 마스크를 꼈다. 천천히 문을 열고 차에서 내렸다. 료 쪽을 보려는 순간, 휘청하고 현기증이 일어 쓰러질 뻔했다. 목만 겨우 움직여 남편의 뒷모습을 시야에 담고는 10초 정도 보닛에 손을 짚고 감각이 정상으로 돌아오길 기다렸다. 계속 앉아 있었더니 몸이 삐그덕댔다.
　나는 서둘러 료가 걸어간 방향으로 달려가 알맞은 거리를 유지하면서 뒤를 밟았다. 스마트폰을 한 손에 들고 고개를 숙이면서 때때로 전방을 확인했다. 될 수 있는 한 키가 큰 사람의 뒤로 걸었다. 료가 우아하게 책을 읽는 동안 들키지 않게 미행하는 방법을 소개하는 기사를 읽은 보람이 있었다. 오피스 거리에서 서서히 소음과 사람이 사라지고 한적한 주택가로 들어섰다. 마침 귀가 시간과 겹치는 시간대라 그런지 쭉 뻗은 외길에는 낮에 없던 행인도 드문드문 있었다. 나는 이 길을 따라가면 뭐가 나오는지 알고 있었다.

보이지 않을 정도로 거리가 벌어졌을 때 료가 계단을 오르는 모습이 보였다. 오늘 낮에 봤던 그 너덜너덜한 연립주택. 나는 근처 아파트 쓰레기장 앞에서 전화하는 척하면서 료가 들어간 모퉁이 집의 허름한 문을 응시했다. 더는 이해할 수가 없었다. 다만 오늘 하루 지켜본 바에 따르면 일을 하는 것 같지는 않았다. 역시 바람을 피우는 건가.

카페에서 료는 시간을 보내는 것처럼 보였다. 이렇게까지 장기전이 되리라고는 예상하지 못했기 때문에 푸우를 맡겨두길 잘했다고 생각했다. 꽤 오랜 시간 기다림에 지쳐 쌓였던 분노가 당장에라도 쳐들어가 버릴까, 하는 충동을 만들었다. 그렇지만 료의 앞에서 어떤 얼굴을 하면 좋을지 갈피를 잡을 수 없었기에 그가 나온 후에 진상을 확인할 생각이다. 여자가 나온다면 호되게 추궁해야겠다고 마음먹었다. 몇 시간이든 기다려주지.

여기서 도망치면 아무것도 달라지지 않으니까.

그렇게 생각할 때 료가 손을 흔들며 안에서 나왔다. 이번에는 문을 잠그지 않고 빠르게 이쪽으로 다가왔다.

큰일났다. 이렇게 빨리 나올 줄 몰랐다. 마주치는 건 피하고 싶었다. 서둘러 맞은편 아파트 입구로 들어가 다시 전화하는 척했다. 대리석과 거울로 잘 꾸며놓은 예쁜 공간이었다. 입구를 등지고 터질 듯한 심장을 부여잡은 채 남편이 지나가길 기다렸다. 제발. 들키지 마라. 거울로 사람 한 명이 지나가는 게 보였다. 힐끗 보인 그 사람은 료였다. 나는 천천히 20초 정도를 세고는 빠른 걸음으로 누더기 연립주택으로 향했다. 료가 다시 돌아와 난장판이 된다고 해도 상관없었다. 나를 배신한 그의 잘못이니까.

당장이라도 무너질 것같이 삐걱대는 계단을 천천히 올랐다. 관리하지 않아 온통 녹이 슨 복도 끄트머리에 도착했다. 집 문은 상상했던 것보다 크고 무겁게 느껴졌다.

여기서 집으로 돌아가 눈물을 삼킬 수는 없다. 손이 덜덜 떨렸다. 이곳이 인생의 갈림길이라고 생각했다. 망설였다가는 두 번 다시 할 수 없을 것 같았기에 눈을 질끈 감고 있는 힘껏 인터폰을 눌렀다. 참 저렴한 초인종 소리가 울린다. 작은 소리가 쥐 죽은 듯 조용한 주택가에 울려 퍼졌다. 료의 귀에 들어가지는 않을지 조마조마했다. 그런데 몇 번을 눌러도 안에서는 부스럭대는 소리 하나 들리지 않았다. 손을 흔들며 료가 나왔으니 누군가 있는 건 틀림없었다. 시험 삼아 문고리에 손을 올려봤다.

어라, 열려 있네.

이제 모르겠다, 될 대로 돼라. 나는 벌컥 문을 열었다.

…차라리 바람을 피우는 편이 나았다.

절실하게 그런 생각이 들 정도로 그때 본 광경이 뇌리에 눌어붙어 떨어지지 않았다.

사랑하는 남편의 정체는 살인범이었다.

이 사실을 어떻게 받아들여야 좋을까.

나는 도무지 알 수 없었다.

미지근한 공기에 휩싸인 어두컴컴한 집 안으로 들어갔을 때 처음에는 여자가 누워 있는 줄 알았다. 하지만 곧바로 이상함을 감지했다. 목이 턱 막혀 아무 소리도 내지 못하고 주춤주춤 안으로 들어갔다. 떨리는 손으로 스마트폰의 라이트를 켜자 발이 보였다. 분명 여자 발은 아니었다. 얼른 얼굴 쪽으로 빛을 비춰 보니 시커멓고 자줏빛이 감도는 얼굴이 시야에 들어왔다. 사람 같지 않은 모습에 어깨가 움찔했다. 텅 빈 위에서 신물이 치밀어 올랐다. 삽시간에 타는 듯이 뜨거워진 목을 식히기 위해 그것을 삼켰다. 심장이 가슴을 뚫고 나올 것 같았다.

료와 오늘 함께 있었던 남자. 어떡해. 죽었어. 구급차.

머릿속에서 온갖 단어가 소용돌이쳤다. 너무 혼란스러워 나도 쓰러질 것 같았다. 불과 몇 분 전, 료는 이 시체가 누워 있는 어두컴컴한 집에서 나왔다. 불길한 예감이 들었다. 남편을 의심하지 않았다면 몰랐을 시커먼 안개가 마음으로 돌아오는 감각이었다. 나는 천천히 현관으로 다가가 안에서 문을 잠갔다. 일단 크게 심호흡하고, 상황을 파악하려 의식을 다잡았다. 직감적으로 불을 켜면 안 될 것 같았다. 스마트폰 불빛으로 주변을 비추며 둘러봤다. 방 모퉁이에 놓인 책상이 눈에 들어왔다. 하얀 종이와 펜이 놓여 있는데, 자세히 보니 유서라는 걸 알 수 있었다.

하토리 소고. 분명 이 남자의 이름이겠지. 간소한 글이었지만 이걸 쓰고 곧바로 자살했을 것 같지는 않았다. 바로 옆에 절구통과 영어가 잔뜩 적힌 약병이 있었다. 카페인이라고 적혀 있다. 얼추 방을 확인한 후, 시체 외에 다른 사진을 몇 장 찍었다. 그리고 오래 머물면 안 된다는 생각에 곧바로 밖으로 나갔다. 누가 보는 건 아닌지 마음 졸이며 큰길까지 종종걸음으로 가서 택시를 잡았다. 렌터카를 빌렸다는 사실을 까맣게 잊고 있었다.

택시 안에서 어떻게 하는 게 정답일지 곰곰이 생각했다. 답을 내지 못한 채 집에 도착했다. 료는 아직 돌아오지 않았다. 남편은 어떤 표정을 하고 돌아올까. 거실에서 그를 기다릴 수 없었기에 우선 침대에 들어가 가만히 눈을 감았다.

누더기 연립주택. 생전 처음 본 시체. 끔찍한 얼굴. 오늘 본 광경이 몇 번이고 머릿속에서 재생됐다. 호흡이 흐트러지는 걸 필사적으로 심호흡하며 진정시키려 했다.

…나도 모르는 사이에 잠이 들었다. 상당히 긴 시간이 흐른 듯했지만, 시계를 보니 20분밖에 지나지 않았다. 악몽이었다면

좋았을 텐데, 료가 돌아오지 않은 사실이 나를 잔혹한 현실로 다시 잡아끌었다. 그로부터 얼마나 지났을까. 찰칵. 현관문 열리는 소리가 났다.

"다녀왔어."

곧바로 료의 목소리가 들렸다. 내가 아는, 평소와 다름없는 목소리다. 역시 착각이었는지도 모른다. 료의 얼굴을 보고 안심하고 싶다. 그런 마음으로 서둘러 현관으로 향했다.

"…어서 와."

쥐어짜 낸 목소리. 그의 얼굴을 똑바로 볼 수 없었다.

"자고 있었어?"

"…응."

"동창회는 재밌었어? 마중 나와줘서 고마워."

"엄청, 즐거웠어."

료는 나를 부드럽게 안았다. 료. 어째서. 어떻게 그런 짓을 할 수 있어? 나는 알아서는 안 될 세계를 들여다보고 말았다는 걸 이때 처음 자각했다. 나도 푸우와 함께 살해당할지 모른다. 가장 두려워하던 일이 현실로 다가오는 듯했다.

그날로부터 정확히 일주일이 지났다. 나는 아무 일도 없었던 것처럼 행동했다. 들키면 죽는다. 하지만 나 이상으로 료는 평소와 다름없이 지냈다. 그날 일은 어쩌면 거짓말이었는지도 모른다는 생각과 동시에, 이 사람은 어떻게 사람을 죽이고도 태연할 수 있는지 한층 더 두려워졌다. 그것만 보지 않았다면… 그런 생각을 몇 번이나 했는지 모른다. 이런 마음을 품은 채로 살아가는 것이 옳지 않다는 걸 알지만, 지금은 이것 말고 다른 길이 없다. 다만 뭘 하든 온몸에 검은 침전물이 들러붙는 감각, 그것에 숨이 막혔다.

아무에게도 말하지 말고 그냥 이대로 살자. 그날 나는 아무것도 보지 못했다. 그렇게 몇 번을 스스로에게 되뇌어도 눈을 감을 때마다 그 끔찍한 광경이 되살아나 지독한 구토감에 시달렸다. 료가 죄를 뉘우쳤으면 좋겠다. 그리고 죗값을 치르고 돌아왔으면 좋겠다. 그때쯤이면 푸우는 다 컸겠지만, 나도 그때까지 버틸 테니까. 이것이 본심이었다.

다만 어떻게 하면 좋을지 알 수 없었다. 좋은 방법이 없을까.

우연히 그것을 발견한 것은 사흘 후의 일이었다.

료가 혼자 목욕하고 있을 때, 지푸라기라도 잡는 심정으로 그의 가방을 뒤졌다. 조심하지 않으면 단숨에 사라져 버린다. 그런 희미한 희망의 빛을 찾듯 조심조심 손을 넣었다. 료가 사용하는 업무 도구 외에 큰 봉투 세 개를 찾았다. 수신인란에는 회사 주소와 료의 이름이 적혀 있었다. 직감적으로 봐서는 안 되는 것이라고 생각했지만, 이 상황에 그런 걸 따져서는 안 된다고 생각을 고쳤다. 안에서는 원고가 나왔다. 소설인 것 같았다. 그 자리에서 읽기에는 양이 많았기에 일단 스마트폰으로 사진을 찍었다.

…내용은 료에 대한 살인 예고였다.

또 봐서는 안 될 것을 보고 말았다.

그렇지만 바로 이게 내가 찾던 것이라고 직감했다.

익명으로 료의 앞으로 원고를 보낸다. 이거다.

번뜩 머리를 스친 그 아이디어는 료가 죄를 뉘우치길 바라지만 내 입으로는 말할 수 없는 지금 상황에 딱 맞는 수단이었다. 다만 내가 보냈다는 사실을 절대 들키면 안 된다. 그래. 이 원고에 이어지는 내용을 보내자. 그러면 내가 보냈다는 사실을 모를 것이다. 내가 보낸 것과 본래 제4장이 각각 배달될 가능성이 있지만 그런 걸 신경 쓸 수 없다. 그날 이후로 나는 료에게 들키지 않게 원고를 쓰기 시작했다. 료는 문장의 프로다. 지금까지 본 문체와 다르면 금세 눈치챌 것이다. 짧은 글이었지만, 컴퓨터를 수없이 노려보며 시행착오를 거쳐 완성하는 데 2주 정도 걸렸다. 료가 직장에 나간 사이에 편의점에서 인쇄해 곧바로 우편함에 넣었다.

료는 그날 내가 검은 드레스를 차려입고 동창회에 갔다고 생각한다. 그리고 내가 여기까지 생각하고 움직이고 있다는 걸 모른다. 그렇게 믿고 있었다. 절대 내가 보냈다는 사실이 들통날 리 없었을 텐데. 어째서.

눈앞에 들이민 갈색 봉투와 흔들림 없는 그의 눈.

갑작스럽게 찾아온 상황에 생명이 위태롭다고 머릿속에 경고가 울려 퍼졌다.

푸우를 지켜야 한다.

"당신, 동창회에 안 갔더라."

료는 차분한 목소리로 말했다. 그 말이 급격하게 빨라지는 고동을 더욱 가속시켰다. 료는 정신이 나간 날 향해 주머니에서 스마트폰을 꺼내 테이블 위로 내밀었다. 화면에는 눈에 익은 글자와 본 적 없는 사진이 보였다.

제28회 MATSUNOBU 디자이너 학원 동창회

참석자 중 누군가가 SNS에 올린 사진에 당연히 내 모습은 없다. 맹점이었다. 머리가 새하얘졌다.

"그게 무슨 소리야…?"

"검은 드레스를 입은 여자는 다 찾아봤는데, 당신이 없어서 말이야. 당신은 어디에 있어?"

료가 진지한 얼굴로 물었다.

"…아 그거. 술을 너무 마셔서 화장실에 간 사이에 찍은 사진이야."

얼른 쥐어짜 낸 거짓말을 뱉었다. 그 후 자연스레 서류봉투로 눈길이 갔다. 머리로는 이제 틀렸다는 걸 알고 있었다.

"그랬구나."

료는 천천히 코로 숨을 내쉬고 나서 그렇게 말했다. 무언의 공기가 흐른다. 초등학교 선생님에게 나쁜 짓을 들켰을 때와 같은, 오랫동안 느끼지 못했던 기분이 되살아났다.

"그럼 당신이 찍힌 동창회 사진, 보여줄 수 있어?"

외통수였다. 없다고 말하면 지금까지 쌓아 올린 모든 것이 형체도 없이 무너져 내린다. 앞으로 무슨 일이 있어도 되돌릴 수 없을 것이다. 입을 꾹 다물 수밖에 없는 스스로가 한심해서 참았던 눈물이 터져 나왔다. 이제 더는 료의 추궁을 버틸 수 없었다. 그가 뭐라고 말할 때마다 평화롭고 즐거웠던 일상이 손이 닿지 않는 곳으로 뜯겨 나가는 것 같았다.

나는 그날 본 모든 것을 고백했다.

"마음고생 심했지, 미안해."

흐느껴 울며 말한 내게 료가 건넨 첫 마디였다. 눈앞에 있는 사랑하는 사람. 누구보다 사랑하는 남편. 나와 아들을 사랑해 주는 최고의 아빠.

마유, 그거 엄청난 착각이야. 웃으며 그렇게 말해주기를 바랐건만. 나는 필사적으로 말을 쥐어짜 냈다.

"…료. 멋대로 본 내 잘못이야, 미안해. 그러니까 내 목숨을 가져가. 나는 죽여도 돼. 그러니까 푸우만큼은 죽이지 마. 그 아이는 아무 잘못이 없잖아. 제발, 부탁이야."

말하면서 또 눈물이 쏟아졌다. 료는 무슨 생각을 하고 있을까. 내게는 최악의 미래밖에 보이지 않았다.

"마유."

료는 천천히 입을 열어 말했다.

"내일 아침에 자수할 거야. 죗값을 치를게."

"뭐?"

그의 입에서 나온 말은 내가 진심으로 원하던 것이었다. 하지만 이상했다.

"정말이야?"

내게 들키고 반성했다…? 그럴 리가 없다. 나 스스로 그렇게 원했으면서도 선뜻 믿기 힘들었다.

"응. 애초에 내가 당신이랑 아이를 왜 죽이겠어."

료는 해맑게 웃으며 말했다. 하지만 믿어도 되는지 종잡을 수 없었다. 그런 내 속마음을 읽은 듯 료가 말했다.

"힘들었지? 정말 미안해."

"저기… 그럼 나는 이제부터 어떻게 하면 될까?"

예상하지 못한 반응에 당황해서 자연스럽게 말이 나왔다.

"잠깐만 기다려."

료는 거실에서 뛰쳐나갔다가 금세 돌아왔다.

"이거, 아이 생일에 해마다 한 통씩 보여줘. 이쪽은 당신 거야. 생일에 읽어줘."

료는 그렇게 말하고는 종이 가방 두 개를 건넸다. 안을 살펴보니 숫자가 적힌 작은 봉투가 잔뜩 들어 있다.

"일단 체포되면 편지를 써도 검열당할 거고, 혹시 주소가 바뀌어서 못 받으면 큰일이잖아. 내 말을 두 사람 모습이 선명한 지금 전해두고 싶었어."

진지한 료의 말에 나는 잠자코 고개를 끄덕였다.

"그리고 공원에서 나눈 남자들만의 대화도 적혀 있으니까, 아이한테 주는 편지는 절대 안 보겠다고 약속해 줘. 창피하거든."

"알았어."

이렇게 많은 편지를 대체 언제 다 쓴 걸까. 그만큼 료는 전부터 자수를 결심했을지도 모른다.

"내가 출소할 때까지 기다려 달라는 뻔뻔한 말은 안 할게. 앞으로 평생 힘들게 살게 될 거야. 정말 미안해."

료는 그렇게 말하고 머리를 숙였다. 나는 아무 말도 하지 못한 채 잠자코 그를 바라봤다.

평화로웠던 일상은 이제 돌아오지 않는다. 나는 살인범의 아내. 푸우는 살인범의 아들이 된다. 앞으로 일어날 현실을 어떻게 감당해야 할까. 이날은 더 이상 생각할 수 없었다.

다음 날 아침. 구름 한 점 없는 화창한 날이었다.

잠들어 있던 나를 료가 흔들어 깨웠다.

"좋은 아침이야. 다녀올게."

료는 나를 보고 다정하게 말을 건넸다.

"료, 잠깐만."

나는 서둘러 몸을 일으켜 함께 현관으로 걸어갔다.

푸우는 아직 자고 있지만 깨우지 않기로 했다.

아이에게 뭐라고 말할지는 나중에 차분하게 생각할 작정이었다.

가방을 들고 구두를 신는 료의 뒷모습.

수없이 봐왔지만 이제 보지 못할 광경이라고 생각하니 다시 눈시울이 뜨거워졌다.

"…료, 다녀와. 언제가 됐든 기다릴게."

나는 살며시 말을 걸었다.

하지만 그는 돌아보지 않았다.

문이 닫히는 소리가 평소보다 무겁게 울리는 듯했다.

에필로그

나의 살인 계획

계획성이 높은 범행. 카페인이라는 일상 속에 숨어 있는 흉기. 그리고 한때 업계에서 이름을 날린 그의 경력이 큰 화제가 되어 사건 후 한동안은 정보 프로그램의 단골 뉴스가 됐다.

완전범죄에 흥미가 있었다, 반성은 하지 않는다, 출소해도 또 누군가를 죽일 것 같다.

재판에서 그런 말을 한 료를 향해 사람들이 거센 비난을 퍼부었다. 나는 료의 본심을 알 수 없었다. 하지만 거짓말하고 감형을 받을 바에야 정직하게 속마음을 고백하고 죗값을 치르는 편이 더 낫지 않을까. 미쳤는지도 모르지만, 나는 내 마음을 지키기 위해 그렇게 믿었다.

료는 징역 22년이 확정됐다.

사건 이후, 나와 푸우는 이사해 새로운 곳에서 인생을 다시 시작하기로 했다.

료가 내게 쓴 편지 중에는 '이것만 지금 바로 읽어'라고 적힌 봉투가 하나 있었다. 안에는 '옷장 왼쪽 구석. 그걸로 이사해'라고 휘갈겨 쓴 글과 네 자리 숫자가 적혀 있었다.

처음에는 무슨 말인지 몰랐지만, 료의 방 옷장을 뒤져보았더니 처음 보는 작은 금고가 나왔다. 비밀번호를 입력하자 안에는 2백만 엔이 들어 있었다.

TV에서 날마다 정신이상자 취급을 받던 피고.

편지를 남기고 떠나버린, 가족을 사랑했던 이상적인 남편이자 아빠.

같은 사람이지만 달랐다.

나는 어느 쪽을 믿어야 할지 몹시 혼란스러웠다. 하지만 내가 믿지 않으면 그 사람 편을 들어줄 사람은 아무도 없다. 그가 다시 웃는 얼굴로 돌아올 것을 믿고 살아가리라 결심했다.

그로부터 14년의 세월이 흘렀다.

책가방을 질질 끌고 다니던 아들은 스무 살이 되었고, 날 내려다볼 정도로 키가 컸다. 포동포동했던 얼굴도 제법 어른 티가 나고, 료의 생김새가 느껴지는 번듯한 청년으로 자랐다.

공부를 잘해서 손해 볼 건 없다. 나는 료가 있을 때부터 줄곧 그렇게 생각했다. 아빠가 없는 만큼 섭섭한 마음도 들었을 것이다. 무엇보다 세상 사람들 눈을 피해 살아오다시피 한 아들의 괴로움은 감히 상상조차 할 수 없다. 그러니 적어도 장래에 아들이 고생하지 않았으면 했다. 초등학교 1학년 때만 해도 공부에 어려움을 겪던 그 아이가, 이제는 들어가기 어렵기로 유명한 국립대학에 다니게 됐다. 합격했다는 이야기를 들었을 때는 정말 기뻤다.

  아들을 책임지고 키우는 것. 그게 내가 할 수 있는 유일한 일이었다. 아들에게는 죄가 없으니까.

  나는 월급이 후한 디자인 사무소에 재취업하려고 필사적으로 노력했지만, 살인범의 아내를 직원으로 받아주는 회사는 한 곳도 없었다. 결국 시급이 높은 청소 아르바이트를 여러 곳 겸직하고 주 7일을 죽어라 일했다. 시간이 나는 날은 근처 편의점에서 몇 시간 아르바이트하고, 돌아와서 죽은 듯이 잠들었다가 다시 일을 하러 나갔다. 이 생활이 10년 넘게 이어졌다. 닥치는 대로 계속 일했다. 내가 학자금대출을 상환하느라 무척 고생했었기 때문에 아들은 그러지 않았으면 했다. 매달 조금씩 저축도 해왔기에 아들이 대학에 입학했을 때 드디어 십 년 묵은 체증이 내려가는 것 같았다.

"아빠는 언제 와?"

  료가 집을 나간 후 아들이 여러 번 내게 물었다.

  뭐라고 말해야 충격을 덜 받을까. 솔직히 말해야 할지 머리가 쪼개질 정도로 고민했다. 진실을 말해준다고 한들 내 속만 후련해질 뿐이지 과연 이 아이에게 좋은 일일까. 학교에서 괴롭힘을 당하지는 않을까. 그런 생각에 나는 아무리 시간이 흘러도 진실을 말해주지 못했다. 하지만 TV나 인터넷 뉴스 같은 사소한 계기로 분명 이 아이는 언젠가 아버지의 사건을 알게 될 것이다.

"아빠는 언젠가 돌아오실 거야. 지금은 먼 나라에서 일하고 계셔."

나는 그렇게 말해줄 수밖에 없었다.

1년에 한 번 있는 아들의 생일. 나는 료와 약속한 대로 아들에게 편지를 건넸다. 그 편지로 뭔가를 알아차렸을까. 이제는 집에서 료의 이야기가 오르내리는 일이 없어졌다. 나는 지금까지 약속대로 아들에게 주는 편지에 적힌 내용을 보지 않았다.

내게 남긴 편지에는 해마다 사죄와 걱정의 마음을 담은 글이 적혀 있었다. 그 외에는 대부분 아들에 대한 이야기로, 해마다 어떻게 성장해 가는지를 남편 나름대로 예상하고 있었다. 내가 놀란 건 아들이 거의 료의 예상대로 성장하고 있다는 것이다. 그래서 료가 집에는 없지만, 언제나 곁에서 지켜봐 주는 것 같았다. 편지를 읽을 때마다 역시 저 아이에게는 아버지가 필요하다고 생각했다.

1년에 한 번 받는 편지를 읽고 아들이 어떻게 성장했는지 답을 맞춰보는 게 유일한 즐거움이었다. 다만 한 가지 안타까운 건, 내 앞으로 된 편지는 이제 한 통이면 끝나버린다는 것이다. 나는 그걸 읽고 나면 더 이상 즐거움이 사라질 것 같아서 차마 봉투를 열어보지 못했다.

  어느덧 해가 중천에 떴다. 좀처럼 안 자던 늦잠을 자고 말았다. 머리가 멍한 가운데, 아들이 현관으로 향하는 발소리가 들렸다. 이제 늙었나, 몸이 예전만 못하다는 걸 느끼며 힘겹게 일어났다. 아들을 배웅하려고 했지만, 곧바로 몸을 움직일 수 없었다. 겨우 현관에 도착했을 무렵, 아들의 모습은 이미 반쯤 문 너머로 빨려 들어가 있었다. 그 뒷모습은 아빠를 쏙 빼다 박았다.

  나는 있는 힘껏 큰 목소리로 잘 다녀오라고 인사했다.

  다시 셋이 웃으며 살 수 있는 날이 생각만큼 멀지 않았다. 그런 기분이 들었다.

¶

  아, 오랜만이에요. 잘 지냈냐고요? 뭐 늘 똑같죠. 네? 오늘은 좋아 보인다고요? 날 자세히 보시는군요. 늘 생각했던 건데, 수형자랑 매일 이야기하다니, 상담사 일도 편하지 않겠죠? 내 입으로 이런 말 하는 것도 그렇지만요. 그래도 나랑 달리 다른 인간들 상대하는 건 정말 힘들지 않나요? 그렇지도 않다고요, 그렇군요. 아니, 정말 그럴까요…. 아, 그냥 그렇다고요. 하긴 그건 중요한 문제가 아니죠. 있잖아요, 오늘은 쌩쌩해서 상담할 건 없어요. 다만 내내 생각했던 문제의 답이 나올 것 같단 말이죠. 아, 궁금하세요? 그럼 3분만 이야기하죠. 실없는 소리라고 생각하고 들어주세요. 어디서부터 이야기할까. 그럼 일단 질문 하나 드릴게요.

'아름다운 살인'이란 대체 뭘까요?

네? 살인은 아름답지도 추하지도 않다고요? 무슨 말씀을, 그렇지 않아요. 이를테면 충동에 몸을 맡긴 살인, 증오가 동기인 살인, 자폭 테러나 전쟁, 의도하지 않았는데 상대가 죽어버린 경우 등. 일일이 세면 한도 끝도 없지만, 이런 살인은 아름답지 않다고 생각해요. 그런 건 모두 이류죠. 아주 글러 먹었어요. 아, 동의하지 않는군요, 이런 이야기. 괜찮습니다. 그냥 들어주세요. 그럼 아름다운 일류 살인. 그 정체는 대체 뭘까요.

그건 역시 '아무에게도 들키지 않는 것'이라고 생각해요.

자기 머리로 계획하고 그대로 실행한다. 생명이라는 가장 아름다운 것을 내 마음대로 빼앗는다. 어때요? 아름답지 않나요? 아, 이해가 안 된다는 얼굴이로군요. 뭐 괜찮습니다. 어쨌든 내가 하고 싶었던 말은, 아름다운 것은 모두 심플하다는 거예요. 그건 살인도 마찬가지예요. 네? 아니, 잠깐, 잠깐만요. 이제 곧 끝나요. 아, 그래요? 그럼 만약 이 질문에 대한 답을 맞힌다면, 오늘은 끝내도 좋아요. 괜찮겠어요?

그럼 마지막 질문입니다.

'이 세상에서 가장 아름다운 궁극의 살인'이란 뭘까요?

…자리가 자리다 보니 소리 내어 말하지 못할 테니까 마음속으로 대답해 주세요. 아, 도무지 감이 안 잡힌다는 얼굴이로군

요. 물론 난 압니다. 정기적으로 이야기를 나누는 사이니까요. 간단합니다. 답은 심플하죠.

  범인이 아무것도 하지 않는 살인. 이게 내가 내린 답이에요.

  네? 그런 건 물리적으로 불가능하다고요? 그렇게들 생각하죠. 그럼 상상을 한번 해보세요. 범인은 아무것도 하지 않아요. 조심스럽게, 그저 살아갈 뿐이죠. 그런데 사람을 죽일 수 있어요. 물론 증거는 남기지 않고, 자기가 했다는 걸 아무에게도 들키지 않아요. 어때요? 굉장한 살인이라고 생각하지 않아요? 아, 이미지가 그려지지 않는군요. 아직 멀었네요. 이런, 죄송합니다. 이야기를 더 꼬아버려서 죄송하지만, 이걸 좀 더 아름답게 만들려면 어떻게 해야 할까요.

  이를테면 그 범인은 훨씬 전부터 옥중에 있었다든가.

  어때요? 그런 상황에서 사람을 죽일 수 있다면 굉장하겠죠? 응? 야쿠자가 그렇다고요? 아, 듣고 보니 그렇기도 하네요. 두목이 잡혔어도 살인이 일어나죠. 그런데 그런 조직이 얽힌 범행은 아름답지 않아요. 애초에 이해관계가 존재하고, 그자들은 어쩔 수 없이 그러는 것뿐이니까요. 네? 아뇨, 내 이야기가 아니라니까요. 그래서 실없는 소리라고 생각하고 들어달라고 했잖아요. 할 게 없으면 이렇게 이야기를 지어내고 싶어진다니까요. 내 직업병이죠.

  하지만 말이죠, 만약에요. 만약에 그런 일이 있다고 한다면 그건 이 세상에서 가장 아름다운 궁극의 살인이라고 불러도 좋을 것 같네요. 이름을 붙인다면 이게 어떨까 싶어요.
나의 살인 계획.

¶

새집에 돌아오면 아무도 없다.
사랑했던 아버지는 갑자기 사라졌다. 그래서 매주 토요일 오후에 공원에 놀러 갈 일도 없게 됐다. 엄마는 갑자기 공부에 참견이 심해졌다. 예전부터 나는 책상 앞에 앉는 것이 무척 고역이었다. 공책에 옮겨 쓴 공식이 장래에 무슨 도움이 될까. 나는 이해할 수 없었다.
왜 엄마는 내가 하고 싶지 않은 일 때문에 매일 일하는 걸까.
왜 매일 둘이 아등바등 고되게 살아야 하는 걸까.
줄곧 의문이었지만, 지금 돌이켜 생각해 보면 엄마는 그것이 옳다고 믿었던 것 같다. 같은 반 아이들에게는 당연하다는 듯이 아버지가 있었다. 일하러 간 줄 알았던 아버지가 복역 중이라는 사실은 인터넷을 보고 알았다. 그것도 사람을 죽인 죄로. 엄마는 집에서 아버지 이야기를 하지 않았기 때문에 건드려서는 안 되는 이야기라는 걸 어린 마음에도 직감했다.
텅 빈 집과 학교를 오가는 지루한 내 생활. 그런 가운데 아버지에게서 1년에 한 번 오는 편지는 내게 무엇과도 바꿀 수 없는 즐거움이었다. 엄마도 내가 진실을 안다는 사실을 어렴풋이 눈치챘을 것이다. 하지만 생일이 되면 아버지에게서 편지가 왔네, 하며 건네줬다. 유일하게 엄마가 싫지 않을 때가 내 생일날이었다. 학교도 엄마도 가르쳐주지 않은 것을 아버지의 편지로 배울 수 있었다. 살아가는 게 힘겨워졌을 때는 어떻게 하면 좋은지. 사람의 생명은 무엇을 위해 존재하는지. 올 한 해를 어떻게 살면 좋은 인생을 보낼 수 있는지.

아버지의 생각은 설 자리가 없던 내게 마음의 안식처가 됐다. 아버지가 쓴 편지를 한 줄 한 줄 읽을 때마다 하고 싶은 일을 찾지 못하고 공부 때문에 숨이 막힐 정도로 배배 꼬여 자포자기하려던 내 존재가 깨끗하게 풀려나가는 느낌이 들었다.

나는 살인자인 아버지를 모른다. 매주 공원에 데려가 주는 다정하고 멋진 아빠. 그게 내가 기억하는 아버지의 모습이었다.

토요일 오후는 엄마에게 말하지 않은 비밀 시간이었다. 그 시간은 내 기억 중 최고라고 말해도 좋을 정도로 즐거웠다. 추억을 잊을 수 없었던 나는 중학교 여름방학 때부터 교통비를 들여 혼자 그 공원으로 놀러 가기 시작했다. 아버지가 보낸 편지에는 항상 만 엔짜리 지폐가 함께 들어 있었다. 나는 엄마한테 들키지 않게 그걸 모아서 교통비로 사용했다.

계절은 언제나 여름의 끝자락. 아무도 없는 작은 공원.

해마다 녹슬어 가는 놀이기구를 바라볼 때마다 아버지와 함께 놀던 추억이 흐릿해지는 것 같아 마음이 아팠다. 하지만 그 추억을 덧칠하듯 내가 가장 좋아했던 놀이 준비에 들어간다. 이때 아버지가 몹시 흐뭇해했던 것을 기억한다.

나는 나무 뒤를 구석구석 뒤졌다. 빈껍데기도 아니고 살아 있는 것도 아닌, 이제 그 특유의 소리로 울 수 없게 되어버린 송장들. 그것을 발견할 때마다 조심조심 주워 한곳에 모은다. 30분 정도 걸려 작은 산이 될 때까지 모았다면 다음은 하나씩 살살 손가락으로 집어 올린다.

하나. 하나. 둘.

하나. 하나. 둘.

봉긋하게 모은 그것을 반듯하게 선을 긋듯이 같은 간격으로 신중하게 늘어놓는다. 전부 다 늘어놓았으면 제일 끄트머리로 이동해서 한 발로 선다. 무릎을 구부렸다가 그대로 땅을 딛고 있는 쪽의 다리로 기지개를 켜듯이 뒤꿈치를 든다. 그리고 발끝에 체중을 싣고 뛴다.

으적, 으적, 콰직.

으적, 으적, 콰직.

외발뛰기 놀이를 하는 것처럼 움직일 때마다 발바닥에 생생하게 전해지는 감각. 겹쳐 놓은 감자칩을 밟아 뭉개는 듯한 이 느낌. 이것이 바로 아버지와 보낸 추억이 되살아나는, 진심으로 마음이 편안해지는 시간이었다. 전부 뭉갰다면 한 번 더 손가락으로 집어 들고 원래 있던 곳에 되돌려 놓는다. 모래에 들러붙은 반투명한 날개나 곤죽이 되어 주울 수 없는 다리는 대충 모래를 뿌려 안 보이게 한다.

엄마는 분명 공원에서 있었던 일은 모른 채 죽어갈 것이다.

그리고 내가 인생에 절망하고 있다는 사실도 모를 것이다.
진정한 나를 아는 사람은 아버지뿐이었다. 지금 내가 사는 세상에는 아무도 없다.

다치바나 료 님.
건강하게 지내고 계십니까.
언젠가 또 그 공원에서 놀고 싶습니다.
쓰다 만 편지를 다시 읽는다. 막상 마음을 전하려고 하니 뭐라고 써야 할지 몰라 유치하고 이도 저도 아닌 글이 되어버렸다. 이 편지를 다 쓰고 나면, 나머지는 적당히 해치우자.
여러모로 궁리해 봤지만, 나는 아버지처럼 계획을 세울 수는 없었다.
엄마는 내가 자신의 바람대로 자랐다고 믿고 있을까. 이런 의미 없는 인생을 보내고 있건만 단지 성장했다는 사실에 기쁨을 느끼고 있을까.
나는 모르겠다. 그러니 당연히 알 도리가 없지. 내가 지금 어떤 심정인지도. 등에 멘 백팩 안에 항상 부엌칼을 넣어 다닌다는 사실도.
지저분한 신발을 신고, 문고리에 손을 올린다. 오늘 아침에 몰래 꽂아둔 한 송이 카네이션을 곁눈질한다. 저 사람은 내가 일부러 피처럼 진한 붉은색을 골랐다는 것을 알아차릴까.
찰칵하는 소리와 함께 쓸데없이 눈부신 외광이 눈에 쏟아져 내렸다.
 등 뒤로 엄마가 다가오는 기척과 동시에 밝은 목소리가 들려왔다.
 "료스케, 잘 다녀오렴!"

료스케,

잘 다녀오렴.

나의 살인 계획

초판 1쇄 인쇄	2025년 8월 13일
초판 1쇄 발행	2025년 8월 20일
지은이	야가미
옮긴이	천감재
책임편집	이원지
디자인	studio forb
책임마케팅	최혜령, 박지수, 도우리
마케팅	콘텐츠 IP 사업본부
해외사업	한승빈, 박고은
경영지원	백선희, 권영환, 이기경, 최민선
제작	제이오
펴낸이	서현동
펴낸곳	㈜오팬하우스
출판등록	2024년 5월 16일 제2024-000141호
주소	서울특별시 강남구 테헤란로 419, 11층 (삼성동, 강남파이낸스플라자)
이메일	info@ofh.co.kr

ⓒ 야가미

ISBN 979-11-94930-93-8 (03830)

반타는 ㈜오팬하우스의 출판 브랜드입니다.

- 이 책은 저작권법에 따라 보호받는 저작물이므로 무단전재와 무단복제를 금지하며, 이 책 내용의 전부 또는 일부를 이용하려면 반드시 저작권자와 ㈜오팬하우스의 서면동의를 받아야 합니다.
- 책값은 뒤표지에 표시되어 있습니다.
- 잘못된 책은 구입하신 서점에서 바꿔드립니다.